新时代文学批评丛书

吴义勤 主编

新时代文学论集

周新民　著

山东文艺出版社

图书在版编目（CIP）数据

新时代文学论集 / 周新民著 . -- 济南：山东文艺出
版社，2024.3
（新时代文学批评丛书 / 吴义勤主编）
ISBN 978-7-5329-5795-8

Ⅰ . ①新… Ⅱ . ①周… Ⅲ . ①中国文学－当代文
学－文学评论－文集 Ⅳ . ① I206.7-53

中国国家版本馆 CIP 数据核字（2023）第 245561 号

新时代文学论集
XINSHIDAI WENXUE LUNJI
周新民 著

主管单位 山东出版传媒股份有限公司
出版发行 山东文艺出版社
社　　址 山东省济南市英雄山路 189 号
邮　　编 250002
网　　址 www.sdwypress.com

读者服务 0531-82098776（总编室）
　　　　　 0531-82098775（市场营销部）
电子邮箱 sdwy@sdpress.com.cn

印　　刷 山东华立印务有限公司
开　　本 710 毫米 ×1000 毫米 1/16
印　　张 17
字　　数 206 千
版　　次 2024 年 3 月第 1 版
印　　次 2024 年 3 月第 1 次印刷
书　　号 ISBN 978-7-5329-5795-8
定　　价 68.00 元

开辟文学批评的新时代

——"新时代文学批评丛书"总序

吴义勤

党的十八大以来，中国特色社会主义进入新时代，中国文学也翻开了崭新的一页。置身新时代新征程，面对丰富的史诗性伟大实践，广大作家胸怀"国之大者"，牢记初心使命，深入生活，扎根人民，与时代共振，与人民共情，用心用情用功书写新时代的中国故事，展现中国人民昂扬的精神风貌，谱写了新时代文学的辉煌篇章。

文学批评与文学创作是文学发展的车之两轮、鸟之两翼，一个时代的文学发展既需要广大作家的笔耕不辍、创新创造，也需要批评家的积极呼应、理论引领。在新时代文学不断攀登高峰的历史进程中，新时代文学批评也发挥了至关重要的作用，取得了丰硕的发展成果，形成了独特的新时代文学批评景观。习近平总书记高度重视文学批评工作，近年来就繁荣新时代文学批评发表了一系列重要讲话，做出了一系列重要指示批示。我们策划这套"新时代文学批评丛书"，就是要全面学习贯彻落实总书记关于文学批评的讲话与指示批示精神，一方面旨在呈现新时代文学批评的基本样貌、发展成果，另一方面也希望从中获得推动文学批评发展的经验和启示，为推动新时代文学理论批评建设和新时代文学繁荣提供有益的镜鉴。

本丛书遴选的作者都是长期持续坚守在新时代文学批评现场并卓有成就的优秀批评家。从年龄结构上，他们涵盖了"60后""70后""80后"，这也是当下文学批评的主力军；从批评对象的文学门类上，覆盖了小说、诗歌、散文等多个当下最具影响力的艺术门类，可以说是对新时代文学的全面阐释和研究。通过这套批评丛书，读者一方面可以深入了解新时代文学批评的丰富实践，同时可以通过文学批评了解新时代文学发展的基本风貌和历史特征。

在内容上，本丛书侧重于遴选研究新时代文学的评论文章，以对新时代十年来具有代表性的作家作品、有广泛影响的新文学现象、引人关注的文学热点事件以及文学发展中存在的症候性问题为主要研究对象，是对围绕新时代文学展开的文学批评成果的一次全面梳理和集中展示。我们希望以出版批评丛书的方式，深入总结文学批评发展的历史经验，同时吸引更多研究力量来增强对新时代文学研究的力度和深度。

本丛书的出版要感谢山东出版传媒股份有限公司副总经理李运才、山东文艺出版社社长徐迪南，他们提供了非常多的支持和帮助，也提出了许多富有建设性的意见和建议。新世纪之初，我曾和山东文艺出版社共同策划出版了一套"e批评丛书"，在学术界产生了良好的反响。今年，又再次在山东文艺出版社出版这套"新时代文学批评丛书"，可谓是一种极为特殊也极为难得的缘分，也体现了山东文艺出版社多年来一直积极参与、支持中国当代文学批评事业发展的出版精神。在此，我代表丛书编委会向山东文艺出版社表示衷心的感谢并致以崇高的敬意。

两套丛书虽然出版时间不同，但在内容上又有着一种延续性和整体性。"e批评丛书"着力呈现的是二十世纪九十年代文学批评的发展成果，也是当时年轻的"60后"批评家的一次集体亮相。"新时代文学批评丛书"更侧重于展现新世纪尤其是新时代以来的文学批评成果，参与作者既包括了"e批评丛书"中的部分作者，又吸纳了"70后""80后"等新生批评力量。两套丛书虽然侧重点不同，但形成了一种巧妙的呼应，构成了一种互补关系，具有了批评史意义上的"整体性"，某种意义上，它们就是一种特殊形态的近三十年来中国文学批评的发展史。

当然，对于新时代文学批评成果的总结展示并不意味着我们回避当下文学批评存在的问题。新时代以来，随着时代语境和文学生态的不断变化，文学批评面临着更为复杂严峻的形势和挑战，文学批评如何更好地发挥作用，真正成为助推文学发展的"磨刀石"和"利器"？这是所有文学批评者面临的共同课题和任务。出版这套丛书，我们一方面意在梳理总结这一时段文学批评发展的成果和经验，同时也希望能够从中析出当下文学批评发展存在的一些问题，以史为镜，为未来更好地推动中国文学批评发展，更好地发挥文学批评引导创作、推出精品、提高审美、引领风尚的作用提供启示和帮助。

新征程是充满光荣与梦想的远征，新时代文学正在我们面前浩浩荡荡地展开，作为文学发展的重要一翼，中国文学批评也正在砥砺前行，积极开辟一个文学批评的新时代。

是为序。

自序　一场意外的人生修行

　　岁月如流，一晃工作三十多年了。如果从攻读硕士研究生期间开始在《湖北日报》发表文学批评文章算起，我已有二十多年的文学批评从业经历。这段不算太长也不算太短的时间里，我的脑海中一直盘桓着三个问题：我为何走上了文学批评的道路？何为文学批评？文学批评的价值何在？值此机会，我回顾一下我的文学批评道路，系统梳理一下对相关问题的思考。

一

　　一个人从事何种职业，冥冥之中似乎自有"天意"。我为何走上文学批评的道路呢？这个话题的答案不得不从我的经历说起。我们这个年龄的绝大多数学者都受过完整、系统的专业教育，而我则有些另类。我常常戏言自己是"游击队"出身，之所以这么说，是因为我没有接受过全日制本科教育。在注重"第一学历"的当下，我这样的出身的确显得很是"寒碜"。1988年秋，我心不甘情不愿地上了家乡的一所师范学校。家里的想法是希望我早点跳出农门，早点出来工作，解决家里的经济窘境。然而，上师范学校不是我的本意。自从走进那所建在凤栖山上的学校，我就郁郁寡欢。大多数同学把三年中师生活过得轻松惬意，而我则是备感失落。中师的文化课程对于我们这些初中的"学霸"来说，倒是不难。同时，我们又没有升学、就业的压力。因此，我们就有大把大把的课余时间。情感上失落，又有大量空闲时间，适逢青春岁月，孕育文学的土壤十分优良。虽然从全国范围来讲，20 世纪 80 年代末期"文学热"渐趋冷却，然而，小县城仍然有大量青年男女沉浸在文学梦中。我就读的学校有着非常浓厚的文学创作风气，有不少学兄学姐在读期间，就在《诗刊》《星星诗刊》发表组诗。学校也因势利导，十分热心地组织文学活动，创办一多文学社和社刊《红烛》。中师一年级下学期，我接任文学社社长和社刊主编。那个时候，我满脑子都做着作家梦，整天沉溺于文学之中，以此慰藉失落的心灵。同时，我也不知天高地厚，开始阅读美学与哲学著作。这些著作我不一定能读懂，但是，把充沛的青春岁月交付给哲理与玄思，的确让我的心灵获得了洗礼和净化。我至今还记得阅读克罗齐《美学原理》、苏珊·朗格《情感与形式》等著作的情景。那是中师二年级的暑假，在乡村最繁忙的"双抢"时节，白天我像乡下所有农民一样，在田地里干着各种农活，忙着抢收抢种；晚上我捧着书本"啃"美学著作。以我当时的基础，这些著作自然是无法读懂的。但是，我却看得兴趣盎然，似懂非懂之间也明白了文学艺术的许多"道理"。我至今依然记得在乡村的夏夜，月色朦胧，蛙声一片，一位少年挑灯夜读的情景。上中师有一个好处，因为没有升学和就业压力，我可以把所有课余时间都用来读书。好在学校藏书也很丰富。每当课后，我就去图书馆看书，寒暑假也借了很多书带回家看。至今我也非常感谢图书管理员韩老师，每次寒暑假她都"违规"借给我一捆捆书籍，让我在乡村依旧能坚持阅读和学习。这段囫囵吞枣的阅读经历，应该算作我从事文学批评的自发阶段。一段特殊的学习经历，让我无意间走近了文学批评，完成了初步的文学批评知识启蒙。

工作后我考上了华中师范大学成教学院，开始系统地修读中文专业的课程。不知道为什么，当时华中师范大学成教学院发给我们的参考资料主要是文学理论和文学批评方面的书籍。这些书籍毫无疑问是我在乡村中学任教期间最主要的读物。那几年我最渴望的就是每年寒暑假的集中学习。而我最快乐的事情就是每次学习结束，大包小包地背着学习资料回到工作单位。这些学习资料非常珍贵，极大满足了我对知识的渴求。乡下中学的教学工作任务倒是不重，但是精神生活匮乏。身边的同事基本是"半边户"，每到周末只有我一个人留守在学校。比精神生活匮乏更为折磨人的是，我看不到人生的前路。我在乡村中学工作的那几年，正是中国社会开始发生大变革的时代，分税制开始施行。分税制对我们这些在乡镇工作的青年教师影响最大。那时我们工资微薄，经常被拖欠。即使偶尔发工资，也只是在本乡镇流通的"白条"。这样的经济状况严重地影响了我们的流动和消费。无法出门闲逛，无法消费，我们就在乡村中学过着接近自然经济时代的生活。教学工作之外的时间，我就把自己关在那间朝北的房间里，刻苦攻读这些难得的学习资料。师范学校的阅读经历和继续教育期间的学习经历，影响了我的学术兴趣。后来报考硕士研究生时，我毫不犹豫地选择了文艺学专业。那一年的研究生考试，除了英语成绩不是很理想外，三门专业课——文学理论、马列文论、美学——的考试成绩都在九十分以上。硕士研究生是我系统学习文学理论的重要时期。在这段宝贵的时间里，我把精力放在后现代主义文化理论的系统学习和阅读之中。当时所能搜集到的丹尼尔·贝尔、利奥塔、福柯、德里达等哲人的译著，我基本上都阅读过。这些理论著作极大地开阔了我的视野。后现代主义文化理论所显示出的颠覆与批判锋芒，构成了我理解中国 20 世纪 90 年代以来社会文化、文学的重要理论资源。正是后现代主义文化理论的强大理论穿透力，吸引我去阅读 20 世纪 90 年代以来的文学作品，观察 20 世纪 90 年代以来的文学现象。

作为文艺学专业的硕士生，除了自主学习与自主阅读外，课堂学习也很重要。课堂学习给我影响最深的是相关文学经典理论的研读。尤其是马克思的《1844 年经济学哲学手稿》，给了我深刻的影响。至今我还清晰地记得，为了读通这本经典著作，我们扎扎实实地花费了一个学期的时间。《1844 年经济学哲学手稿》从人的全面发展入手，以遵从个体感性生命为主要核心观点，由此对资本主义社会制度展开了深入而细致的思考。其思考问题的方式，既训练了我的思维能力，又提升了我思考问题的穿透力。《1844 年经济学哲学手稿》是迄今为止我反复阅读的经典理论著作之一。每隔一段时间，我都要重新学习它，从中汲取理论滋养。硕士研究生后期和博士研究生期间的一段时间里，我依然沉迷于理论的玄思，现代性理论著作进入了我的阅读视野。

上述所谈及的文学理论包括文化理论构成了我从事文学批评的重要理论资源。我写作的文学批评，和上述理论资源有着紧密的关系。像《现实主义新探索》《激进主义文化的反思》《自然：人类的自我救赎》《叶兆言小说的历史意识》等批评文章，均有比较强的理论思辨色彩。我知道这种学院气息，尤其这种偏重理论演绎与阐释的文学批评，难免招致诟病。文学批评是否需要强大的理论支持，仁者见仁，智者见智。我始终确信，文学批评是一种科学活动。这种科学活动和社会学以及自然科学活动一样，都需要理论作为支持。不过，对我来说，学习和接触到文化理论、文学理论是一种生命体验、人生体验，是我生命中自然而然发生的事情。我的求学经历包括生命经历决定了文学理论作为我个人生命体验中不可分割的一部分，镶嵌进了我的人生。为什么在师范学校的那段时间爱上了文学和诗歌呢？为什么在那段寂寞而又不甘寂寞的青春期能沉浸在文学理论之中呢？为什么华中师范大学的继续教育偏偏又是以文学理论和文学批评理论的学习为特色呢？种种人生机缘，成就了文学理论和我之间的不解之缘。

每个人的文学批评都会和他的学习经历包括人生经历联系在一起，都带有批评者的个人生命体验。在乡村中学那几年的工作经历，为我观察中国社会的变动提供了难得的窗口。同时，正是这段工作经历使我对文学包括文学批评的价值也有了全新的认识。在我看来，文学始终是及物的。在传媒非常发达的今天，文学仍然承担了非常重要的社会功能，尤其是在认知历史和现实方面，文学仍然有着非常强大的力量。前几年去北京出差，同学组织的聚会上碰到了一位校友。当初他也是文学爱好者，虽然工作后承担着繁重的行政工作，但是，文学仍然是他的最爱。他告诉我，每次出差，他都要带上文学杂志，既是消遣，也是想借文学去认知历史和现实。他说，很遗憾，现在的文学作品认知社会生活的能力有些缺乏。我非常赞同他的观点。我认为，文学批评要走出象牙塔，必须要强化文学的认知功能。只有这样，文学批评对历史和社会的认知，对于精神世界的探求成果，才能转化为国人精神生活的重要组成部分。

我的人生经历不仅仅影响了我对文学批评理论资源的选择，也影响了我的文学观，同样也影响了我对文学批评对象的选择。在我所有文学批评文字中，来自老家黄冈的著名作家刘醒龙的创作占据了比较重要的位置。和他初次结识是在1991年的春天。那时他已经是一位声誉鹊起的作家，而我还是在师范学校上学的文学爱好者。他和其他作家来家乡浠水县采风，辅导青年作家。他的报告会让我对文学有了更加深入的了解。后来我系统地阅读过他的作品。他对于历史、社会现实的真诚的观照与使命感，都深深打动了我，让我不得不去关注这位从黄冈走出来的作家。文学批评和我的生命体验紧密联系的另外一点是，我格外关注青年作家的文学创作。我一路走来，跌跌撞撞，深知青年作家不易。因此，我比较关注青年作家。我省青年作家郭海燕、宋小词、唐诗云，北京青年作家周李立、霍香结，宁夏作家李学辉在创作起步之初，我都给予过积极回应。

二

1998年秋冬之际，我决定继续攻读博士学位。当时，我在中国人民大学有过短暂的停留，了解了文艺学专业的报考事宜，并且报考了西方文论方向的博士研究生。在中国人民大学停留期间，我参加了相关的专业活动。不知道为什么，我突然对我所从事的文艺学专业产生了严重的怀疑。自改革开放以来，中国的学术话语一直是师法西方。中国文学理论研究也是以介绍、研究西方文学理论为学术前沿。同时，中国文论患上了"失语症"。就在这个时候，我萌生了作为一个中国人要以研究中国本土的问题为旨要的想法。然而，我自身的古典文学修养毕竟有限，从事中国古代文论研究，对于我来说显然不是很适宜。而中国现当代文学在我看来，无论受西方文学与文化的影响有多深，它所面对的最终还是中国文学自身的问题。用西方学术资源，解决中国文学的本土问题，是我在这个时候结合我自身的专业背景做出来的学术选择。正是抱着这样的决心，我决定报考武汉大学著名学者、批评家於可训先生的博士生。1999年9月，我考入武汉大学，跟随於可训先生攻读文学博士学位，专业是中国现当代文学。有些学者认为，具备一定理论基础再去从事现当代文学研究，会有较大优势。从总体上看，这观点也能成立。但是，得看从什么层面来讲。文学研究一般分为三个领域：文学理论、文学批评、文学史。从根本上讲，文学理论和文学史研究是两个完全不同的研究领域。而中国现当代文学研究一般是隶属文学史研究领域。虽然具备一定的文学理论素养能为文学史研究打下一定基础，却不能说就具备了从事中国现当代文学研究的优势。事实上，自从转投中国现当代文学专业，用业师於可训先生的话说，我是吃尽了苦头。好在於老师也是从文艺学专业转到中国现当代文学专业的。在於老师的指导下，我加快了从文艺学研究到文学史研究的转型。

学术转型无疑是痛苦的。在博士研究生期间，我开始了艰苦的文学史学术训练。我恶补文学经典，勤奋爬梳文学史料。我非常感谢这段学术时光，让我日后的文学批评渐渐走出了理论阐释的单向思维。韦勒克认为，文学批评是沟通文学理论和文学史的桥梁。这就意味着，文学批评应该具备文学史视野。在理论观照的基础上，充分注意文学史维度，是我开展文学批评时格外注意之处。我始终以为，文学批评虽然和文学史研究属于两个不同的学术领域，但是，正如韦勒克所言，文学批评不能脱离文学史。现在很多媒体批评，包括一些所谓的"酷评"，就是建立在忽视文学史基础上的浮夸之言。只见树木不见森林是这类文学批评的共性。在这些批评家那里，当今中国是一个伟大作品和伟大作家频繁出现的时代。这样的判断显然是不符合当下创作实际的。

文学批评之所以与文学史有着不可分割的关联，是因为没有哪一部文学作品是横空出世的。除了与作家个人精神气质、个体生活紧密联系在一起，一部文学作品还和前代作家的文学创作有着不可缺失的关系。布鲁姆认为，当今诗人就像一个具有俄狄浦斯情结的儿子，必须面对"诗歌父亲"的强大影响。其实，任何一个作家都必须面对文学上的"父亲"，他是复制、修正、超越了"父亲"，还是躲在"父亲"的阴影之中偷得余生？作为一个文学批评的从业者，必须从文学史的角度解读出文学"孝子贤孙"面对"父亲"时的种种表现。要解读出文学作品或者在主题上，或在母题上，或者在具体的表现方法上与前代作家的文学创作发生的种种联系。这是无法否认的文学事实。没有《金瓶梅》何来《红楼梦》？没有前代种种有关唐玄奘西天取经的故事，何来《西游记》？我以为，一名批评家，尤其是一名学院批评家，必须有文学史视野。我甚至认为，如果离开了文学史观照的维度，文学批评几乎没有存在的必要。即使是偏重作家创作感受和创作经验的作家批评，也不应该撇开文学史。作家创作体会、创作经验的意义，绝不是建立在孤岛上，必须建立在和作家个人的创作历史、和其他作家的网络化的关联之中，才能确立起必要性和价值。这些年我一直坚守文学批评要心怀文学史的信念。我撰写的《〈红旗谱〉〈播火记〉与〈水浒传〉传承关系》《〈人生〉与八十年代文学史叙述》等，都是从文学史的角度来观照文学作品的典型尝试。而从作家自身创作流变，或者从作家的文学创作的横向关系出发来探讨文学创作的文学批评，我写得更多。

我还有意识地展开中国现当代文学批评史的研究工作。中国语言文学学科建制中，原本有中国文学批评史这样一个专业方向分支。中国文学批评史以中国古代文学批评的发生与流变为研究对象。中国文学批评史之所以作为学科分支存在，是因为中国古代产生了诸如《典论》《文心雕龙》《文赋》《诗品》等等影响了中国文学发展的理论或者批评著作。后来由于学科建制的调整，这样一个重要的学科方向被取消了，中国文学批评史研究被归为中国古代文学研究的范围。鉴于中国现当代文学发生与发展的实际情况，文学批评有着更为重要的作用，因为文学批评事实上成为推动中国现当代文学发生与发展的重要引擎之一。但是，这一重要研究领域长期以来却没有得到充分的关注。基于此，近些年来我对中国现当代文学批评史展开了比较深入的研究。我以为，一个人的文学批评是不能脱离历史语境的。先辈的文学批评实践，为我们的文学批评提供了丰厚的历史资源。从文学批评家的个体角度来看的话，我以为，我们的文学批评同样是一个历史行为，既有历史背景，也有历史语境的限定性。如何突破自我？怎样在文学批评发展的历史活动中寻找到自己的位置？这是我在从事文学批评时常思考的问题。结合我主要从事小说批评的实际，近些年我把目光投向小说理论史、批评史的研究。我研究中国当代小说理论史、批评史的初衷，就是要通过历史研究，凸显小说文体观念的演变，为当下的小说批评寻找到一种历史参照。这些年我先后发表了《文学现代性的时间形式和空间形式》《新时期中国式形式批评的创建》等论文，主编了《中国新时期小说理论资料汇编》，论著《中国当代小说理论发展史研究》也已出版。我希望通过历史回溯与参照，为我的小说批评寻找到新的道路。

三

文学批评与文学理论、文学史之间有着紧密的关联。但是，文学批评毕竟不是对文学理论和文学史的直接表现。文学作品的本质属性是"文学性"，不是文学理论和文学史的观念性的材料。因此，文学批评所要针对的对象是文学作品的"文学性"，当然也包含文学观念。20世纪90年代兴起的文化批评与中国文学批评史上社会学批评一样，眼中只有抽象观念而没有文学性。在这些批评家眼里，文学作品只不过是社会学观念和文化观念的容器而已。文学批评也因此成为纯粹观念的演绎，文学的社会价值被看成压倒一切的终极价值。于是，我们看到的文学批评，像社会学论文、调查报告，像文化报告，唯独不像"文学"批评。

我认为，文学批评的重要对象是"文学性"。文学不同于社会学、文化学和哲学等其他学科的根本属性在于，作家是通过语言的形式来表现思想情感和对社会的看法。文体不同，其文学性体现的重点不同。诗歌、散文、戏剧自有其"质"的规定性。小说也自有小说的"质"的规定性。小说发展到今天已经形成了非常明确的三种类型。一是人物小说，也被称为"正格"小说，也就是最典型的小说类型，其基本要素是人物、环境、情节。第二种类型则是抒情小说。它和第一类小说的最根本的区别是没有完整的情节要素。第三种类型的小说则是形式主义小说，也就是那种不关心讲述了什么样的故事，只关心怎样讲故事的小说。第一种类型的小说比较注重社会学价值，张扬的是小说的认知功能。但是，其社会价值、认知功能依然要通过人物形象的刻画和情节的展开以及环境的描绘来表现。离开了这些文学性特质，小说的社会学价值与认知功能显然无从立足。抒情小说固然是对作家主体精神与情思的表现，但是，同样离不开性格形象的刻画、环境的表现和语言的运用。而第三类小说则是纯粹的形式表现了。我认为，无论哪种类型的小说都有其特别的"文学性"要素，文学批评自然无法回避作品的"文学性"。

我主要从事小说批评，对小说文体特征，更是在意和关注。还在读硕士研究生时期，我就格外留意国内外小说理论，开始钻研小说理论。我也注意到，不同历史阶段的小说理论有其不同的关注点。小说这种文体发展到今天，已经出现了诸多变化，作为从事小说批评的文学批评工作者，对小说理论的诸种变化显然要了然于胸。我一直看重小说的文学属性。我更看重小说如何通过文学的方式实现社会担当。我的小说批评常常关注小说的内在结构、叙事方式、形式规范等"文学性"层面的发掘。当然，这里对于"小说的内在结构""叙事方式""形式规范"的概念运用，是出于表达的需要。事实上，我坚信对于文学而言，形式即是内容。因此，我广泛涉猎西方小说理论包括叙事学、小说修辞学，希望建立起"文学性"的文学批评。我更希望通过"形式"要素去分析文学作品蕴含的思想与意识形态。卢卡奇、伊格尔顿等文论家为我提供了很好的范例。他们从文学作品各式各样的形式要素中发现了形形色色的意识形态。我希望我的文学批评能从卢卡奇、伊格尔顿等哲人那里找到有益的滋养，能透彻理解小说这个特定文体的秘密，创作出独特的小说批评。《由"角色"向"叙述者"的偏移——十七年第一人称叙事小说论》《论先锋小说叙事模式的形式化》《近二十年长篇小说乡村现代性叙事规范的拆解》等，即体现了我的文学批评注重文学作品的"文学性"的特色。有读者曾给我写信，说我的文学批评有浓郁的"艺术"气息，大概即是这个意思吧。

这么说，并不意味着我是一位"纯文学"的信徒。相反，我始终坚信，不存在"纯文学"，文学是有着强烈价值观的艺术样式。只不过文学的价值观是"依附"于"文学性"的。值得注意的是，不同的价值立场在"文学性"的层面上表现不同。换言之，哪怕是小说的叙述与描写这样微观的技巧层面，也承载着不同的意识形态规范。因此，卢卡契才说叙述和描写其实是和世界观紧密相连的。他认为，叙述体现了现实主义，而描写是自然主义的体现。我所谈论的"文学性"，不是排斥社会性的"纯文学"，而是强调文学与一般性社会学的根本性区别。另外，我也把"文学性"作为分析文学作品的文化属性、社会属性的一个通道。但是，我也不是"工具论"者，我希望"得意"而不"忘言"。我相信，"文学性"和文化属性、社会属性是交织在一起的，不可分割的。这才是文学的魅力之所在。

四

我清楚地记得在 2000 年的春天，那是我跟随於可训先生攻读博士学位的第一年的下学期，我交上了寒假期间写的一篇文学批评文章，恳请於师教正。说来惭愧，我硕士期间就读的是文艺学专业，沉迷于西方文论的学习与研读之中，并没有深耕文学批评。怀着忐忑的心情，我等待着於老师的"判决"。我知道，於老师是著名的文学批评家，我的这篇作业肯定入不了他的法眼。但是，我想知道的是，文学批评应该怎么写。二十年前，人们普遍认为，有了文艺学专业的底子，再去读中国现当代文学专业的博士学位，应该是一件比较轻松的事情。但是，说句实话，那一篇严格意义上的文学批评首作，着实让我吃了不少苦头。坐在於老师家里，我内心波澜起伏，无所适从。正当忐忑不安之际，我听到於老师轻轻地说了这样一句话："好的文学批评就像两个知己之间的轻松对话。"这是"对话"和文学批评首次在我脑海之中建立起联系。一晃二十年过去了，於师这句话所包含的关于文学批评的性质和功能的灼见，我一直铭记在心。

2000 年春天播下的种子终于有机会发芽。从 2002 年起，於老师开始在《小说评论》杂志主持"小说家档案"栏目。每期专栏关注一位有成就、影响较大的当代小说家。专栏的主要内容包括五个部分：主持人的话、一篇"作家个人自述"、一篇"层次比较深入的对话或访谈"、一篇批评文章和小说家的作品目录。

"小说家档案"栏目的设计具有鲜明的对话批评特征。"小说家档案"栏目的对话性涵盖了两个层次的内容：一是主持人的话、各个专辑主笔的批评文章和小说家的创作谈，形成了一种潜层次的三方对话。因为这三篇文章之间并没有统一的观点，而是独立发言，言说主体或呼应、或交流、或反诘，不一而足。二是每辑主笔和小说家之间的直接对话交流。每辑主笔和小说家之间以访谈的形式展开直接对话交流。其内容涉及作家、文学、人生等多方面，比如创作心得，对重要作品、对世事的看法等。访谈对话呈现的是作家和批评家之间思想辩论、交流交锋的过程。访谈通过作家的作品走近作家，交流作家和作品之间的复杂关系：相互印证、相互反驳或相互补充。从对话的交流中，我们可以听到作为采访者的文学批评家和身为被采访者的作家两种不同的声音，我们可以感受到作家与批评家的精神、思想的交流与碰撞。

"小说家档案"栏目的潜层次三方对话和直接对话形成了一种多元对话的局面，从多个层面展开批评家与小说家之间的互动。这种多元对话不仅能够较为全面地揭示小说家的创作冲动与动力，同时也为批评家从多个层面进入小说家的世界提供了机缘。"小说家档案"改变了传统的批评家和小说作家之间的单向度关系，使文学创作与批评之间的互动关系更为契合顺畅。文学批评的本质从根本上讲就是对话，是基于平等关系的作家和批评家的两种声音的碰撞与交汇。从这个意义层面上来看，我们可以把文学"访谈录"或"对话录"看作对话体批评的一种形式，它既能亲近作家，又能走进读者心灵。

"小说家档案"栏目开设后，我先后主笔王安忆、苏童、叶兆言、刘醒龙、陈应松、欧阳黔森等小说家的专辑工作。这几个专辑的写作，使得我得以充分领会於老师在栏目设计上的匠心，也使得我有机会充分领悟对话批评的奥秘。2012 年，应刘醒龙老师的邀请，我开始在《芳草》杂志主持"中国 60 后作家访谈"栏目。"中国 60 后作家访谈"历时七年之久，一共访谈了三十四位作家。此后我还应於老师、蔡家园先生的邀约，于《长江文艺评论》主持"新锐批评家访谈"，先后邀约了贺桂梅、谢有顺、刘大先、刘复生、杨庆祥五位青年批评家参与对谈。上述成果先后结集为《中国"60 后"作家访谈录》《对话批评：诗·史·思之维》两部批评集公开出版。两部对话批评集出版后曾引起了比较好的社会反响，《光明日报》《青年报》等有影响的报刊先后发表书评。

两部对话批评集出版后所引起的反响，倒不是我个人之功，而是得益于中国深厚的对话批评土壤。中国和西方都有非常悠久的对话批评的历史。《论语》就可以看作一部对话批评的典范作品。而柏拉图的《对话录》被看作西方哲学的重要源头，也是对话批评。西方思想界的对话批评传统一直绵延不绝，巴赫金、托多洛夫等甚至建构了比较成系统的对话美学。由于中国文学更多地承担着教化功能，文学批评以教诲、引导为基本底色，所以，自秦后对话批评渐渐淡出历史。改革开放以来受到外来文学批评范式的影响，对话批评尤其是作家访谈渐趋火热。

然而，今天对话批评毕竟并不占据主流位置，占主流的文学批评是学院批评。20世纪90年代初期学院批评崛起之时，曾被批评界寄予厚望。然而，当初无论如何也想象不到，学院批评会发展到令人失望的地步。学院批评的种种病象，学界讨论很多了，我不想赘述。学院批评今天面临这种窘境，和它日益沦为学术性的自说自话的现状密不可分。今天文学批评失去了体人察己的温度，或者生硬地演绎既有文学理论观点，或者与文学史研究勾肩搭背，以求获得合法性，模糊了文学批评和文学史研究的边界。如此这般折腾，文学批评最终陷入作家不爱读者不喜的困境。文学批评为何这般面目狰狞？我想，一个重要的原因是，批评家只顾孤芳自赏，眼中没有作品，心中没有读者。从根本上讲，文学批评的种种病象可归结为文学批评丧失了对话性之故。所以，我以为重新建立文学批评的对话性，是拯救文学批评的良途之一。

当下文学批评分化明显，形成了作家批评、媒体批评和学院批评三分天下的格局。而学院批评在当下屡受诟病。这种现象的产生既是学院批评自身特性决定的，也是对学院批评抱有过高期望产生的效应。客观地说，学院批评是一种学术研究，它所面向的是"科学"活动，首先是对学术史负责。学院批评的这种特点决定了它难以为大众所接收，也难以为作家所喜欢。我想，上帝的归上帝，撒旦的归撒旦。既然文学批评已经形成了三分天下的格局，我们就遵从各自的特性吧。作为一名高校从业人员，我的文学批评自然归属学院批评阵营。因此，我的文学批评自然也有学院批评的色彩和特征。文学批评对象的选择，文学批评的写作模式和关注的焦点，自然也打上了学院特有的烙印。我希望能得到朋友们的理解、支持与批评。我还清楚地记得，多年前，业师於可训先生曾教诲我说："你要记住你就是一名高校教师，你的文学批评就是为你的教学科研服务的。"多年后，再仔细品味这句话，可谓至理名言。

目 录

第一辑

重构宏大叙事的可能性

——以《麦河》《祭语风中》《己卯年雨雪》为考察对象

一

莫言曾说："重建宏大叙事确实是每个作家内心深处的情结。所有的作家都梦想写一部史诗性的皇皇巨著。"[1]宏大叙事对于作家个人来说，意义重大，对于时代来说也具有重要意义。正如铁凝所言，宏大叙事"在今天仍然被读者需要，正是因为它有能力表现一个民族最富活力的呼吸，有能力传达一个时代最生动、最本质的情绪，有能力呈现一个民族在自己的时代所能达到的最高想象力"[2]。何为宏大叙事？利奥塔认为："用一个元话语统合整个社会，这里说到的元话语便是宏大叙事。"[3]詹姆斯·威廉姆斯进一步阐释了利奥塔的观点："所谓元叙事是指一种陈述，这种陈述提供了一种方式，把所有证明的规则整合成一个总体性证明。"比如说："人类解放是一个人类如何获得自由的故事，这个故事把科学的语言游戏、人类历史冲突的语言游戏和人类本性的语言游戏整合成关于人

---

① 莫言、崔立秋：《"有不同的声音是好事"———对〈生死疲劳〉批评的回应》，《文学报》2006年9月28日。

② 韩小蕙：《伟大的时代为何难觅伟大的作品》，《光明日报》2010年4月14日。

③ 让－弗朗索瓦·利奥塔：《后现代状态：关于知识的报告》，车槿山译，南京大学出版社2011年版，第4页。

类在福利和道德方面稳定发展的总体性证明。"①宏大叙事不仅仅是一个哲学、文化上的概念，也是一个文学概念。在一定程度上，文学创作领域的宏大叙事和"史诗性"被看作一对相等同且可以相互置换的概念。洪子诚认为文学创作领域之所以会出现宏大叙事，"根源在于作家充当'社会历史家'，再现社会事变的整体过程，把握时代'精神的欲望'"②。宏大叙事旨在揭示"历史本质"，其主要特征为："在结构上的宏阔时空跨度与规模，重大历史事实对艺术虚构的加入，以及英雄'典型'的创造和英雄主义的基调。"③

宏大叙事在中国20世纪30年代的长篇小说中就有鲜明表现，《子夜》就是其中的典范之作。"十七年"时期的长篇小说，更是以宏大叙事为圭臬。《青春之歌》《红旗谱》《创业史》《红日》《保卫延安》等长篇小说是"十七年"时期宏大叙事的文学典范。"十七年"时期宏大叙事通过文学形象的塑造与故事情节的演绎，充分表现了共和国建立的"合法性"与社会主义现代化建设的"合理性"。20世纪80年代，宏大叙事虽然不再是主流，但是优秀之作也不少，这些作品充分阐释了中国改革开放的必要性、合理性与合法性。《平凡的世界》即是其中的典范。进入20世纪90年代后，像《白鹿原》《曾国藩》等文学作品，虽然描述了较长时段的社会生活，仍属重大题材，但是，它们已经丧失了把握"时代精神"的欲望，因此不具备宏大叙事的本质特性。有学者曾说，《白鹿原》"不再合乎旧有的'史诗性'巨著的概念……'史诗'的外在结构形式在这里已不重要，它已经成为一种小说的'道具'而已"④。之所以出现这种状况，并不是作家缺乏宏大叙事的艺术实践雄心，而是时代文化语境发生了变化。20世纪80年代初期，一些张扬个体精神、个体欲望的文学作品问世，宏大叙事开始受到冲击。尤其是20世纪80年

---

① 詹姆斯·威廉姆斯：《利奥塔》，姚大志、赵雄峰译，黑龙江人民出版社2002年版，第46页。

② 洪子诚：《中国当代文学》，北京大学出版社1999年版，第96页。

③ 洪子诚：《中国当代文学》，北京大学出版社1999年版，第96页。

④ 丁帆：《乡土小说的多元与无序格局》，《文学评论》1994年第3期。

代中后期崛起的后现代主义文化思潮，以其解构的理论锋芒，严重地冲击了宏大叙事。先锋小说叙事形式探索与"新写实主义"日常生活叙事相汇聚，使宏大叙事在众声喧哗中逐渐走上了萧条之路。而20世纪90年代兴起的欲望化叙事、身体叙事和新历史主义叙事，再度沉重地打击了宏大叙事。总体看来，20世纪80年代以来，"'寻根文学''现代派小说''先锋小说''新历史小说''新写实小说'以及'个人化写作'等小说潮流的出现，'宏大叙事'的整体性才被打破、颠覆、瓦解和变异，个人欲望、文化动因、性格命运、偶然性以及文本的美学规范代替历史的完整性和目的性，成为文学叙述的基本动力"[①]。从20世纪80年代开始，宏大叙事饱受各种颠覆力量的消解，乃至衰落。宏大叙事的衰落，是中国当代文学深重的灾难。中国文学也因此丧失了把握历史和现实本质的能力。

正如铁凝所言，时代与社会生活的发展已经在召唤宏大叙事。重振宏大叙事已经成为有叙事雄心的作家必须承担的历史责任。不过，有志于重拾宏大叙事的作家也面临着不小的难题。对作家们来说，已经不可能再皈依"十七年"时期宏大叙事陈规。毕竟，经过三十多年的发展，中国当代文学已经日趋丰富与多元化。今天作家们要重建宏大叙事，不得不面临三个方面的挑战。第一点是要沟通意识形态话语与现代人本精神。宏大叙事既然要把握现实与历史的秘密，自然难以和意识形态划清界限。另外，人的尊严、价值已经成为当代文学崭新的传统，个体价值也在当代文学历史发展中获得了合法性。今天的当代文学已经建立在坚实的现代人本精神和人性的价值立场上。如何统摄意识形态、政治话语与现代人本精神、人性，也成为今天作家们重构宏大叙事时不得不考虑的课题。毕竟，时代语境已经发生了巨大的改变，文学作品再难以凭单一的政治话语和意识形态话语来获得读者的认同。因此，建构宏大叙事时，沟通、统摄意识形态话语和现代人本精神就成为作家们不得不直面的挑战。第二点是要吸收中国当代文学叙事形式上的创新成果。中国当代文学宏大叙事在形式上一直乏

---

① 邵燕君：《"宏大叙事"解体后如何进行"宏大的叙事"？——近年长篇创作的"史诗化"追求及其困境》，《南方文坛》2006年第6期。

善可陈。从《子夜》到《山乡巨变》《创业史》《红旗谱》，叙事形式并没有取得突破。20世纪80年代重要作品《平凡的世界》，仍然采用经典现实主义的叙事形式。连路遥自己都觉得自己"冥顽而不识时务的态度，只能在中国当前的文学运动中陷入孤立境地"①。路遥对先锋试验的谨慎态度在先锋文学浪潮兴起之时，尚可以理解。然而，今天的作家们已经广泛吸纳了先锋小说叙事探索成果。如何把宏大叙事的文学传统与叙事形式探索有机地融合起来，是作家们无法回避的时代命题。第三点，作家要处理宏大叙事的现代性命题和传统文化之间的关系。历经"寻根文学"，中国传统文化的价值被充分肯定。尤其是经过全球化的洗礼，中国传统文化日益深入人心。宏大叙事如何运用中国传统文化有益资源来解读历史和现实，如何在中国社会现代性转型与中国传统文化之间找到叙事契机，叙述具有中国民族特色的现代中国，成为作家们建构宏大叙事时不得不正视的问题。

宏大叙事最为根本性的含义是把握时代精神，揭示社会现实和历史的本质。在不脱离根本属性的前提下，宏大叙事应该走向开放，构建出具有时代特色的叙事话语。如果一味地拘泥于已经形成的固有传统与规范，宏大叙事就会缺乏活力。因此，笔者认为，与其说20世纪80年代以来宏大叙事受到冲击和消解，不如说中国作家在构建宏大叙事时，没有充分吸收20世纪80年代以来日渐形成的文学经验，没有在日趋新变的文学时代为宏大叙事找到崭新的发展路径。

可喜的是，近些年来许多作家纷纷在做艰苦的探索，并取得了卓有成效的实绩。就个人的阅读视野来看，长篇小说《麦河》《祭语风中》《己卯年雨雪》颇能代表近些年宏大叙事的崭新气象。这几部长篇小说虽然题材和主题各异，但是在阐释历史和时代本质的基础上，充分吸收了中国当代文学新时期以来日渐形成的经验，拓展了宏大叙事，体现了重建宏大叙事的可能性。

---

① 路遥：《早晨从中午开始》，西北大学出版社1992年版，第48页。

二

宏大叙事的价值主要体现在阐释历史和社会现实的"本质"上。我们之所以在今天仍然肯定《创业史》《山乡巨变》《红旗谱》《红岩》《红日》《青春之歌》等作品，就在于这些作品为中国的社会现实和历史做出了"本质性"的概括，有助于我们认知社会和历史。《麦河》《祭语风中》《己卯年雨雪》依然阐释了社会现实与历史的本质。不过，和《创业史》《红旗谱》等作品不同的是，《麦河》《祭语风中》《己卯年雨雪》阐释的方式已经发生了重大的改变。

中国当代农村土地制度已经历经了四个历史阶段。新中国成立后，土地改革开始了，农民有了自己的土地。随后中国农村土地再次被集中起来，走上了互助合作和人民公社的发展道路。第三次土地制度变革是实行家庭联产承包责任制，农民获得了土地经营权。第四次土地制度变革是21世纪推行的土地流转政策。中国当代文学史上不乏表现中国农村土地变革的长篇小说，像《暴风骤雨》《创业史》《平凡的世界》等小说，都从宏大叙事的角度，再现了中国农村社会在土地制度变革后"崭新"的社会生活。

周立波在写作《暴风骤雨》时，所依仗的思想资源是党的各项方针政策。同样，柳青反映合作化道路必然性的《创业史》，也是以当时党的方针政策作为剪裁素材的尺度。然而，路遥写作《平凡的世界》时，不再是简单地肯定家庭联产承包责任制，而是从现代化视野出发，表现乡村社会变革的历史必然性，肯定了家庭联产承包责任制给农民、农村、农业带来的活力。《平凡的世界》在乡村叙事上的重要转折作用是不言而喻的。

与路遥一样，关仁山也是一名长期关注农村社会发展的作家。在关仁山的创作历程中，中篇小说《九月还乡》是一部重要的作品。这篇小说之所以重要，就在于它认为农村现代化不应该脱离农村，农村不能走城市化的发展道路。这是中国作家从崭新的角度来思考中国农村现代化道路的重要开端。《麦河》延续了《九月还乡》的主题，认为农村的现代化应该吸收现代资本因素与生产要素，提升农村的现代化水准。为此，《麦河》塑造了曹双羊这一重要人物形象。曹双羊积极参与农村土地流转，充分运用现代化的生产和资本要素，帮助农民发家致富。正是从农村现代化的历史目标出发，《麦河》叙述了家庭联产承包责任制带来的农村问题，如集体事业荒废、经营粗放、效益差、市场竞争力弱等不争的事实，从而确立了土地流转政策的历史合理性。

不过，《麦河》不再像《暴风骤雨》《创业史》那样单一地依靠国家土地政策来支撑宏大叙事。关仁山认为，作家面对今天的农村，应该"怀着一种'以人为本的现代意识'，从人性复杂多样的角度，来审视乡村社会所有人的行为动因"①。"以人为本"的现代意识和人性复杂多样的视角，构成了《麦河》叙述土地流转的独特视角。换言之，关仁山从"人本角度"找到了中国土地流转制度的合理性。对此，他有非常明确的表达："有人说，要想社会稳定，最好办法就是把农民继续束缚在土地上，这一小块土地可以维持他们的基本生存，土地基本转化为农民的社会保障。可是，世界上有哪个国家把社会保障推给个人，让土地成为防止农民流动的稳定剂？可是，这个国家发展到今天，谁有资格让一个群体为另一个群体必须做出牺牲？我们觉得，今天不存在一个整体的农民，农民个体身份在分化，每个农民就是他自己，他有选择的自由，他有权利迁徙到大城市，当然他也可以选择留在乡村。农民只想通过自己卑微的劳动改变自己和子女的命运，任何人都不能扼杀他们的选择，凡是剥夺和扼杀，都是不义的。"②由此，我们可以看到，关仁山是从人本哲学角度来观照土地流转，肯定了土地流转使农民从土地上松绑，肯定了土地流转政策充分保障了农民的迁徙自由、选择自由，保障了农民的正当权益。

关仁山还认为，土地流转本身就是对中国农民的一次拯救和灵魂的洗礼："根据我的了解，土地流转带有股份合作制度特征，对农民传统习惯进行着挑战。农村联产承包责任制，天然地适合了中国农民小农生产者的传统习惯，而土地流转或股份合作制则要求农民有合作能力。这正是农民

---

① 关仁山：《土地：现实与梦想——关于长篇小说〈麦河〉的创作》，《满族文学》2011 年第 3 期。

② 关仁山：《土地：现实与梦想——关于长篇小说〈麦河〉的创作》，《满族文学》2011 年第 3 期。

欠缺的，造成农业现代化程度非常低。"① 在关仁山看来，土地流转具有强大的启蒙功能，能提升农民的思想和灵魂的高度，从而让农民和现代化社会接轨。由此可见，关仁山增加了现代人本精神的观照视角来肯定土地流转政策的历史合理性。

尽管与《麦河》的题材和主题不一样，次仁罗布的《祭语风中》也运用了现代人本精神的视角来阐释社会历史的变动。《祭语风中》对藏地民情风俗、人物日常生活、建筑物、生活场景工笔式的描写，再现了生动而又细致的时代生活画卷。从时间跨度来看，《祭语风中》叙述了自平定叛乱到市场经济时期的西藏历史风云。表现和叙述西藏社会历史巨变，是中国当代文学的一个重要叙事传统。"十七年"时期的《我们播种爱情》和新时期之初的《幸存的人》都是其中的重要代表作。《我们播种爱情》是第一部反映西藏社会生活的长篇小说，它和"十七年"其他作品一样，"以激越高昂的文学作品，应和了新中国、新西藏的诞生、成长和发展，同时与这片土地上前所未有的社会变革、人民的精神风貌相合拍，谱写了一篇篇控诉批判旧西藏社会制度，歌唱中国共产党，歌唱领袖，歌唱军民团结、民族团结，展现新思想新感情的篇章"②。20 世纪 80 年代初期出版的长篇小说《幸存的人》是一部反映自 20 世纪 30 年代至解放军进藏时期西藏社会生活的作品，阐释了西藏现代转型的历史必然性。《幸存的人》和《我们播种爱情》都属于反映西藏社会生活的宏大叙事作品。《祭语风中》也是一部反映西藏社会生活的长篇小说。不过与《我们播种爱情》《幸存的人》仅从意识形态的角度来叙述历史事件不同，《祭语风中》则表现了西藏人民获得人身自由、获得平等权的历史事实，从而表现了西藏社会变革的历史必然性和历史合理性，揭示了"历史的秘密"。

从故事发生的时间来看，《祭语风中》的故事可以分为两个部分，一部分叙述西藏叛乱发生时的社会现状，描述僧人晋美旺扎追随师父希惟仁波齐外逃的经历。拉萨叛乱发生时，希惟仁波齐并不了解解放军的政策，

① 关仁山：《土地：现实与梦想——关于长篇小说〈麦河〉的创作》，《满族文学》2011 年第 3 期。

② 郑靖茹：《现代进程中的西藏当代文学六十年》，《西藏文学》2011 年第 4 期。

听信占卜结果，决定外逃，期待局势稳定后再返回拉萨。小说详细地叙述了希惟仁波齐带领徒弟晋美旺扎、多吉坚参、罗扎诺桑一起外逃的情景。逃亡途中，希惟仁波齐一行见到了普通群众被叛军打死的惨象，也亲历了徒弟多吉坚参被叛军打死的惨剧。希惟仁波齐一行人的马匹、给养也都被叛军掠走。在这一部分的叙述中，《祭语风中》尽力表现叛军给西藏人民带来的痛苦，给社会带来的灾难。《祭语风中》另一部分的内容则是叙述西藏新生政权建立后的社会生活。与前一部分内容表现叛军给西藏民众和社会带来的灾难相比较，《祭语风中》后一部分内容则是叙述了西藏自治区政府成立后给广大西藏人民带来的新气象。小说描述了西藏人民在新政权成立后获得了新生的情形：广大群众获得了自由身，获得了土地、房屋、牲畜等各种财产，也有了参与社会主义现代化建设的机会。社会民众获得了平等、自由，整个西藏社会和谐，蓬勃向上，焕发出了巨大的生机和活力。获得了新生的人民格外拥护西藏新生政权，非常珍惜来之不易的新生活。《祭语风中》以饱满的激情叙述了西藏社会转型之后人民群众高昂的精神状态，再现了转型之初西藏社会所发生的翻天覆地的变化，表现了西藏社会现代转型的历史合理性。

　　《祭语风中》通过西藏叛乱发生前后人民群众的生活和精神境遇的对比，展现了西藏社会发展的历史合理性。这种历史合理性不再仅局限于意识形态层面，还从"人"的角度，表现了西藏人获得自由、平等的权利之后所焕发出来的精神风貌以及生活激情，彰显了西藏社会现代转型的历史合理性和历史必然性。难能可贵的是，《祭语风中》塑造了希维贡嘎尼玛、瑟宕二少爷等理性地认知社会发展的人物形象。他们超越了个体的遭遇来看待西藏社会变革，不以个人悲欢离合作为评判社会的尺度，表现出强烈的社会理性意识。其中瑟宕二少爷最典型。瑟宕家族是西藏的一个古老家族，瑟宕府处于西藏上层社会。瑟宕二少爷在国外游历较广，眼界开阔，在思想上能跟上世界发展潮流，这是他区别于一般西藏贵族的地方，他也因此超越了自身社会阶层的局限性。瑟宕二少爷紧跟世界文明发展的大势，在自己的领地实行改革，废除了众多奴隶的卖身契。西藏叛乱平定后，他积极投身西藏现代化建设中。但是，由于特定的历史原因，瑟宕二少爷也曾遭受过冤屈。不过，他超越个人得失，高度评价西藏社会历史进程：

"现在，禁锢社会发展的旧制度已被彻底摧毁，被奴役的劳苦大众获得了
翻身，贵族也在自食其力地生活，还有我们的儿孙们享受着平等的教育，
这一切以前是不可想象的。现在理想变成了现实，我个人遭受多一点冤屈，
又有什么关系！佛教不是倡导众生平等吗？现在西藏高原上的人们，正生
活在平等与自由之中。"①

《麦河》《祭语风中》不再像"十七年"时期的小说一样，单纯地从
意识形态和政策的角度来阐释社会和历史的发展，还从现代人本意识入
手，肯定了社会政策和历史进展给人民带来的生机与活力，丰富了宏大叙
事的思想内涵。20 世纪 80 年代初期，随着中国社会改革开放历史进程的
深入，当代文学开始关注人性复杂性，张扬生命与欲望、勘探个体存在的
价值和意义成为中国当代文学的重要主题。很长一段时间以来，面对人性，
宏大叙事陷入失语境地。其实，宏大叙事和人性书写并不是不可兼容的。

《己卯年雨雪》即是一部沟通宏大叙事与人性的典范之作。《己卯年
雨雪》是 2016 年涌现出来的优秀抗战叙事作品之一。抗日战争本是中国
20 世纪的一件大事，抗日战争的重要性也在文学领域得到了表现。现当
代中国抗日战争文学书写，在文学史上占据着重要地位。宏大叙事自然
是抗日战争书写的重要组成部分。"十七年"时期，《铁道游击队》《野
火春风斗古城》等长篇小说就是典范的宏大叙事。这些作品既再现了敌后
抗日战争波澜壮阔的画卷，也以文学的形式表现了新生人民共和国的合法
性。随着意识形态环境的宽松，20 世纪 80 年代中期以来的抗日战争书写
渐渐偏离了叙述抗日战争本身的轨道。尤其是新历史主义小说创作潮流盛
行之后，抗日战争这场深刻影响了中国历史进程的战争在一些文学作品中
渐渐地成为一个时间标记、一个事件背景，人性以及其复杂性成为文学作
品表现的核心和中心。当然，作家有权利选择文学形式来叙述抗日战争。
但是，不得不指出的是，这样的叙述方式使抗日战争的正义性，包括这场
战争给中国人带来的心灵震撼，无法在战争叙述中得到正面表现，抗日战
争的宏大叙事也因此而塌陷。于是，传奇化的抗日神剧纷纷登场。抗日战
争叙事的转型出现在 21 世纪。由于意识形态的变化，国民党军队正面战

①次仁罗布：《祭语风中》，《芳草》2015 年第 3 期。

场叙事的合法性得到了确认,《大崩溃》《八月桂花遍地开》等作品以其宏阔的视野和开阔的笔调再现了正面战场的抗战历史。与《大崩溃》《八月桂花遍地开》一样,《己卯年雨雪》也描写了抗战正面战场。不过,与《大崩溃》《八月桂花遍地开》不同的是,《己卯年雨雪》以人性作为视角,深入地反思了日本侵华战争发生的原因,也把人性关怀与人性温暖作为小说的书写内容。

20 世纪 80 年代初期,《最后一幅肖像》叙述了日本侵略者对于美的追求,表现了超越民族性的人性主题。这种叙述思路后来在多部文学作品中都有表现。新历史主义兴起后,人性渐渐被抽空,成为空洞的、暧昧的符号。当以空泛的人性来观照抗日战争时,也就架空了抗日战争背后更为复杂的民族性,也不能根本性地反思日本侵华战争发生的深刻原因。

《己卯年雨雪》一方面详细地叙述了日本军队攻占营田的战争过程,叙写了日军滥杀无辜的反人类行径。另一方面,《己卯年雨雪》叙写了日本民族性异化人性的方方面面。日本为何会发动这场战争?熊育群曾说:"我开始注意日本这个大和民族,从美国人鲁思·本尼迪克特的《菊与刀》开始,我读一切研究日本的书籍,从小泉八云的《日本与日本人》、内田树的《日本边境论》、网野善彦的《日本社会的历史》、尾藤正英的《日本文化的历史》、奈良本辰也的《京都流年》……""我进入日本的历史文化,寻找着缘由,我渴望理解它的国民性。"[①] 深入了解日本的国民性之后,熊育群认识到,正是偏激、狭隘、功利的民族性把日本推上了战争的绞肉机。《己卯年雨雪》借助侵华日军士兵武田修宏形象的塑造,来表现这一主题。武田修宏原本是一名热爱中国传统文化的青年,但是他在成长过程中,接受了《脱亚论》《文明论之概略》的影响,受到国内一些宣扬"大东亚共荣思想"的蛊惑。此时,武田修宏的人性开始扭曲。日本官方在学校推行军事教育,并培养对中国人的蔑视。这是武田修宏人性开始泯灭的重要一步。到部队参军后,部队拿中国普通老百姓让士兵练习杀人,让士兵克服害怕杀人的心理。于是,武田修宏和其他日本士兵一样,渐渐丧失了人性,沦为杀人工具。日本"一直在编造理由、培养仇恨。从

---

① 熊育群:《己卯年雨雪》,花城出版社 2016 年版,第 373 页。

学校对'支那人'的蔑视教育到不对的杀人示范，一要培养恨，二要让人失去理性。不把'支那人'当人看就是没有理性的表现"；最终，武田修宏认识到，日本的文化和教育"是在培养战争机器。这些做法与他信奉的大亚细亚主义毫不相干"。①《己卯年雨雪》紧扣日本民族文化心理，展现了日本的民族文化与教育如何一步步地影响日本青年，使日本青年最终丧失了人性，沦为杀人机器。

在《己卯年雨雪》紧扣日本的民族性如何异化人性的视角来反思日本侵华战争的同时，为避免"人性"落入空洞符号的窠臼，《己卯年雨雪》还多维度夯实了小说的"历史感"。为了真实地呈现历史场景，熊育群多次去战争发生地营田寻访遗址，访谈战争的目击者、参与者，他还去日本拜访战争的参与者。除了历史学者式的田野调查之外，举凡日本的历史、文化、政体、民族性格乃至军队建制，他多有研究。这些学究式的前期准备工作，都内化为小说叙事的血脉，使《己卯年雨雪》的人性观照具有浓厚的历史真材实料打底。而《己卯年雨雪》独特的以人性观照战争的方式，使它成为近些年来抗战文学的典范之作。

马克思·韦伯曾说："当现代生活开始趋于理性化，同时也意味着现代社会之终极价值理念的多元化和个体化。因此，现代社会的整个转折，一方面，具有强大解放效果，使人在自然和社会两个领域都得以摆脱自然天成的道德秩序的羁绊；另一方面却也赋予了作为个人的人以沉重的责任，因为在传统的救赎力量失去作用之后，它必须自行建构其价值与目的，为自己的生命赋值。"②人的解放，与社会历史现代性转型一样，应该是宏大叙事应有之义。然而，在构建宏大叙事时，我们曾习惯性地把个人与社会现实、历史摆在对立位置。梁生宝（《创业史》）、刘雨生（《山乡巨变》）、朱老忠（《红旗谱》）、卢嘉川与林道静（《青春之歌》），"他们以前所未有的原创冲动、坚定意志、神圣品格和美好理想，积极地去参与实现'新社会规划'这一实践；他们身上，洋溢着符码化时期社会

---

① 熊育群：《己卯年雨雪》，花城出版社 2016 年版，第 210 页。

② 马克思·韦伯：《经济与社会》（上卷），林荣远译，商务印书馆 1997 年版，第 57 页。

特有的青春气息。他们之作为全新典型的缘由，应该到这种全新典型与社会结构和意识形态的关系中去寻找"①。当我们把宏大叙事局限于社会历史意识的承载时，当20世纪80年代以来彰显现代人本意识和表现人性的作品纷纷问世后，我们自然就会认为宏大叙事被消解。值得称道的是，《麦河》《祭语风中》《己卯年雨雪》充分阐释了社会现实和历史的本质，同时还以现代人本意识和人性来观照社会现实和历史，丰富了宏大叙事的可能性。

三

自20世纪80年代以来，中国传统文化在当代文学中全方位地复活。随后"寻根文学"浪潮涌现，中国传统文化成为中国文学表现历史和现实社会生活的重要思想资源，涌现了像《棋王》《小鲍庄》《爸爸爸》等优秀作品。进入20世纪90年代后，像《九月寓言》《柏慧》《家族》《白鹿原》《曾国藩》等长篇小说，纷纷以传统文化作为审视现实和历史的价值坐标。于是，中国传统文化不再仅仅是价值观，而成为历史观。书中认为，决定社会历史发展的不是经济基础而是文化。文化以其强大的力量，决定了社会历史进程。《九月寓言》《柏慧》《家族》认为中国市场化进程破坏了中国传统道德观和价值观，只有回归到中国传统文化之中，才能找到精神家园。而《白鹿原》干脆把儒家文化看作社会历史的终极力量，20世纪中国的社会历史无非是儒家文化的"常"之外所体现出来的暂时性的"变"。《曾国藩》也把曾国藩平息太平天国运动看作儒家文化的胜利。进入21世纪之后，《家族》《白鹿原》《曾国藩》的叙述思路得到了延续。

《家族》《白鹿原》《曾国藩》认为，存在着先念的、本质论的中国传统文化。"文化动因"成了它们阐释社会现实和历史的决定性因素，社会现实和历史的阐释权于是被拱手交给了中国传统文化。《家族》《白鹿原》

---

① 王一川：《卡里斯马典型与文化之镜（一）——近四十年中国艺术主潮的修辞学阐释》，《文艺争鸣》1991年第1期。

《曾国藩》等代表的历史观成为中国当代文学宏大叙事一度无法翻越的山峰。不错,在人类社会发展史上,文化的确起到了重要作用。不过纵观人类社会发展史,起决定性作用的仍然是生产方式以及在此基础上形成的经济基础。传统和现代也不应该是绝对的二元对立关系。我们应该抱着"创造性转化"的态度,着重在时代潮流中去发展中国传统文化,而不是一味地固守。可喜的是,《麦河》《祭语风中》《己卯年雨雪》没有故步自封地沿袭中国传统文化,而是"创造性地转化"了中国传统文化,显示了建构宏大叙事的新状态。

土地崇拜是中国最为普遍的文化心理。土地崇拜在中国表现为土地神信仰。土地神崇拜在中国源远流长。原始农业诞生之后,人与土地的关系更为亲近,所需生产生活资料都离不开大地,所谓:"地,底也,言其底下载万物。""土,吐也,吐生万物也。"(刘熙《释名·释地》)《礼记·郊特牲》说:"地载万物,天垂象,取财于地,取法于天,是以尊天而亲地也。故教民美报焉。"对土地自然属性的认知基础上,产生了土地有灵的意识思维,从而产生了土地神观念。"新的宗教形式——自然崇拜发展了起来,不过这时候还没有抽象的对整个大自然的崇拜。这只是膜拜人所认为最有势力、最同情于人的个别的自然因素和自然力。当然,在自然崇拜中,那些具有巨大生产意义的自然因素和自然力会占据特殊的地位,因此,在自然崇拜中,对于地、太阳、水、火、树以及个别动物的崇拜得到比较显著的发展和传播。"①中国自古以农业立国,漫长的农业社会渐渐加固了土地崇拜,也进一步强化了土地神在中国社会文化中的重要性,"土地神最初只主宰农作物得到收获。后来,人们不断地给它增加神职,使它成为身兼数职,甚至是万能的神祇,成为各个领域的保护神"②。《麦河》其实是一部叙述土地崇拜的小说。③为何要写一部关于土地崇拜的小说?关仁山袒露了他的心声:"我们富足了,都是土地付出的代价,一切物质

---

① 柯斯文:《原始文化史纲》,张锡彤译,生活·读书·新知三联书店1955年版,第177页。

② 何星亮:《土地神及其崇拜》,《社会科学战线》1992年第4期。

③ 关仁山:《麦河》,作家出版社2010年版,第530页。

的狂欢都会过去，我们最终不得不认真、不得不严肃地直面脚下的土地，直面我们的灵魂。我们说土地不朽，人的精神就不朽。所以，我们有理由重塑今天的土地崇拜。"① 农民热爱土地是源于千百年来农民的生产方式和生活方式，"我们必须承认，农民和土地之间难割难舍的关系，深刻影响着农民的生活方式、行为方式、道德观念还有价值取向。土地就像神灵一样被农民世世代代敬仰着，土地在人民心中深深扎下了根，人离不开土地"②。但是，这种对土地的情感如果不适应时代的发展，就会影响农民融于现代生活，束缚农民的发展空间，成为农民走现代化道路的精神负担。

如何在新的文化语境中叙述土地崇拜，是关仁山必须面对的挑战。《麦河》叙述了两种土地崇拜的表现方式。一种是韩腰子、郭富九式的农民们。他们爱土地，对土地充满了深厚的感情，满足于传统的个体耕种的劳动方式。在他们眼里，自己耕种自己承包的土地，哪怕是没有什么收成，只要和自己的土地天天打交道，心里就会感到特别踏实。正因为有这种情感，他们对鹦鹉村涌现出来的崭新劳动方式——集体劳动，新的土地政策——土地流转，充满了排斥心理。《麦河》花了很大篇幅去叙写韩腰子、郭富九式的农民在面对土地流转时的抗拒心理，和对集体劳动的不适应。韩腰子、郭富九式农民的土地崇拜，显然是以传统的土地崇拜来打量新鲜事物——土地流转。于是，传统的土地崇拜和新鲜事物土地流转政策之间形成了鸿沟和对峙。这是典型的《白鹿原》式的看待传统文化与社会历史之间关系的方式。

《麦河》还有一种崭新的看待土地崇拜的方式：以时代特色与内涵去发展土地崇拜。这种思想观念主要体现在曹双羊身上。曹双羊是21世纪不可多得的崭新农村人物形象。他的成长过程经历了三次蜕变。这三次蜕变都离不开土地崇拜。早年曹双羊和地痞流氓合作，承包煤矿，挖到了人生的第一桶金。当土地流转政策实行后，曹双羊面临着人生的选择，是继续到城市去淘金还是回到鹦鹉村。经过考量，他最终回到了鹦鹉村来开展

---

① 关仁山：《麦河》，作家出版社2010年版，第530页。

② 关仁山：《麦河》，作家出版社2010年版，第167页。

土地流转工作。曹双羊决定回村担负起土地流转的责任，自是出于对于故土的热爱和对于父老乡亲的深厚情感。这份对土地的热爱促使他不放心别人主导土地流转。虽然发家致富了，曹双羊仍然没有摆脱土地崇拜的情结。他用家乡的黑土装了一个枕头，无论是在城市的家中还是出国，都要带上。曹双羊所选取的生产方式是现代化的，但是他的情感仍然没有脱离土地崇拜。他的第二次、第三次蜕变，更是源于土地崇拜。如果仅仅是一名商人，曹双羊自然会以单方面地获取最大利益为价值取向。但是，在发现土地板结后，曹双羊出于对土地的热爱，花重金改良土地，从一名向土地要利益的商人升华为一名有良心有责任感的商人。曹双羊的第三次蜕变是举报县长陈元庆。曹双羊本来和陈元庆有利益交换关系。但是，因为陈元庆的土地政策伤害了农民的利益，他决定出手举报。曹双羊的三次蜕变，都源于对土地的热爱。不是拘泥于传统的耕作方式，而是在思想情感和价值观上保持着对土地的热爱和崇拜。这是曹双羊这一人物形象所蕴含的重要内涵。曹双羊在时代环境中发展了土地崇拜的内涵，阐释了不同于韩腰子、郭富九式农民的土地崇拜观念。

进入现代社会后，如何面对传统文化，是每个民族都要面临的问题，处理传统文化和现代化之间的关系，从一定意义上决定了一个民族的社会走向。《己卯年雨雪》其实也是在思考这一问题。武田修宏和千鹤子这对夫妇本是中国文化的拥趸。由于日本和中国在历史上的特殊关系，中国传统文化在日本有着深厚的影响。作为日本青年，武田修宏和千鹤子也痴迷于中国传统文化。他们在青少年时期，受过良好的中国传统文化教育，学习中国文化典籍和诗歌，学习中国书画。儒家文化经典《论语》，道家文化经典《庄子》，中国历史经典《史记》《资治通鉴》，中国古代著名诗人陶渊明、李白、杜甫的诗歌，和小说《三国演义》《红楼梦》等，都是他们钟爱的。武田修宏夫妇是一部分日本人的缩影。但是，日本为何一面喜爱中国传统文化，一面又对中国发动了令人发指的侵略战争呢？这固然不是《己卯年雨雪》这部小说要讨论的问题。但是，作为一部从文化角度来探讨日本侵华的小说，自然不能不涉及。《己卯年雨雪》叙述了武田修宏夫妇早年所接受的另外一种教育。武田夫妇和众多日本人一样，接受了《文明论之概略》《脱亚论》的影响。《文明论之概略》《脱亚论》比较了西方现代文明和中国传统文化的优劣，认为中国的落后源于传统文化的影响，于是主张日本抛弃中国传统文化，转而接受西方现代文明的影响。这在某种程度上就是日本发动侵华战争的文化基础。

《文明论之概略》《脱亚论》所持的是"本质论"的中国传统文化观，在中国传统文化和现代文明之间划了一条深深的鸿沟。与之相反，《己卯年雨雪》则书写了中国传统文化的拯救力量，沟通了传统文化和现代文明的联系。左太平、祝奕典、左太乙等是中国传统文化坚韧力量的体现者。左太平是儒家文化的传承者，他深受左宗棠"身无半亩，心忧天下"的情怀的影响。身为县长的他，为抗战而奔忙。正是他的努力工作，把日本侵占营田的损失降到最低。祝奕典则是中国侠文化的传承者。他一会儿是篾匠，一会儿是跑江湖的船帮，时而又与土匪纠缠不清，像古代侠客一样，隐身江湖，任性而为，从无约束。在民众的拥戴下，他组织了民间抗日组织，打击了日本侵略者。儒家文化和侠文化都在现代战争中得到了升华，获得了崭新的内涵。而《己卯年雨雪》则借助左太乙这一文学形象的塑造，表明了中国传统文化在现代社会可以"创造性转化"，并且起到拯救现代文明病的功效。

左太乙因为不满近代中国陷入兵荒马乱的社会状况，长期居住在杨仙湖荒洲上。离群独居的左太乙与芦苇、鸟类为伍。在他眼里，万物一体，都是平等的生灵。他给受伤的鸟治病，给鸟喂食。左太乙和自然之间形成了和谐的关系。千鹤子"惊讶地发现老人跟白鹭说话，鸟似乎懂得他的意思。鸟飞到老人肩上、头上，他走到哪里它们飞到哪里。早晨的露水湿漉漉的，老人踏着露水去寻找茭白、芋秆，他黑色的裤腿被露水打湿了。白鹭在他身边蹁跹起舞，向着他歌唱"。好一幅人与自然和谐共处图。这幅图景深深打动了千鹤子。她发现人与鸟类都能和谐相处，相互沟通，何况人类呢？千鹤子被抓后，左太乙对她十分关爱，帮她疗伤，细心呵护，拒绝把她交到政府手里。左太乙要求祝奕典在千鹤子的孩子生下来之前，一定不要把她交到政府手里，"敌国的女人也是人，人跟人没有两样，孩子更是无辜的"。村人得知千鹤子的真实身份后，左太乙更是分开众人的棍棒，高喊"她是人，不是畜生"。左太乙不仅保护了千鹤子，还给她讲解《周易》，唤醒了千鹤子的灵魂，让她对人的命运产生了兴趣。千鹤子在左太乙的感召下，恢复了人性。最终，《己卯年雨雪》也完成了道家文化救赎力量的书写。

如果说《己卯年雨雪》着重于展示中国传统文化拯救现代文明的力量，《麦河》侧重表现中国传统文化的创造性转化，那么《祭语风中》则表达了传统文化在现代社会抚慰人心的重要功能。

有人认为《祭语风中》是一部叙述宗教的文学作品。不过，这是一种不了解西藏社会生活的粗浅的看法。实际上"在西藏，宗教和世俗生活达到了一种水乳交融的地步，你不能强行拆开着说这是世俗，那是宗教"①。因此，"《祭语风中》并不是刻意要去传达这种宗教文化的，而是在表现藏族人的这种日常生活状态"②。

《祭语风中》是一部讲述现代转型时期人如何寻找精神家园的作品。1950 年以前，西藏是一个神权社会。而建立人民政权之后，西藏就开始走上了现代化的道路。西藏社会现代化进程开启后，整个社会进入和原来神权社会完全不一样的历史发展道路。被神权思想深深影响的西藏人，如何面对西藏开启的现代化历史进程？从哪里找到救赎现代人的思想资源？次仁罗布找到了传统文化。"《祭语风中》是讲传统文化怎样抚慰人心、给予精神宁静的一部作品。"③次仁罗布把这些传统文化具体解读为人类的优秀品质如"善良、宽容、悲悯、坚定、忠诚"④"那种隐忍、那种宽阔、那种救赎"⑤。为了表达传统文化的精神力量，《祭语风中》塑造了传承传统文化精神的三代人物形象米拉日巴、希惟仁波齐、晋美旺扎，

---

① 胡沛萍、次仁罗布：《作家的担当意识与文学的苦难救赎——〈祭语风中〉访谈》，见《阿来研究》（第 5 辑），四川大学出版社 2016 年版，第 120 页。

② 胡沛萍、次仁罗布：《作家的担当意识与文学的苦难救赎——〈祭语风中〉访谈》，见《阿来研究》（第 5 辑），四川大学出版社 2016 年版，第 121 页。

③ 徐琴、次仁罗布：《关于次仁罗布长篇新作〈祭语风中〉的对话》，见《阿来研究》（第 5 辑），四川大学出版社 2016 年版，第 114 页。

④ 胡沛萍、次仁罗布：《作家的担当意识与文学的苦难救赎——〈祭语风中〉访谈》，见《阿来研究》（第 5 辑），四川大学出版社 2016 年版，第 119 页。

⑤ 胡沛萍、次仁罗布：《作家的担当意识与文学的苦难救赎——〈祭语风中〉访谈》，见《阿来研究》（第 5 辑），四川大学出版社 2016 年版，第 122 页。

形象地表现了"传统精神价值是如何传承下来的"[①]。

米拉日巴是一名历经磨难最终成圣的大师。米拉日巴曾经有一个非常富裕的家庭，八岁时父亲不幸过世。他的父亲过世之前和叔叔、姑姑立下遗嘱，在米拉日巴长大成人之前，由叔叔和姑姑打理财产并照顾他们一家的生活。不料，叔叔和姑姑贪恋他们家的财产，虐待他和母亲、妹妹。在米拉日巴长大成人后，叔叔和姑姑拒不归还财产。走投无路的米拉日巴离家去学习咒语降雹的法术，报仇雪耻。复仇使米拉日巴的心境愈来愈沉重。那些死者绝望的哀号常常在耳旁回响，他们恐惧变形的狰狞面目时时在脑海里萦绕，使米拉日巴难以摆脱噩梦和罪恶的纠缠。于是，米拉日巴找到了圣人玛尔巴，寻求解脱之法。在得到玛尔巴传法之前，米拉日巴备受折磨，身体和心灵备受煎熬。米拉日巴把"苦难当成历练的磨石，让自己变得坚强和超脱"。小说中传承米拉日巴精神的是希惟仁波齐。希惟仁波齐是色拉寺的活佛，在拉萨叛乱之际，出走拉萨。在逃亡的路上，希惟仁波齐历经战乱，曾被抢劫过，徒弟也被叛军杀死。直到遇到查拉恒寺，才决意留在那里修行，直到圆寂。希惟仁波齐历经磨炼，"把世间当成修炼的道场，具足慈悲的情怀来修心"，最终找到了心灵宁静之地。

晋美旺扎是希惟仁波齐的徒弟。他立志成为一名有修为的僧人。在拉萨叛乱发生时，他跟随希惟仁波齐一起逃亡。在逃亡的路上，他历经坎坷，师弟被叛军打死，粮食、马匹被叛军夺走。当希惟仁波齐决定留下来闭关后，晋美旺扎开始返回拉萨。返回途中，晋美旺扎遇到了解放军，并接受了解放军的改造。在参与了新生政权的一些工作后，晋美旺扎渐渐远离了曾经的教徒生活，成为普通大众中的一员，最终融入了拉萨的社会生活，收获了爱情，组建了家庭。然而，晋美旺扎始终有一颗向佛之心。由于特别的历史原因，晋美旺扎幸福的世俗生活后来被毁掉了。妻子所怀的亲骨肉流产，他和妻子的关系也因此渐渐走向疏远，最终妻子和别人走到一起。经历过生活的磨炼，晋美旺扎渐渐发现，他的心其实从来没有离开过佛。

[①] 胡沛萍、次仁罗布：《作家的担当意识与文学的苦难救赎——〈祭语风中〉访谈》，见《阿来研究》（第5辑），四川大学出版社2016年版，第119页。

从米拉日巴到希惟仁波齐、晋美旺扎，《祭语风中》完整地塑造了代代相传传统文化精神的人物形象。在谈到为什么要传承这些精神价值时，次仁罗布说道："我国的当代文学作品里，对精神价值的传扬还很不够，更多地充斥的是欲望和狡诈，这样负面的东西何以塑造健康的民族魂呢？文学作品应该给人美好的东西，让读者看到人活着的意义与尊严。"①

《麦河》《祭语风中》《己卯年雨雪》不约而同地强调了中国传统文化。这些作品或者从中国传统文化中找到了现代化的资源，或者找到了拯救现代文明病的传统文化因子，或为现代人寻找慰藉心灵的文化资源。虽然在这三部作品中，中国传统文化的功能有所差异，但是从总体上来讲，三部作品没有把中国传统文化作为现代化的对立面。今天，阐释现实和历史毫无疑问要从现代性出发，但是，传统文化也应该在现代性视野得到重新阐释，进而叙述具有中国民族特性的现代中国。这才是作家们构建宏大叙事的终极性目的。这就是《麦河》《祭语风中》《己卯年雨雪》给我们的启示。

四

罗斯曾说："由于将一切人类历史视为一部历史，在连贯意义上将过去和将来统一起来，宏大叙事必然是一种神话的结构。它也必然是一种政治结构，一种历史的希望或恐惧的投影，这使得一种可争论的世界观权威化。"②罗斯认为，宏大叙事标志性形式是线性叙事。回想中国当代文学史上的诸多宏大叙事的文学作品，像《青春之歌》《红旗谱》《创业史》等，无不是按照自然时间顺序来安排小说的叙事时间。这种严格按照自然时间顺序来叙述的线性叙事结构，成为宏大叙事最典型的形式美学。

20世纪80年代初期，中国当代文学开始文学形式探索，"意识流"、复调、象征等被认为是这一时期带来小说形式变化的"技巧"。20世纪

---

① 胡沛萍、次仁罗布：《作家的担当意识与文学的苦难救赎——〈祭语风中〉访谈》，见《阿来研究》（第5辑），四川大学出版社2016年版，第119页。

② Dorothy Ross: "Grand Narrative in American Historical Writing: From Romance to Uncertainty", *The American Historical Review*, 100（1995），653.

80年代中期兴起的先锋小说在形式探索上走得更远，"怎么写"代替了"写什么"。小说叙事形式探索，突破了线性叙事形式，被看作消解宏大叙事的重要力量。然而，宏大叙事不能在形式上有所创新吗？在形式创新业已成为文学创作不懈追求的今天，如何践行宏大叙事的形式创新？《麦河》《祭语风中》《己卯年雨雪》这三部作品在形式上的探索值得我们去思考。

首先，我们来看《麦河》在叙事形式上的探索。《麦河》叙述了从"土改"、合作化，到联产承包责任制、土地流转的土地制度改革史。中国当代土地制度变革的开端是土地改革，土地流转在中国当代土地制度变革时间顺序上处于末端。但是，《麦河》并没有按照中国土地制度变革的自然时间顺序来一一叙述土地制度的流变史，确立土地流转制度的历史合理性，建构土地流转的历史神话。《麦河》仅仅叙述了鹦鹉村土地流转后麦收季节一个月内的事情。

《麦河》共有五卷，分别命名为逆月、上弦新月、望之满月、下弦残月、朔之逆月。五卷分别对应的时间是"朔—上弦—望—下弦—朔"。"朔—上弦—望—下弦—朔"是月相的命名。月相的轮回更替完成了一月的时间变换。《麦河》的叙事时间从朔月开始。值得注意的是，《麦河》为何要选择农历而不是公历来作为小说故事时间的标志呢？这和农历和公历所代表的时间观有关系。公历是典型的线性时间观，它表明时间沿着直线前行。线性时间观代表现代性，而"现代性首先是一种时间意识，或者说是一种直线向前、不可重复的历史时间意识，一种与循环的、轮回的或者神话式的时间认识框架完全相反的历史观"①，符合宏大叙事所要求的"在连贯意义上将过去和将来统一起来"的"神话的结构"。而农历则不同。农历所体现的时间观是循环往复的。循环时间观"被认为是无法区分神话和历史的，而且排除了唯一事件存在可能性"②，和现代性的线性时间观格格不入。

《麦河》选择农历自有独特的思考。《麦河》虽然肯定了土地流转政

① 汪晖：《汪晖自选集》，广西师范大学出版社1997年版，第2页。
② 罗米拉·塔帕尔：《早期印度的循环时间观和线性时间观》，见里德伯斯主编：《时间》，章绍增译，华夏出版社2006年版，第24页。

策的历史合理性。但是，关仁山并不想神化土地流转政策，而是忧心忡忡地指出了土地流转带来的社会问题：随着土地流转政策落地，民营资本必然进入，资本贪婪的本性在土地流转中也体现出来了，巧取豪夺猎取农民的资产和正当利益。土地流转政策到底会把中国农村带到哪里，关仁山认为仍然需要时间去证明。综合上述两方面的考量，《麦河》选取了农历。通过这种方式表明了土地流转的历史合理性，也表达了对土地流转历史前景的审视。

《麦河》叙述了从麦收仪式开始，历经麦收过程、祭奠土地和铸魂碑整个麦收季节的故事。但是，《麦河》不是一部叙述麦收本身的小说，它要完成中国农村土地流转开始、过程、成效的叙述，展示中国农村土地流转的历史合理性。那么，这些和土地流转相关的情节如何被吸收到叙述视野的呢？关仁山采取了倒叙的叙述方式。《麦河》里与倒叙相关的提示语常常出现："记得十三年前的一个麦收之夜""去年麦收的一天""我记得那是四年前的事""我想起三年前土地签约的事""那一年""那天晚上""双羊流转土地的第二年""那天午睡的时候"，等等。通过倒叙，小说完成了土地流转过程以及与此相关事件的叙述。

《麦河》的叙事形式还要解决一个问题：如何在有限的篇幅内处理中国几十年土地政策的历史进程？正如前文所述，如果按照自然时间顺序来叙述中国土地制度的历次变革，处于时间序列最后阶段的土地流转政策就会成为神话结构的终端，从而顺理成章地神化了现阶段的土地流转政策。这与关仁山的初衷相悖。但是，如果不去展开中国土地政策的历史变迁，又无法凸显出土地流转政策的历史合理性。为此，《麦河》仍然采取了倒叙的方法，只不过是采取和魂灵对话的方式来展开。《麦河》在瞎子白立国的叙述视角中展开。白立国有一项特殊的功能，他能和鬼魂对话。白立国和狗儿爷多次对话，呈现了中国当代历次土地制度变革，展现了中国农民在土地变革中的心路历程。

"十七年"时期的宏大叙事在视角选择上基本是全知全能的视角。这种叙事视角类似上帝的眼睛，无所不知，无所不能。全知全能视角也完全和"十七年"时期的宏大叙事要整体性地呈现社会历史变动的雄心是一致的。不过，近些年的一些作品，如《麦河》《祭语风中》《己卯年雨雪》

不再是以全知全能的视角来表现社会生活，不约而同地选择了限制性叙事视角。《麦河》的叙事视角由白立国来充当，《祭语风中》的叙事视角由晋美旺扎来承担。《己卯年雨雪》的限制性叙事视角则要复杂一些。

《己卯年雨雪》分别选择了武田修宏、千鹤子、左太乙、祝奕典等几个人物形象来承担限制性叙事视角。抗日战争叙事的小说，叙事视角一般不会由日本人来承担。但是，《己卯年雨雪》则别出心裁地选取了武田修宏、千鹤子来作为小说的叙事视角的一部分。为何要选取两位日本人来作为小说叙事视角的承担者？熊育群认为，"要真实地呈现这场战争，离不开日本人……超越双方的立场，从仇恨中抬起头来，不仅仅是从自己国家与民族的立场出发，从受害者的立场出发，而是要看到战争的本质，看到战争对人类的伤害，寻找根本的原由与真正的罪恶，写出和平的宝贵。这对一个作家不仅是良知，也是责任"①。武田修宏、千鹤子作为叙事视角的承担者，分别回忆了个人的成长经历，展现了普通日本人如何被日本的文化、教育一步步地推向战场，剖析了日本侵华战争发生的根由。小说还分别以武田修宏、千鹤子的视角，写出了战争过程中的所见与所思，展示了战争反人性的本质。限制性叙事视角也细致地展示了武田修宏、千鹤子在中国传统文化的引导下，一步步反省的心路历程。当然，为了展示中国传统文化的生命力和力量，《己卯年雨雪》还以左天平、左太乙、祝奕典作为小说的叙述视角。由于众多人物充当了小说的叙事视角，《己卯年雨雪》的叙事视角常常灵活地移动，从而充分地展示了营田战争发生的过程以及这场战争给中国人民带来的人性灾难，深入地表现了武田修宏、千鹤子的自我剖析与反省。

相比较《麦河》《己卯年雨雪》而言，《祭语风中》在叙事形式上要走得更远。《祭语风中》突破了线性叙事，采用空间叙事形式。《祭语风中》的空间叙事形式主要是由叙述分层造成的。何为叙述分层？里蒙·凯南指出："故事里面也可能含有叙述。一个人物的行动是叙述的对象，可是这个人物也可以反过来叙述另一个故事。在他讲的故事里，当然还可以

① 熊育群：《己卯年雨雪》，花城出版社2016年版，第387页。

有另一个人物叙述另外一个故事，如此类推，以致无限。"①简而言之，叙述分层就是高叙述层为低叙述层提供叙述者。（值得注意的是，高叙述层和低叙述层是相对而言的概念。）《祭语风中》有三个叙述层次。第一个叙述层次是《祭语风中》的超叙述层。晋美旺扎预感自己不久将辞世。一天黄昏，晋美旺扎曾追随的西惟仁波齐的转世希维贡嘎尼玛来到晋美旺扎身边。希维贡嘎尼玛依据本尊神的旨意来见晋美旺扎。遵从本尊神的旨意，晋美旺扎开始向希维贡嘎尼玛叙述自己的一生。《祭语风中》的超叙述层次中的人物晋美旺扎是主叙述层次的叙述者。《祭语风中》的主叙述层次是晋美旺扎向希维贡嘎尼玛叙述的人生经历。这是小说的主要内容。小说还有一个次叙述层次。这个叙述层次的叙述者是主叙述层次的晋美旺扎。《祭语风中》的次叙述层主要内容是晋美旺扎在不同的时间、地点向不同的人讲述《米拉日巴传》的主要内容。因此，《祭语风中》由超叙述层、主叙述层、次叙述层三个叙述层级构成。这种层层叠加的叙述层次，构成了《祭语风中》的空间叙事形式。这种叙事形式显然和宏大叙事惯常所追求的时间形式完全不同，实属一种创新。

　　《祭语风中》叙述分层的安排，有着特别的意义。《祭语风中》的故事本来有着非常明显的发展线条。这个故事就是晋美旺扎的人生经历。晋美旺扎历经了拉萨叛乱、西藏人民政府成立、改革开放等重大历史事件。晋美旺扎的人生也经历了还俗、组建家庭、家庭解体等阶段。如果按照线性叙述时间来安排事件叙述，晋美旺扎的人生历程和西藏社会历史发展过程就会构成一个有机体，形成"成长小说"。从表面上来看，社会历史变革和晋美旺扎的人生历程之间有较大程度的重合。但是，晋美旺扎的"命运在变化、在构建、在形成"，而他"从本质上说，依然故我"。②归根结底，《祭语风中》并不是一部"成长小说"。在"成长小说"中，"人的成长带有另一种性质。这已不是他的私事。他与世界一同成长，他自身

---

　　①里蒙－凯南：《叙事虚构作品》，姚锦清、黄虹伟、傅浩、于振邦译，生活·读书·新知三联书店1989年版，第164页。

　　②巴赫金：《巴赫金全集》（第三卷），白春仁、晓河译，河北教育出版社1998年版，第232页。

反映着世界本身的历史成长。他已不在一个时代的内部，而处在两个时代的交叉处，处在一个时代向另一个时代的转折点上。这一转折寓于他身上，通过他完成的。他不得不成为前所未有的新型的人"①。晋美旺扎虽然属于两个时代：西藏奴隶社会和现代社会。但是，晋美旺扎没有"与世界一同成长"，也就没有成为历史意识的投影。《祭语风中》通过叙述分层，阻挡了线性叙述的自然时间流程，通过超叙述层和主叙述层的区分，构建了空间叙事形式。

《麦河》《祭语风中》《己卯年雨雪》作为反映中国社会现实生活和历史变动的长篇小说，体现了阐释社会本质和历史精神的欲望。从这个意义来讲，它们的确重现了宏大叙事传统。然而，相比较"十七年"时期所形成的宏大叙事传统而言，这三部作品则代表了中国当下宏大叙事崭新的发展趋势。现代人本精神已经成为中国宏大叙事的重要精神资源，从中国人自身权利的发展和个体精神追求合理性的角度来肯定中国社会和历史的变动，已经成为宏大叙事的要义。在解释中国现代化的道路和中国传统之间的关系时，《麦河》《祭语风中》《己卯年雨雪》已经不再是简单地构筑起传统和现代二元对立模式，而是以现代的眼光重新打量中国传统文化，找到了中国传统文化创造性转化的路径，为中国的现代化道路找寻到了民族性特质。在叙事形式上，以《麦河》《祭语风中》《己卯年雨雪》为代表的宏大叙事，显示了吸纳中国先锋文学的强大包容性，也彰显了宏大叙事的开放性。上述三部作品所表现出来的种种特性，无不说明，近几年来中国当代文学不仅延续了宏大叙事的传统，还从不同的层面深化了宏大叙事，丰富了中国当代文学的发展。

---

① 巴赫金：《巴赫金全集》（第三卷），白春仁、晓河译，河北教育出版社1998年版，第 232—233 页。

新时代文学的标杆与标本

——论《白洋淀上》

　　《白洋淀上》是关仁山新近出版的一部长篇小说，这部作品是中国作家协会新时代"山乡巨变"创作扶持计划出版的第一部作品。它的出版为新时代文学反映"山乡巨变"树立了标杆。作家为何要书写新时代"山乡巨变"？这自然是新时代中国在脱贫攻坚和乡村振兴的史诗般实践中涌现出崭新的审美元素需要作家去回应去表达的缘故。吴义勤在接受记者的采访时回答说，新时代的使命担当是作家书写新时代"山乡巨变"的必然要求。他说："新时代脱贫攻坚和乡村振兴是世界性、史诗性的伟大实践，是有新内涵、新特征、新面貌的新山乡巨变。如何通过乡土变迁深刻理解时代和历史，以文学的方式使乡土世界获得美学表达，如何让乡土和时代新人在文学中得到更典型化的提炼，如何创造出真正具有思想艺术深度、与伟大时代相匹配的史诗性经典，这些都是新时代作家需要思考和解答的课题。"[①] 对于中国革命和社会主义建设时期中国乡村巨变，作家在不同的历史时期都做出了回应，产生了像《暴风骤雨》《太阳照在桑干河上》《创业史》《山乡巨变》《平凡的世界》《麦河》等经典性的文学作品。新时代的"山乡巨变"是人类历史上的千年之变，有着更为突出的特点，更应该产生经典性的文学作品。面对"千年之计"的雄安新区建设，关仁山发出了这样的感叹："面对乡村的历史性变革，作家不能淡然视之、无

---

　　① 刘江伟：《创造新乡土文学精品力作——访中国作协党组成员、副主席吴义勤》，《光明日报》2023年2月28日。

动于衷。我想将这宏阔、沸腾的建设场景和富有烟火气息的百姓生活，上升为成熟的艺术想象。"①《白洋淀上》是一部适时而生的作品，是雄安新区建设直接催生出来的一部史诗性巨著。应时代的召唤而生的《白洋淀上》是新时代文学的重要标杆与标本，体现了对新时代文学的诸多方面的探索和思考。

为了拯救的写作

何为长篇小说？吴义勤曾说："长篇小说是一种公认的'大型文体'或'重型文体'。"②所谓"大型文体"或者"重型文体"，不仅仅是指时间的跨度大，还要求长篇小说的主题和题材都要重大，运用的艺术手段要比较丰富复杂。自《子夜》开启"《子夜》模式"之后，中国的长篇小说在一个较长历史时间段上比较重视主题和题材上的重要价值，也产生过一些优秀的文学作品，尤其在"十七年"时期产生了一批优秀的长篇小说，例如《创业史》《山乡巨变》《红旗谱》等。这些作品至今仍然闪耀着耀眼的艺术光芒。然而，在"重写文学史"思潮冲击下，"十七年"时期的长篇小说叙事模式被颠覆，长篇小说开始进入注重技术的时代，以《城北地带》《在细雨中呼喊》《敌人》《私人生活》《一个人的战争》为代表的长篇小说在技术层面上的追求热情显然胜过在主题和题材上的耐心。

虽然仍有不少作家默默耕耘，为长篇小说的繁荣做努力，不过，受到一些思想观念的影响，长篇小说创作还是有很多不够理想之处。其问题主要体现在长篇小说陷入"小型化"或者"轻型化"倾向，具体表现为主题轻盈，题材单一。这种创作倾向使长篇小说创作进入逼仄的发展轨道，难以回应时代与历史的巨变，在"山乡巨变"的书写上，自然捉襟见肘。

---

① 刘江伟：《中国文学深情书写山乡巨变》，《光明日报》2023 年 2 月 28 日。

② 吴义勤：《难度·长度·速度·限度——关于长篇小说文体问题的思考》，《当代作家评论》2002 年第 4 期。

《白洋淀上》的问世，有力地扭转了这种倾向。首先，从主题角度来讲，《白洋淀上》的主题足够重要，足够宏大。《白洋淀上》以白洋淀新区建设为基本内容，从新区选址、千年秀林建设、新城区建设来勾勒白洋淀新区的建设。它反映的主题不是简单的局限于一地、一国之发展的问题。作为"千年大计"的新区建设，白洋淀新区建设始终以生态新城、创新之城为基本内涵，创造人类宜居城市。这座新城摒弃了当下城市摊大饼式的发展模式，把适宜人类生存、生活、生产作为基本目标。这样的主题之宏阔，是显而易见的。以往中国长篇小说常以反映中国革命和现代化建设为基本内容，表现作为后发现代化国家的中国在民族独立、民族解放和现代化建设上探索。其主题内涵显然不足以涵括人类总体性的思考，具有一定局限性。然而，《白洋淀上》却不一样，它所表现的主题已经不局限于作为后发现代化国家的现代化建设了。它表现了以生态宜居和创新驱动，统筹城乡发展的崭新历史智慧，为世界的发展提供了中国智慧和中国方案。这样的主题显然在中国长篇小说主题史上具有划时代的意义。

其实，长篇小说的发展本来就有两条路径。一条是以巴尔扎克、司汤达、托尔斯泰等小说家为标杆的发展路径。在这条发展路径之中，长篇小说以反映现实和历史变革为基本主题。事实上，这些小说以及其后的一些长篇小说的确为人们洞悉历史和现实的秘密创造了条件，提供了典范。另一条发展路径是以陀思妥耶夫斯基为代表，以反映心灵的深广度为基本模式。后一种发展路径被后来的新潮长篇小说所倚重，也对长篇小说的前一种发展路径产生了强大的冲击。作为新时代文学，其最为重要的是要反映中国人民参与历史创造的宏阔主题。这一主题特性决定了现阶段中国长篇小说必须回归到巴尔扎克、司汤达、托尔斯泰所开创小说传统中去，把中国社会和历史发展的壮阔图景和秘密描绘和揭示出来。

因此，从这个意义上来说，《白洋淀上》拯救了中国长篇小说的发展，把中国长篇小说的主题提升到世界文明发展的高度，其价值和意义自然不同凡响。

另外，我们不得不肯定《白洋淀上》在长篇小说题材上的重要贡献。"十七年"时期的文学创作重视题材。至今为人们所称道的几部长篇小说，例如《红旗谱》《红岩》《红日》《林海雪原》《创业史》《青春之歌》

《上海的早晨》等等，无不是重大题材。这些长篇小说的题材要么是反映中国革命重大历史事件，要么是反映中国现代化建设中的重大事件。这些长篇小说采用的重大题材，客观上为这些作品反映社会生活提供了绝佳的路径。然而，由于在文学政策和文学观念上对于文学作品的题材存在狭隘化的理解，把题材价值扩张到无以复加的地步，甚至提出"题材决定论"，无形之中把文学作品的题材推向一个逼仄的空间。后来文艺界反对依据文学作品的题材来判断文学作品的价值，是有其深刻的历史教训和历史原因的。但是，从"题材决定论"走向"题材无差别论"也是有失偏颇的。虽然书写花草虫鱼、内宇宙的波澜也具有艺术价值，但是，不得不注意的是，对于长篇小说来说，题材的价值依然存在。相比较中短篇小说而言，长篇小说更加偏重对于现实和历史的表现，更加侧重于回应时代对于历史和现实的关切。因此，选择重大题材更便于回答历史之谜、现实之谜。只不过，遗憾的是，近些年长篇小说的历史使命受到质疑，长篇小说更多地偏重讲述故事，更多地回缩到个人内心世界的描述之中，更多地关注一地之历史与社会。这样的长篇小说，其价值自然会有局限。

《白洋淀上》的问世为长篇小说的题材价值正名。《白洋淀上》的主题是揭示人类社会发展之谜。它要体现的是人类社会在创新意识的指引下，必将走向宜居的绿色生存、发展之道。白洋淀新区建设是人类社会发展的重大探索，是"千年大计"。这样宏大的主题如果不重视题材的选择，是不可能的。《白洋淀上》在题材选择上的宏阔视野，是一般长篇小说难以做到的。首先，《白洋淀上》的题材包括中国革命历史题材。小说以一百零五岁老人铃铛的口述，重现了白洋淀百余年的历史风云，尤其是在中国共产党领导下，白洋淀地区波澜壮阔的历史得以呈现出来。中国共产党的成立、抗日战争等重要历史事件，在小说中都有比较详细的叙述。其次，小说叙述了白洋淀新区从成立到建设的过程，这毫无疑问是小说最为重要的内容。小说在叙述白洋淀新区上自然非常详尽。引黄济淀工程建设—新区污染治理—千年秀林建设—新区城区建设的历史事件，是小说叙述的主体。此外，小说围绕"植绿造城"从不同角度加以表现，题材涉及面非常广泛。有国企进场参与白洋淀新区建设的题材，有民营企业家在商海博弈的题材，有政治生活的呈现，有白洋淀民俗风情的表现，也有农民的生活变迁在这场历史巨变中的体现，还有历史巨变之际广大人民群众在道德与伦理上的微妙变化。

如果认为《白洋淀上》只是停留在外在历史风云的叙写，那就片面了。难能可贵的是，《白洋淀上》还叙写了在历史风云涌动的大潮之中，生命个体的微妙和复杂的心理活动。王永泰和王永山这一对兄弟，在崭新历史来临之际的复杂而微妙的心理活动，与外在历史风云交相辉映，充分描绘了时代大潮之中农村生活各个方面、各个角落的变化。总之，《白洋淀上》兼顾外在现实社会生活的叙述和个体内在心理感受的选材方式，为《白洋淀上》的叙述带来了更大的审美冲击力。综上，《白洋淀上》拯救了长篇小说在题材上曾经出现的偏狭，为长篇小说反映时代新变和历史风云提供了有益的借鉴和参照。

时间开始了

20世纪90年代，东欧剧变，苏联解体，世界历史发生了巨大的变化。冷战结束从一定意义上宣告了资本主义社会制度与社会主义社会制度之争，以资本主义社会制度的胜利而告一段落。这场两种制度的竞争结果，被西方学者称之为"历史的终结"。它意味着人类社会的历史将进入由资本主义社会一元制度主宰的秩序，世界现代化也进入西方现代化模式主导的轨道。按照西方社会学家、哲学家的思路，作为发展中国家、后发现代化国家的中国，其现代化道路也必将进入资本主义社会制度引领的发展轨道，东方时间必将被纳入西方时间的范畴。事实上，自90年代以来的中国文学，在一定程度上的确陷入"历史终结"的书写。欲望书写、碎片化叙事大量充斥叙事文本，小资情调弥漫文学的字里行间，中产阶级叙事腔调成为中年人的安慰剂。更有一些文学作品自觉或者不自觉地陷入历史虚无主义的叙事陷阱之中，各种唯心史观成为文学叙事的新宠，在小说创作和影视创作中大行其道。

幸运的是，仍然有一些文学作品坚持对中国现代化经验的发掘和叙述。从"现实主义冲击波"到底层写作，乃至21世纪影响较大的非虚构写作，都是对中国现代化经验的书写。这些作品仍然把中国大地上现代化发展道路的是非曲直作为创作的聚焦点。尤其是一些以反映中国农村在党的政策引领下出现的崭新面貌为主题的作品，更是自觉地描绘了一个农业大国涅槃的壮丽历史身影。还有一些反映新时代中国脱贫攻坚战、乡村振兴的文学作品，硬是闯出了一条中国文学作品书写现代化的独特道路。这些作品反映了迥异于西方而追求共同富裕的现代化发展道路，彰显了中国式现代化叙事的崭新面貌，从而开启了崭新的历史。《白洋淀上》即是其中的代表作。这部作品书写了中国式现代化的路径，从生态宜居、知识创新、民族自主等几个方面来书写中国式现代化所具有的独特历史意识，在一定程度上终结了"历史终结"论。《白洋淀上》构型新的历史时间，颇具匠心。小说以自然时间的终结开篇，以新历史时间的开启为主体，以革命历史的传承为底色。

《白洋淀上》以白洋淀谚语作为题记。谚语道："大雁空中飞，鱼儿淀上游，船儿哪里去，未来在等你。"这首谚语在一定程度上体现了《白洋淀上》的时间构型上的特点。谚语的前三句描绘的是白洋淀原始的状态。这种原始状态下，只有空间，时间尚未开始，只有赋予未来的维度，白洋淀才有时间意识。事实上，《白洋淀上》在一定程度上遵从了这首谚语所体现出来的时间构造方法。小说的第一章是"雪婚礼"，第二章是"葬礼"，第三章是"砸冰懵"。第一、二章内容是紧密联系在一起的。第一章"雪婚礼"写的是王决心结婚的事情。因为要去接外地来的客人，他在接客人的途中，发现了"腰里硬"的儿子被撞死。第二章围绕这起交通事故引起的纠纷展开，王决心的婚礼泡汤。这两章内容一是婚礼一是葬礼，写的都是乡村社会日常风俗。婚丧嫁娶本是乡村社会延续的无时间差异性的循环事件，是千百年来乡村社会遵从的恒常。第三章"砸冰懵"是千百年来白洋淀渔民延续的生产方式。第一章至第三章的内容表现的是自然时间状态下的日常生活。随后《白洋淀上》在相当的篇幅上继续书写白洋淀民间的生活：如破冰捕鱼、养鸭等生产活动，还有家庭生活，包括家暴等等。随着第三章"砸冰懵"中北京勘察白洋淀专家的到来，自然时间面临终结。白洋淀新区的成立，正式宣告白洋淀自然时间的终结。延续多年的大船要被收缴了，传统的生产方式即将走入历史。王决心家盖的新房上梁了，却不准再建了。农民造屋、娶亲的传统生活模式也被终结。自然时间的终结，为新的历史时间开启提供了机缘。小说的开头叙述以自然时间的终结为基本内容，显示了新的历史时间登场的必然性。

白洋淀新区成立拉开了中国式现代化建设的序章，《白洋淀上》也因此开启了崭新的时间，新的历史整装待发。白洋淀是一个纯粹的被大自然所裹挟的地方，除了旱灾就是涝。然而，白洋淀新区的成立让白洋淀迈入崭新的历史轨道。白洋淀新区成立不仅仅是一个行政区划上的改变，还是崭新的历史的开始——中国乡村开始进入一个崭新的历史时代。当得知白洋淀新区即将成立，新区将走城乡统筹的发展道路时，乡村青年王决心敏锐地觉察到了崭新历史的来临：

> 刹那间，一种强悍的豪气汹涌地冲到王决心的胸腔，他激动地说："一方水土养一方人，我们王家寨，是出英雄的地方，靠山吃山，靠淀吃淀。如今政策，猛地打碎过去的生活方式，大家可能都不适应，心中有矛盾、有怨气，我爹也是这样的。我说一句，王家寨没有从产业上抓好，原因复杂，根源在哪？就在没有城乡统筹发展。这次白洋淀新区来了，这次跟美丽乡村建设不一样，就是彻彻底底的城乡统筹。你就是住在王家寨，城里人咋生活，我们就会过上和他们一样的生活。往后城里人会羡慕我们乡村的小康生活。你们不信，我信！"

王决心如神启一般，敏锐地觉察到了白洋淀新区成立对于乡村王家寨的巨大意义。他感觉到，新政策"猛地打碎过去的生活方式"，旧历史结束了，那种小农经济式的农耕生活将一去不复返。

白洋淀新区成立也不是简单的乡村现代化模式的实践，而是走崭新的城乡统筹发展的模式。"城乡统筹发展"是白洋淀新区的发展模式，也是中国式现代化模式的理想形态。相对于以往的乡村变革——例如"美丽乡村建设"——白洋淀新区创造了一种崭新的乡村融入城市的现代化模式，那就是乡村与城市一体化发展。白洋淀新区建设掀开了白洋淀崭新的历史，基于城乡统筹发展，新区常务副书记赵国栋描绘了新区的美好未来："我们新区啊，最大的优势是科技创新。云计算中心马上落成，数字乡村建设已经开始，国盛的国盛云和 5G 基站已经铺到了我们地下管廊和田间地头，我们利用好这些技术，用智能传感器、智能机器人和无人机，会给智慧农业插上腾飞的翅膀。"赵国栋的描画给城乡统筹发展插上了科技创新的翅膀，白洋淀新区呈现出崭新的面貌，意味着白洋淀新区即将步入崭新的历史时间。

值得一提的是，《白洋淀上》在书写白洋淀由自然时间进入新的历史时间的描写之中，注意到接续革命历史。《白洋淀上》所叙写的中国式现代化建设道路，不是无源之水、无本之木，而是具有鲜明的历史传承性。《白洋淀上》所叙述的中国现代化历史，和白洋淀历史上中国共产党成立给白洋淀带来的开天辟地的历史巨变具有历史上的传承关系。

王决心是《白洋淀上》的主要人物之一。王决心的奶奶铃铛是一位一百多岁的老人，是白洋淀历史的活化石。白洋淀的红色革命史出自铃铛的口述。她的口述接续了白洋淀新历史的源头。白洋淀旱涝不断，老百姓生活困苦。面对旱涝，白洋淀人只能去祈愿。"祈愿归祈愿，水灾和旱灾照样来。改变靠谁？靠共产党啊！乡亲们，到啥时候，我也是夸咱共产党好。"作为历史见证者，铃铛为历史作结。自从白洋淀成立了共产党的组织，每年七月荷花开得最艳丽之时，共产党就领导白洋淀农民起来，斗地主，分粮食，砸盐店。抗日战争时期，铃铛和她的丈夫大抬杠出生入死，为部队搜集情报，险遭杀害。白洋淀反抗旧势力的历史、斗争的历史是中国现代革命历史的组成部分，自然也是作为后发现代化国家走现代化道路的一个组成部分，走的是中国式现代化道路。已有众多学者有论述，在此不赘述。对中国革命历史的接续为《白洋淀上》构建崭新的历史提供了丰厚的土壤，为中国式现代化时间构型提供了根基。

时代"新人"的塑造

《白洋淀上》卷帙浩繁，刻画了众多人物形象，这些人物形象有很多是新时代文学中不可多得的典型形象。《白洋淀上》刻画的人物形象有历经岁月沧桑、在社会主义现代化建设中成就显赫的旧农民王永泰。王永泰历经艰难的心路历程，渐渐认识到新的历史趋势。还有性格鲜明的政治人物赵国栋。赵国栋为官清廉，一心扑在白洋淀新区建设上，为此不惜得罪上级和亲戚。最终，他的道德品质和业绩获得了广泛的认可。杨义成本是副省长的女婿，已经官至副县长，前程远大。但是，他决意弃官从事研发工作，为解决芯片卡脖子工程多方奔走，他也是新时代文学之中少有的人物形象。杨玲玲作为学成报国的知识分子形象，也在艺术典型化上有着重要的价值。

在众多人物形象之中，塑造得最为成功的是新农民形象。农村"新人"形象的塑造是关仁山小说的重要艺术成就。不过，关仁山笔下的农村"新人"形象，有一个逐渐丰富的过程。"首先，《九月还乡》《天高地厚》塑造了从城市返乡的农村'新人'形象：九月、鲍真。他们由城市返回乡村，由'农民工'转身为'农民'，完成了对农民身份的再次确认。这是关仁山构建具有历史主体意识的农民形象的第一步。紧接着，关仁山在《麦河》中塑造了曹双羊这一崭新的农民形象。曹双羊主动回到农村，带领村民一起开展现代化农业生产。曹双羊是顺应市场经济、推动乡村变革的'新人'形象。这是关仁山农村'新人'谱系的深化阶段。最终，关仁山在范少山的形象塑造中完成了'新人'历史主体意识的建构。范少山是《金谷银山》塑造得较为理想、纯粹的农村'新人'形象。为了实现乡村现代化，范少山主动回归农村，带领村民一起走具有中国特色的共同富裕的道路，表现出鲜明的历史主体意识。"① 如果延续拙作对关仁山小说农村"新人"塑造的历史谱系，《白洋淀上》所塑造的农村"新人"形象进入了一个崭新的历史阶段。王决心和乔麦两位农村"新人"形象是关仁山小说农村"新人"形象塑造谱系的高潮。

首先，我们来看看王决心这一农村"新人"形象。当听说白洋淀新区成立，在建的婚房也被迫停工，与父亲的失落不同的是，王决心并没有太多的伤感。相反，他为新区的成立感到高兴，并为兄弟三人不能分布在白

---

① 周新民、方越：《关仁山小说中农村"新人"形象流变论》，《民族文学研究》2020 年第 3 期。

洋淀新区三县工作而感到遗憾。当父亲王永泰对于白洋淀新区成立后收船等政策无法理解之时，王决心对身为共产党员的父亲提出了批评意见。他身上所表现出来的超越一般党员的党性原则，超越了自身非党员身份的局限性。面对新区成立后广大农民不愿意交船的现状，王决心表现出坚定的态度，他决定第一个交出家里的老船。这是王决心性格的基本底色，那就是自发地拥护和支持党的各项方针政策。在小白河治理工程中，王决心完成了人生的第一次蜕变。他在马技术员的指导下，对于工作开始由自发支持转向自觉支持。他懂得了科学与技术的重要性，不再莽撞和蛮干。

在王决心的身上，我们看到了《人生》中高加林、《平凡的世界》中孙少平的影子。他向往现代化的生活，热爱学习，热衷读书，钻研技术。不过，高加林、孙少平对于现代化更多的是憧憬和向往，相比较而言，王决心身上沉淀了更多的与现代化历史同行的力量。这也是时代发生巨变所带来的变化。

在小白河治理工程之中，王决心还只是一名农民工，不懂技术，蛮干。而历经千年秀林种植的洗礼，王决心已经不再是一名头脑简单的农民工，而是一名央企的员工。他刻苦钻研，在焊接技术上技压群雄。到了地下管廊吊装安装的时候，这名随着白洋淀新区建设一同前进的青年人，所掌握的技术已经处于时代创新的前沿。新区建设要安装很多的地下管廊，但是，吊装技术一直掌握在西方企业手里。如果不解决这项技术难题，不仅仅是企业损失巨大，企业发展也将受到很大的阻力。王决心起初出于对师傅的关心开始思考如何掌握这项技术。随着思考的深入，他日益萌发了技术创新报国的念头。最终，王决心掌握了这项技术，也完成了自我的升华。一名学历仅为高中的农民，最后蜕变为掌握国际先进技术的现代工人。从高加林、孙少平到曹双羊、范少山，体现中国乡村现代化变革的农民形象系列中，王决心自然又是一个崭新的典型人物形象。他的出现意味着，中国农民已经具备了现代国际视野，能掌握世界前沿技术。

与王决心天生具有某种和当下历史发展趋势"同构"能力所不同的是，乔麦是从一名放鸭女成长起来的"新人"。乔麦本是旧流俗的牺牲品，为了哥哥的婚姻，迫不得已换亲，成为"腰里硬"的老婆，备受心理和生理上的摧残。乔麦曾选择自杀的方式来抗争。在村支书孙小萍的启蒙下，乔麦终于和"腰里硬"离婚，迈出了自强自立的第一步。这是乔麦由传统农村妇女成长为现代女性的第一步。自立自强意识被唤醒后，乔麦开始走上创新的道路。她成立博野苗圃基地，为千年秀林提供苗木。不过，她不是简单地提供树苗。与一般苗木公司不一样，她提供的是原生树苗。为了寻找适合白洋淀生长的原生红豆杉树苗，她历经艰难，终于在莫干山找到了理想的原生种苗，为千年秀林种植了一片红豆杉树林。随着千年秀林建设的完成，乔麦的苗圃公司面临转型，她成立了两万亩的现代农业园，主打粮食种子生产。她对于自己的农业园发展，定位非常清晰："我不是一般种粮，智慧农业，我搞的是现代育种，属于科技创新，跟那些高科技是一模一样的，增加产量，保证质量。"为了不让国外控制中国的大豆产业，乔麦决定主力发展大豆，寻找中国本土的大豆种子。她最终从姑奶奶那里找到了祖传的优质大豆种子，交给专家培育出优质的大豆种。在培育大豆种子的过程中，乔麦充分发挥人才优势，高薪聘请优秀科学家，最终在种业领域实现了创新发展。后来，乔麦瞄准乡村旅游，把创新推向一个崭新的高度。她打造王家寨实景旅游，命名为"淀上升明月"。利用实景旅游，充分发挥数字乡村的优势，组建智慧民俗，推行智慧型体验生态旅游，结合实景旅游和网络带货，销售王家寨的特产。

打破旧有婚姻锁链的乔麦，充分发挥出了现代独立女性的积极性和创造性，沿着创新的大道，在苗圃经营、种业开发、智慧旅游等方面，走出了一条独特的创新之路，完成了现代农民形象的升华。乔麦这一人物不仅仅是新时代乡村"新人"形象的典型代表，也是中国当代人物形象画廊中少有的典型，丰富了中国当代典型人物形象。

《白洋淀上》的问世，并非是简单的时事催生那么简单，而是关仁山一贯关注中国乡村命运的必然结果。他前期的"农村三部曲"（《天高地厚》《麦河》《日头》），加上《金山银谷》，无一不是脚踏中国乡村大地结出的硕果。《白洋淀上》和《天高地厚》《麦河》《日头》《金山银谷》一起，构成了"中国农村命运五部曲"。

历史主体意识建构之路

——关仁山小说农村"新人"形象流变论

中国现当代小说发展百来年，在思想内涵的深度开掘上，在艺术表现手法的多维探索上，都取得了令人瞩目的成就。小说家们所塑造的琳琅满目的人物形象，更是令人印象深刻。阿Q、祥林嫂、立秋、郭全海、小二黑、梁三老汉、梁生宝、高大泉、陈奂生、高加林等农民形象，更是让人难以忘怀。总体上看，这些农民形象可以分为两大类。一是传统农民形象。他们大多是朴实、保守的旧式人物，如阿Q、祥林嫂、梁三老汉等。二是具有现代意识的农民形象。所谓具有现代意识，首先是具有现代个体意识、主体精神，充分意识到自己是一个现代个体。譬如《丰收》中的青年农民立秋、《小二黑结婚》中的小二黑。立秋带领贫苦农民反抗压迫，小二黑为追求爱情自由而抗争，他们都表现出了比较强烈的主体精神。由于社会生活和小说艺术的发展，郭全海、梁生宝、萧长春等人物形象，又和立秋、小二黑有所不同。郭全海、梁生宝、萧长春他们带领农民一起走上了符合当时历史发展趋势的"土改"与合作化道路，表现出鲜明的历史主体意识。所谓具有历史主体意识，是指农民意识到自己所要承担的历史使命，担当起符合历史潮流的责任。像郭全海、梁生宝、萧长春这些符合历史新潮流的人物形象，我们常常以"新人"形象来命名。不过，梳理近四十年来的文学史，我们可以发现，像郭全海、梁生宝、萧长春这样的在党的领导下逐步意识到历史责任的"新人"形象，在文学史上已经消失了很长时间。

新时期以来，"伤痕小说""反思小说""改革小说"所塑造的农民形象基本上还停留在主体意识觉醒的层面，像梁生宝那样具有历史主体意识的农民形象基本不复存在。"新写实"小说、新历史小说所塑造的农民形象，由于陷入欲望的陷阱之中，更是缺乏历史主体意识。虽然 20 世纪 90 年代"现实主义冲击波"小说也塑造了众多农民形象，但是，他们还没有意识到新的历史条件下农民应当承担的历史责任，仍然缺乏历史主体意识，也自然无法达到"十七年"小说所能达到的历史高度。

随着中国农村的发展进入现代化建设新的历史阶段，中国小说如何塑造具有历史主体意识的农民形象呢？要回答这一问题，不能脱离对中国农村现代化路径的理解。一些作家认为，农村现代化就等于农民进城进而被城市所接纳。这是相当长的一段历史时期中农村现代化占据着主流位置的观点。在这种观点主导下，新时期以来的小说塑造了大量进城的农民形象。这些小说把农民获得与市民同等待遇和权益，作为农村现代化诉求的基本方式，像《人生》《平凡的世界》等即是其中的代表作。但是，农村的现代化进程就等同于农民进城继而获得市民同等的待遇吗？认同这一观点的小说家所创造出来的农民形象，所关心的是农民的权益和精神追求，只停留在农民张扬主体意识的层面上。但是，中国农村现代化不是农民进城进而被城市接纳那么简单。有一些作家，例如关仁山，就注意到了这一点。在关仁山看来，农村的现代化建设必须依靠农民来承担。这是对中国农村现代化的另外一种理解。关仁山认为，作为新一代农民，他们的重要历史使命就是留在乡村，推动乡村的现代化。这种观念反映在小说作品之中，就是关仁山塑造了一系列实现农村现代化的"新人"形象。关仁山从《九月还乡》开始，历经《天高地厚》《麦河》《金谷银山》等系列作品的打磨，逐步建构了当代农村"新人"形象，以回应关于农村现代化建设路径的思考。关仁山笔下的农村"新人"形象，是具备现代独立意识、主体意识的成熟个体；更重要的是，这些"新人"告别了"旧"农民，能根据自己的需要，有意识、有目的地从事生产劳动，并以主人翁的姿态积极参与和管理乡村的社会生活，从而使自己所属的这一群体（即乡民们）都能够充分享受到与城市居民平等的政治、经济、文化的权利，获得存在的价值与尊严，从而承担起乡村振兴的历史重任。由于这些"新人"顺应了历史发展的潮流，承担起了建设现代化农村的责任，最终，他们也因此完成了历史主体意识的构建。

不过，关仁山笔下的农村"新人"形象，有一个逐渐丰富的历史过程。首先，《九月还乡》《天高地厚》塑造了从城市返乡的农村"新人"形象九月、鲍真。九月、鲍真由城市返回乡村，由"农民工"转身为"农民"，完成了对农民身份的再次确认。这是关仁山构建具有历史主体意识的农民形象的第一步。紧接着，关仁山在《麦河》中塑造了曹双羊这一崭新的农民形象。曹双羊主动回到农村，带领村民一起开展现代化农业生产。曹双羊是顺应市场经济、推动乡村变革的"新人"形象。这是关仁山农村"新人"谱系的深化阶段。最终，关仁山在范少山的形象塑造中完成了"新人"历史主体意识的建构。范少山是《金谷银山》塑造的较为理想、纯粹的农村"新人"形象。为了实现乡村现代化，范少山主动回归农村，带领村民一起走具有中国特色的共同富裕的道路，表现出鲜明的历史主体意识。

一、回归：由"农民工"到"农民"的身份蜕变

农民进城一直都是当代小说重点叙述的主题，如"陈奂生进城"系列，路遥的《人生》《平凡的世界》，刘庆邦的《到城里去》，孙惠芬的《民工》《歇马山庄的两个女人》，方方的《奔跑的火光》《涂自强的个人悲伤》等等。这些小说的基本主题是农民到城市去实现人生价值，在一定程度上反映了中国农村现代化发展道路的现实情况。尤其是《平凡的世界》，是其中最为典型的作品。《平凡的世界》以"一个贫穷的世界里的普通人如何保持精神高贵的故事"激励了无数出身农村的青年人投入城市，追求理想。小说塑造的农村青年孙少平具有"拉赫美托夫气质"，是一个生活在社会最底层的"文学青年"。[①] 他是一个有文化有梦想的新生代农民，一个从农业社会走向工业文明的有志青年，他穿梭于城乡交叉地带，平凡却不平庸。孙少平这一人物形象表现了新时期的农民既迷恋土地又想走出土地的矛盾心态。

不过，与路遥等作家不一样，关仁山的着眼点更多放在了乡村自身的现代化建设方面。为此，关仁山的小说不再采用农民进城的书写模式，而

---

① 郝庆军等：《〈平凡的世界〉：历史与现实》，《文艺理论与批评》2015 年第 5 期。

是采取了"进城—返乡"的书写策略。因而，我们发现，关仁山笔下的农村"新人"，无一例外地先走向城市，取得一定的资本积累之后再回到家乡开展乡村建设，成为乡村建设的领头羊。他们离去又归来，最终完成了对农民自身身份的确认，迈上了历史主体意识建构之途。

《九月还乡》是关仁山"进城—返乡"书写模式的最早作品。为了谋生，进城后的九月用自己的身体挣钱，获得了很可观的收入。后来，九月被村支书从县城公安局秘密领回来。当时尚且孤陋寡闻的村民们对她在城里的事情并不知情，村民眼里的九月时尚、见过世面。返乡后，九月决定踏踏实实地过日子。九月归来后，为贫穷的乡村做了两件大事。一是，为了给村里征回被侵占的土地，九月再次出卖自己的身体，夺回了本属于村集体的利益；二是，将自己辛苦挣来的二十万存款投资建了厂房，期望振兴家乡的经济。返回乡村的九月带有"圣母"的光环，自发地为家乡建设做了许多努力。但是，无法回避的事实是，九月返乡带有一定程度的被迫意味，而非自觉地返乡。她推进乡村现代化建设，也不是出于自觉的历史意识，更多是出于道德考量。因而，九月难以有超越道德意识而升腾出的精神满足感，反而不由自主地对自己展开了道德审判："如果拿自己银行里的脏钱开荒，还能叫它处女地么？这样的土地能打苗么？收获的棉花还是这样洁白么？这些问题使九月几乎泪下，甚至觉得有些不可思议了。"[1]无独有偶，艾伟的《小姐们》同样叙述了一位返乡堕落女的故事。母亲去世，回乡奔丧的大姐从城里带回了六个在她手下从业的小姐。返乡的小姐们不需要再做肉体生意了。回乡后，她们生活在清澈、自然的乡村，重新焕发出生机盎然的本真模样。对于她们来说，乡村是过滤生命的纯净之地。《小姐们》要表明的是，虽然返乡后的"小姐们"恢复了原本的生机，但是，这种生命的恣肆只是暂时的。与《小姐们》构成鲜明对比的是，《九月还乡》不是把乡村看作净化精神的家园，而是意识到农民需要靠自身的努力，去改造去建设乡村。虽然，九月还没有自觉地意识到，作为农民应该承担起推动乡村现代化的历史责任。但是，她毕竟迈开了建设乡村的脚步。因而，总体上看，九月是

---

[1] 关仁山：《九月还乡》，见《大雪无乡》，花山文艺出版社 2017 年版，第 75 页。

一个具有初步历史主体意识的"新人"形象。

关仁山认为，"新时期农村生活的变化是异常迅速的，复杂的，多变的，这就要求每一个作家从客观上、全局上把握农村发展的总动向和总趋势，同时还要求作家从微观上分析农民和土地上的具体事情，特别是人与土地、人与人的微妙变化，以及心灵上的冲击和命运上的起落"[1]。关仁山意识到中篇小说的体量难以从"全局上把握农村发展的总动向和总趋势"。因此，继《九月还乡》之后，关仁山创作了长篇小说《天高地厚》。《天高地厚》塑造了返乡女青年鲍真这一更加成熟的人物形象。较之九月，鲍真更自觉地认识到如何通过自己的努力去实现乡村振兴的发展目标，也更明确地意识到自己的历史责任。因而，鲍真比九月更积极、更主动地投入返乡后的乡村现代化建设之中。鲍真积极参与开荒、办厂、竞选村长。爱人梁双牙因误解抛弃了她后，鲍真依然没有放弃自己对土地的执着和热爱。总体看来，鲍真是个独立、坚定、智慧、敢想敢干的实践派，更具备乡村主人翁意识。从九月到鲍真，关仁山完成了构造农村"新人"历史主体意识的第一阶段。

中国是一个农业大国，一半以上的人口是农民，农村的现代化建设是国家现代化建设的重中之重。但是，20世纪七八十年代的青年农民如高加林、孙少平等，他们还没有意识到"农民"这一角色的历史主体性内涵，也没有自觉意识到，回乡建设现代化新农村是他们无法逃避的历史使命。令人欣喜的是，关仁山在书写农村"新人"故事伊始，就明确了"新人"的历史定位：农村"新人"的历史使命就是带领乡村完成社会主义现代化建设，在不断历练中成长，构建起自身独立的主体性。九月、鲍真由城市返回乡村，由"农民工"变为"农民"，完成了对农民身份的塑造，并以积极的主人翁的姿态参与乡村的现代化建设中，开始体现出新的历史时期农民的现代性与历史主体意识。这亦是九月和鲍真较之孙少平等人的进步之处。

---

[1] 关仁山：《喧嚣的世界，沉默的土地》，《文艺报》2002年6月1日。

二、蜕变：现代农民的涅槃

农民离乡进城是农村现代化的必由之路，"从历史文化的角度讲，中国传统乡土社会向城镇化的现代文明的转向，将是一场深刻的革命，它是不可抗拒的。因而，它对传统文化及其道德心理的震撼也必将是强烈而持久的，城镇化表面是农民离开土地进城，实质应该是文化观、价值观的变化，农民变成具有现代主体意识的新人"[1]。路遥的《平凡的世界》叙述了孙少平、孙少安两兄弟的人生命运和选择，正好印证了这一论断。作为20世纪80年代的农村"新人"，孙少安和孙少平们以个人主体意识觉醒者的姿态出现。但是，他们还没有自觉地意识到自己作为一个历史主体，需要承担改革开放时代浪潮下乡村社会现代化建设的历史重任。"《平凡的世界》中，乡土致富的农民企业家孙少安，经过短暂的迷失后，在兴办教育的过程中找到了自己心灵的安放之地。然而，这种向传统的有限回归，依然无法解决现代性所强加在后发现代国家身上的转型之痛。如何在保留原有的田园之淳朴的同时，走入真正的现代？是在物质的疯狂中走向毁灭？还是适应新的环境，实现自身的凤凰涅槃？"[2]最终，少平和少安们都以被迫和解的方式停留于那个时代。故而，"农村社会主义新人"一词实则包含着非常丰富的含义，它衔接着"农村"与"现代"、"集体"与"个人"之间的复杂关系。遗憾的是，《平凡的世界》等作品还没有塑造出带领乡村走上现代化道路的"新人"。农村"新人"形象的缺失，体现了新时期文化结构中农村尴尬的处境，也体现了农民阶层历史主体性缺失的现实。

通过书写九月、鲍真这两个人物的返乡故事，关仁山对当代农村"新人"的具体内涵有了更加丰富的理解，完成了对农村"新人"身份概念的

---

[1] 关仁山、张艳梅：《以文学之光照亮乡土中国——关仁山访谈录》，《百家评论》2014年第6期。

[2] 吴义勤：《新乡土史诗的建构——评关仁山长篇新作〈麦河〉》，《当代作家评论》2011年第1期。

确认,对当代农村"新人"形象及其历史主体性有了初步的建构。但是,另一方面,关仁山也意识到了,九月、鲍真等人在带领村民走向共同富裕的道路上存在犹豫与疑惑,在乡村现代化建设过程中承担历史责任的意识还不够主动、不够强烈,故而开始着手写作"农村三部曲"的第二部作品《麦河》。曹双羊是《麦河》这部作品塑造的重要人物形象。曹双羊也曾进城打拼,在离开村庄进入城市之后,他开挖煤矿,与合作伙伴反目后,通过一些不正当手段获得了人生的第一桶金,成为一个疯狂攫取金钱的资本家。曹双羊虽然获得了原始资本的积累,却丧失了作为一个人的基本道义与底线,忘记了自己进城的初心。基于此,《麦河》非常清楚地告诉我们,走向城市并不是中国农民的最佳选择,对于中国农民如曹双羊们而言,进城不仅意味着实现经济上的成功要付出巨大代价,还要忍受因道义、良知、底线的退守和沦陷带来的心理煎熬。

和九月、鲍真一样,曹双羊回归乡村,这是他承担历史主体意识的第一步。其实,曹双羊完成自己农民形象的确认,不仅仅是返回乡村这么简单。更重要的是,他身上有着中国农民最为朴素的情感——对土地的热爱。曹双羊在发现土地板结后,花费重金养护土地,从向土地求利益的商人转变成一个有良心的土地守护者;而他人格上的再次升华,则是他最终决定举报县长陈元庆。事实上,曹双羊与陈元庆私人情感较好,在金钱利益上亦存在着交换关系。但是,他一旦发现陈元庆的土地政策伤害了土地,在历经艰难的思考后,决定举报陈元庆。回乡创业、热爱土地,这是曹双羊完成农民形象确认的重要步骤。

但是,回归乡村的曹双羊并没有成为一名传统农民,他有着鲜明的历史主体意识。曹双羊对当下中国农村的发展趋势与政策有着明确、清晰的把握,对国家新推行的土地流转有着深刻的认知。他认为"一家一户的土地承包,到市场化的今天,显得封闭、落后。土地必须规模经营,才能有大的效益"[1]。于是,曹双羊回乡之后积极兴办实业,把握国家改革土地制度的契机,推广土地流转。同时,曹双羊对农业现代化的发展认识深刻,意识到旧有的土地个体化分散经营再也无法适应推广现代农业发展的

---

[1] 关仁山:《麦河》,作家出版社2010年版,第12页。

需要。于是，他倡导农业的集约化、机械化、现代化的生产模式。曹双羊返乡创办麦河集团，在农村推广企业经营。他推行的土地规模化经营，已具有现代农业的显著特点。在耕种项目设立、农业生产管理、农业现代科技应用、机械化生产、土壤改良等方面，曹双羊通过不断实践和摸索，逐渐积累起乡村现代化建设的经验，顺应了市场经济时代农业发展的历史趋势。这是曹双羊建构起历史主体意识的关键之所在。关仁山笔下"新人"形象历史主体意识的发展在曹双羊身上得到了深化。曹双羊这一形象体现了关仁山对市场经济时代中国广大农村发展道路的思考，也表现了关仁山对改革开放以来农民群体获得历史主体性路径的洞察。

三、新生：新时代中国农民形象的生成

中国土地制度不断适应着日新月异的社会经济的发展，先后经过"土改""合作化""大包干"和土地流转四次大变革。关仁山的小说主要表现了"大包干"、土地流转制度影响下的农村生活，塑造了在变革中不断成熟的农村"新人"形象。九月和鲍真由城市返回乡村，由"农民工"变为"农民"，完成了对农民自身身份的确认，并具备了初步的历史主体意识。曹双羊回村兴办实业，开展农业企业化经营，以领导者的身份带领村民一起致富，加强了农村"新人"的历史主体性。随后，关仁山笔下的农村"新人"范少山更能主动地承担历史责任，开始向更理想化、更纯粹的方向发展。

范少山是关仁山在新作《金谷银山》中塑造的一个全心全意地带领村民走共同富裕道路的农村"新人"形象。作为农民进城之后自主创业的典范，范少山原本在北京拥有一个自己的菜摊，并在郊区购买了房子。如果没有返乡，他可以在北京过着相对安稳、富足的城市生活。家乡白羊峪闭塞落后的现状和乡亲们贫困无望的生活深深刺痛了范少山，激起了范少山作为新时代农民的责任感与历史主体意识，他决心留下来带领乡亲们脱贫致富。范少山一直将《创业史》作为人生指导蓝本，决心以梁生宝为榜样，带领乡亲们自主创业。在没有政府支持的情况下，范少山带领村民们发扬"愚公移山"的精神，全凭人力开山修路，疏通了白羊峪与外界的联系；在农业专家孙教授的指导下，范少山利用本村的苹果园，培育不打农药的

"金苹果"，发展生态农业；范少山偶然发现了地下溶洞，他敏锐地意识到了溶洞巨大的旅游价值，于是决定举办"登山节"，吸引投资发展起旅游业……范少山回村后，紧紧围绕着绿色、生态来带领村民们致富。由此可以看出，范少山自觉地顺应了我们国家的农业发展方向，紧紧地把握住了当今时代农业生产的大趋势，顺应了历史发展的潮流。范少山还有着无私奉献的精神，他几次变卖个人财产，用于白羊峪的开发建设。回乡后，范少山积极主动地带领村民们自力更生，走共同富裕的道路。由此可见，范少山有担当，有责任感，是一个踏踏实实、一心一意回乡建设新农村的"新人"形象。范少山的精神导师梁生宝也积极带领乡亲们辛勤劳作，坚决贯彻党中央对农村农业生产提出的所有政策和要求。但是，梁生宝还缺乏自觉的历史主体意识，他所进行的一系列生产和社会活动都是在党的领导和指引下推进的，他自身还没有意识到新的历史条件下农民应当承担的历史责任。而梁生宝的精神传人范少山更具有自觉的历史主体意识。范少山带领白羊峪村民脱贫致富，共同创业，更多是个人自觉的、主动的选择。梁生宝与范少山，两个时代的创业英雄形成了跨时空的、有意味的参照。

　　而相比较曹双羊，范少山在承担历史主体意识上也更加自觉，更加主动。曹双羊是市场经济时代的农民形象，更多体现了农民个体发家致富的历史意识。而范少山返乡不是为了追求利润，他从一开始就抱着一个信念，要带领全村人共同致富。更重要的是，作为新时代农村"新人"的范少山，具有自觉的民族意识，这是梁生宝、曹双羊所不具备的重要素质。在当今全球化的文化语境下，西方文明和非西方文明之间的对抗显得异常激烈，有些西方国家的对外策略由殖民管辖转变为和平的"西化"渗透。少数国家期望通过向中国灌输西方的生活模式和文化习俗，来弱化以至瓦解我们本民族的文化认同。《金谷银山》注意到，在农业领域"西化"情况也相当严重。外国种子已经开始大量入侵，中华民族面临着粮食种子的危机。为了维护本民族的粮食安全，为了挖掘祖辈留传下来的老种子，与外国种子相抗衡，范少山不辞辛苦来到太行山下，历经种种波折，终于找到了具有传奇色彩的金谷子。为了拿到金谷子的种子，范少山使尽浑身解数，终于劝得金谷子的所有者——自己的老姑奶奶——答应开棺取种。经历了一系列繁复琐碎的礼节——披麻戴孝、设灵堂、领牲——最后，范少山终于成功取种，将金谷子种到了白羊峪的土地上。范少山希望自己的后代都能吃到原汁原味的"中国粮食"的理想终于实现了。范少山所做出的这些努力，是民族意识自觉萌发的体现。我们可以将之视为中国农民自觉地发挥主体性，瓦解西方国家对中国种业殖民的一种有效方式。关仁山从范少山民族意识的自觉萌发入手，为塑造具有历史主体意识的新农民形象开辟了新路径。至此，关仁山彻底完成了新时代农村"新人"形象基本素质的建构，也基本完成了农村"新人"形象谱系的塑造。

文学作品中的"新人"形象是一个时代的风向标，反映着社会的发展变化与转型。从九月、鲍真到曹双羊，再到范少山，关仁山笔下农村"新人"形象的更新演变，既表现了乡土社会和时代发展的历史变迁，同时也体现出改革开放以来农民群体的整体进步。值得注意的是，中国农村社会及其发展道路极为复杂，新推行的土地流转制度使农村卷入了市场经济时代的漩涡，仍然有许多严峻的现实问题亟须作家们来表现。例如，如何合理地把握和表达现实，写出大变革时代乡土社会的复杂性和"新"农民的焦虑感？如何写出新的历史环境下农村"新人"不同的历史命运？这些都是作家和我们要共同思考的。

（本文与方越合作完成）

风景：根植于"山乡巨变"与民族文化

中国古代文学风景描写的历史悠久。《诗经》《楚辞》开创了风景描写的先河。汉赋、唐诗、宋词、元曲都承续了风景描写的文学传统。中国古代散文也有不少篇章是描绘风景的佳作。中国古代文论也对风景有深入的探讨。刘勰的《文心雕龙》有"物色"篇专论风景与创作的关系、风景描写的方法等。风景描写之所以如此重要，首先是因为风景是作家创作的触媒。刘勰说道："岁有其物，物有其容；情以物迁，辞以情发。"刘勰把风景和文学创作的缘起紧密相连，指出了风景是文学创作的发源。其所言"情以物迁，辞以情发"，即是此意。钟嵘也认为风景是文学创作的原动力："气之动物，物之感人，故摇荡性情，行诸舞咏。"自中国文学现代性转型发生以来，小说中的风景成为现代文学的重要审美领域，弥补了中国古代小说风景描写不足的遗憾。近些年文学创作尤其是小说创作中，风景描写渐渐稀少，有限的风景描写也不太令人满意。这种现象引起了批评界的关注。文学中的风景描写之所以成为一个讨论的话题，是因为风景不仅仅是被看见的自然景观和人文景观，更和作家的世界观、审美态度、艺术表现能力紧密联系在一起。文学中的风景描写牵扯的问题比较复杂，笔者尝试就这一问题展开初步的探讨。

一

文学中风景缺失或者被弱化，我以为和中国当代文学自 20 世纪 80 年代中期开始的文学转向有很大关系。在"改革文学"兴起后不久，"寻根文学"浪潮涌起，文学从对社会生活的观察、描写转而关注文化岩层，文学创作面向具体社会生活的创作路径中断。也就是从这个时候开始，中国文学更关心精神、内宇宙、欲望、"发黄"的历史、叙事形式等。在这股"向内转"的创作潮流裹挟下，外在客观生活淡出了文学的视野。带来的后果之一，就是风景被淡化被忽视。

　　文学"向内转"从一定程度上屏蔽了作家和现实社会生活之间的关系，文学创作成了一项可以"脱实向虚"的智力活动。风景描写的缺失或弱化，也自然成了应有之义。其实，作家越是扎根于现实社会生活，越能写出优美的风景。《红旗谱》《林海雪原》《创业史》《山乡巨变》的风景描写，是使这些作品成为一个时代文学经典的重要因素。而作家深耕生活使其笔下风景描写成为作品思想性和艺术性不可或缺的要素。《红旗谱》的作者梁斌笔下所呈现的是他非常熟悉且浸染其中的家乡风景和家乡人民的真实生活。《林海雪原》所叙写的林海和雪原，是曲波亲身战斗过的地方。柳青为写《创业史》，扎根皇甫村十四年，深度参与乡村变革，体验农民在历史巨变时期的喜怒哀乐。我们也能从表现中国改革开放的长篇小说《平凡的世界》中，找到令人称道的风景描写。路遥作为在乡村出生、在乡村成长的作家，描写家乡风景自然不在话下。为了描写煤矿的生活图景，他到煤矿体验矿工的生活，还数度下矿井和矿工一起劳动。上述经典性作品记录了一个时代的巨变，其认识价值、思想价值自然是它们成为文学经典的重要原因，而风景描写也着实为它们增色不少。这些作品令人赞赏的风景描写，和作家深入生活、观察生活、体验生活的实践活动分不开。他们绝不是浮光掠影、走马观花式地体验生活，更不是在斗室中想象与虚构生活，而是长期扎根生活。这些作家是时代巨变的实践者、体验者，而不是旁观者，更不是单纯的书记员。他们是历史巨变的参与者、实践者。他们为了表现现实生活的内在历史逻辑，为了表现山乡巨变而描写风景，把风景看作社会生活变迁的有机体不可分割的一部分。这也就是为什么有生活底蕴的作家反映历史与现实巨变的作品，有令人称道的风景描写的重要原因。事实上，21世纪以来，一些表现现实社会变迁的优秀文学作品也都有令人满意的风景描写，例如关仁山表现乡村土地流转的《麦河》，欧阳黔森反映中国脱贫攻坚的报告文学《江山如此多娇》等等。

　　那些从风景描写中窥见历史和现实社会巨变的作家都有深厚的生活底

蕴。从这个意义上来说，文学作品缺少风景描写的关键原因，是作家扑下身子扎根生活少了。今天，如何表现新时代"乡村巨变"成为作家们的崭新课题。"乡村巨变"的时代洪流为文学作品再次找回令人神往的风景描写，提供了历史机遇。

二

提到风景描写，我们不由自主地在脑海里浮想起一些名家名篇：鲁迅的《故乡》《社戏》、废名的《竹林故事》、沈从文的《边城》、汪曾祺的《大淖记事》等等。风景书写构成这些作品不可或缺的审美要素。文学创作为何和风景之间建立起了紧密的联系？从认识论的角度来看，对于风景的发现和描写，和作家对于生活的熟悉程度紧密相关。此外，我们也不能忽视的是，风景描写建立起了作家和他所处生活环境之间的情感联系。《〈诗品〉序》有言："气之动物，物之感人，故摇荡性情，行诸舞咏。"钟嵘在"气""情"与"物"之间建立起紧密联系。刘勰更是系统地论述了风景与作家创作之间的情感共构共振的关系。他的《文心雕龙·物色》有云："春秋代序，阴阳惨舒，物色之动，心亦摇焉。"刘勰认为，风景打动了人心，能引起情感共振："一叶且或迎意，虫声有足引心。况清风与明月同夜，白日与春林共朝哉！"在刘勰看来，作家情感和"叶""清风""明月""白日""春林"共鸣共振。这是风景在文学创作发生学上的精辟见解。

正是风景引发作家的情感波澜，风景描写也被看作作家情感的重要表达方式，故有"一切景语皆情语"之说。风景和作家之间的情感关系，最为典型的体现莫过于作家与生于斯长于斯的故乡之间的情感联系。所以，风景描写承载了作家对于故乡的深刻情感记忆。鲁迅的《故乡》《社戏》如此，废名的《竹林的故事》亦是如此，沈从文的《边城》也是如此。从这里便引申出风景描写的另外一个重要论题：风景描写和作家要表达的乡愁主题紧密相关。

乡愁是中国文学自古以来重要的文学母题，从《诗经》开始，一直是中国文学反复吟唱的主题。它是中华民族的共同文化记忆，也是中华民族文化认同的符号。表现乡愁的风景描写，构成了民族文化认同的重要内容。因此，由风景构成的意象，例如月亮、江水、河流、竹、梅、松等等，在中华民族的历史长河中渐渐形成了具有民族特色的文化符号。今天，风景描写从一定意义上传承了民族审美意识，增强了文化认同感。

自 20 世纪 90 年代以来，叙写乡愁再次成为文学作品的重要主题，张炜的小说、格非的"江南三部曲"都是其中的代表作。这些作品无一例外地在风景描写上有卓越的表现。新时代文学如何描写风景，其实和如何去描写"青山绿水"的风景，如何表现现代"乡愁"有紧密的联系。今天，作家们应该站在从中华文化传承的角度，在"青山绿水"中去表现新时代的乡愁，拓展风景描写的领域。

三

山川地貌固然是风景描写的重要内容，但是，人文景观包括民风民俗民情，都是风景描写的不可缺少的内容。我国幅员辽阔，从东到西，从南到北，形成了多种多样的山川地貌。四季更替又给山川地貌赋予绚丽色彩和斑斓形象。因此，从自然风光的角度来说，自然风景因地因时又有所不同。不仅如此，我国悠久的历史又造就了各个地方不同的人文景观、风俗习惯。自然风光和人文景观的交相辉映使作家笔下的风景具有鲜明的地域性，形成了特色鲜明的地域文化。地域文化是中华文化不可分割的组成部分，也是作家笔下风景描写要表现的重要内容。

一部中国现当代文学史其实就是一部呈现各地文化个性的文学史。鲁迅、茅盾笔下的浙江风情，废名笔下的鄂东风光，端木蕻良笔下的东北景象，孙犁笔下的白洋淀图景，都是现代文学风景描写不可多得的宝贵财富。当代文学史上，地域风景更是文学生命力的重要体现。梁斌、铁凝笔下的燕赵大地风韵，路遥、陈忠实、贾平凹笔下的陕西大地风骨，构成了当代文学风景描写的特色。周立波致力于湖南地域风情的呈现，引领了"茶子花"文学流派风骚。欧阳山的《三家巷》表现了"岭南风光"，周大新等一众河南作家所叙写的河南风景，也构成了中国文学不可或缺的重要组成部分。其他如扎西达娃笔下的西藏，乌热尔图、迟子建所描绘的东北风光，李杭育所构筑的"葛川江"等等，都是让人沉醉的文学风景世界。

不仅仅是乡村风景的多元性构成了文学光怪陆离的画卷，各地城市也有不同的文化个性，其城市风景也是作家笔下重要的组成部分。例如，老舍笔下的北京、冯骥才小说中的天津、刘醒龙和池莉笔下的武汉、王安忆所写的上海，都是一幅幅城市风景画。作家笔下的风景成为地域文化最为主要的内容，这是毋庸置疑的。其实就是一省各地甚至一市各地，地域文化也有很大的不同。很难想象，没有作家笔下的风景描写，中国丰富、博大的文化何以体现？从这个角度来讲，风景描写是表现中华文化不可缺少的内容。作为一名作家，只有深耕地域文化，才能让笔下的风景活起来，才能写出令人心旷神怡的风景。

四

我们注意到，当下小说风景描写的缺失，除了因为小说家不了解风景描写的价值和意义，缺乏风景描写的自觉性，也和作家不掌握写风景的方法有关。如何写风景？刘勰也给出了答案："是以诗人感物，联类不穷。流连万象之际，沉吟视听之区。写气图貌，既随物以宛转；属采附声，亦与心而徘徊。"他又说："窥情风景之上，钻貌草木之中。吟咏所发，志惟深远，体物为妙，功在密附。故巧言切状，如印之印泥，不加雕削，而曲写毫芥。故能瞻言而见貌，即字而知时也。然物有恒姿，而思无定检，或率尔造极，或精思愈疏。"当然，刘勰从他所处的时代和文学发展状况出发，对于如何写风景给出了绘形描声的答案。随着时代、文学的发展，风景描写也发生了变化。尤其是小说中的风景描写所发生的变化最为明显。与诗歌和散文不同，中国古典小说并不擅长写景，其风景描写大都比较空疏和呆板。这是中国古典小说自身的特点决定的。因为出于讲述的需要，风景描写退居于动作描写和语言描写的背后。现代小说综合了诗歌、散文风景描写的特长，开始吸纳风景描写。这是现代小说有别于古典小说之处。老舍在风景描写上卓有创见，他提出了风景描写的独立价值和意义，把风景描写从背景中独立出来，使之具有独立的审美意义。老舍认为，风景描写能使故事更鲜明更明确，同时，风景描写和故事本身是天然长在一起的，不可分割。老舍关于风景描写与小说叙述相融会的论述，是风景描写的重大突破。老舍的观点也成为风景描写的一个重要原则和方法，是中国文学在风景描写上的巨大进步。

对于中国现当代小说来讲，写风景不是照相式地给自然景观和人文景观摄影取形，而应该像刘勰所言，"写气图貌，既随物以宛转；属采附声，亦与心而徘徊"。以人物的情感为写景的出发点，把风景描写作为人物形象塑造的重要方法。所以，中国古典小说写景，讲究从"看"出发。当代小说家赵树理吸收了中国古典小说的有益经验，也是从小说人物"看"的角度来写景。茅盾曾经对风景描写提出过非常明确的指导。他认为，一段风景描写，如果只是从作者的角度出发去欣赏去描写，那么风景就成为没有意义的点缀。而如果通过人物的眼睛，从人物当时的思想情绪出发，去写出人物对于风景的感受，那么风景描写的价值和意义就凸显出来了。这是中国小说关于风景描写最具有民族特色的部分，它和西方小说风景描写更倾向照相式的呈现方式有本质的区别。

除了风景描写和叙述相融会、通过小说中人物的眼睛来写风景之外，风景描写还要有利于人物形象的塑造。一方水土养一方人，正如孔颖达所言："南方谓荆扬之南，其地多阳。阳气舒散，人情宽缓和柔。""北方沙漠之地，其地多阴，阴气坚急，故人刚猛，恒好斗争。"作家写风景是为了表现笔下的人物及其个性。换言之，风景描写为作家笔下人物的性格、命运提供了重要表现力，正因为有了风景的描写，各个地方的人物性格和环境之间才能构成和谐的统一体。换言之，风景描写要成为塑造立体人物形象不可或缺的部分。

风景不仅仅是文学中所展现出来的自然、人文景观，还和创作主体的价值观念紧密相连，也是对于中国优秀文学传统的传承，既具有鲜明的民族文化特色，又具有鲜明的时代特色。今天的文学创作对于风景的重视与呈现，既考验了作家的主体精神、意识，也考验了作家和现实之间的关系，同时还考察了作家的艺术能力。这也是笔者强调风景描写的重要原因。

新时代乡村书写的"辩证法"

　　中国新文学诞生伊始，乡村书写就是最为重要的组成部分。以鲁迅为代表的新文学家开启了中国现代乡村书写的先河。此后，茅盾、赵树理、柳青、路遥、铁凝、贾平凹、刘醒龙、关仁山等作家留下了许多乡村叙事的精彩篇章。回顾中国乡村书写，一般认为有四种叙事模式：以鲁迅为代表的启蒙书写、以沈从文为代表的田园牧歌书写、以赵树理为代表的乡村政治书写、以路遥为代表的经济－文化书写。无论上述哪一种书写模式，都代表了其时中国乡村书写的最高艺术成就。随着新时代中国社会的发展，乡村面貌，农民的生活方式、生产方式和传统乡村相比，已经发生了翻天覆地的变化。因此，乡村书写也进入了一个崭新的历史阶段。今天中国作家书写乡村，面对前辈作家留下的丰富遗产，面向当下中国乡村发展的新态势，我以为，需要考虑乡村的"变"与"不变"、"城"与"乡"、"宏大叙事"与"日常叙事"、"民族故事"与"世界视野"的重要问题。正确处理上述四对关系，将会把乡村书写推向文学史的新高度。

"变"与"不变"的交响

　　中国乡村日新月异的变化，是不容置疑的。蜿蜒曲折的乡村小路不再是乡村的标志。"村村通""组组通"工程把宽阔水泥路修到每家每户的大门口。农民的居住环境也发生了变化，传承几代的传统民居已经成了历史的遗产，一栋栋漂亮的小楼星罗棋布在绿水青山之间，成为乡村最亮丽的风景。尤其是当下正在进行的脱贫攻坚战，以彻底消除乡村的贫穷落后为宗旨，彻底改变了中国乡村的面貌。同时，农民的精神面貌已经发生了根本性的变化，木讷、麻木、保守、愚昧的农民形象彻底不复存在。讲文明、懂科学、精神焕发的农民正走向历史前台。我们可以自豪地说，乡村巨变必将为中国作家书写现代乡村提供更为丰富的内容。

然而，乡村还有"不变"的维度。其"不变"主要体现在乡村仍然是中国传统价值观体现最为集中、最为纯正的地方。尤其是幽静的自然环境和淳朴的乡风寄托着现代人的乡愁。乡愁也因此成为乡村书写的另外一种常见视角。

乡村新变和乡愁寄托，是书写乡村的两种基本视角。看不到中国乡村的巨大变化，是罔顾事实。把乡村排斥在中国现代化进程之外，静止地书写乡愁，也是一种对中国乡村不负责任的表现。在一些作家看来，书写乡村新面貌和留住乡愁相互冲突。前几年盛行的还乡书写就陷入了书写乡村"变"与"不变"所带来的对立甚至冲突的泥淖。之所以出现这种现象，其根本性原因就在于没有妥善处理乡村的"变"与"不变"之间的辩证关系。我们应该认识到，留住乡愁不是留住封闭、保守、落后的乡村，留住乡愁也不是简单地复制传统农民的形象。书写乡愁是要写出乡村在历史洪流中留住青山绿水，记载下中国农民在新的历史条件下继承和传承优秀传统美德。总之，新时代的乡愁应该写出新时代中国农民经过现代文明的洗礼依然葆有的美德。

《平凡的世界》为我们留下了恰当处理乡村书写"变"与"不变"的范本。《平凡的世界》一方面书写了家庭联产承包责任制给中国乡村的生产和生活方式、经济、精神面貌等方面带来的巨大的变化，另一方面也描绘了以孙家为代表的淳朴农民身上的忍辱负重、相互关爱的传统伦理观。《平凡的世界》所勾勒的现代生活气息和传统伦理道德相互辉映的生活画卷，为中国作家处理乡村书写、处理乡村的"变"与"不变"提供了重要参考。

"由城返乡"：乡村叙事新范式

随着社会分工的发展，城市和乡村形成了。作为后发现代化国家，中国当代社会形成了城乡二元模式。城市享受更多的现代化便利条件，现代化程度更高。而乡村则处于落后状态。于是，城市成为中国现代化进程的窗口，也是乡村现代化学习的对象和要追赶的目标。因此，新时期以来，乡村叙事形成了"乡下人进城"的经典叙事模式。迫于生计，乡村人进城务工，在城市中生活。城市的生活方式、价值观念深刻影响了进城的乡村人。在城市的影响下，乡村的生活环境、生活方式，包括农民的价值观念也发生了巨大的变化。接受城市的影响，是乡村现代化的必然选择。这是新时期以来"乡下人进城"叙事模式背后的根本逻辑。

当下，"乡下人进城"的叙事模式已经难以表现中国乡村与城市的关系。其原因有二。其一，中国农民工的素质得到提高，大批受过良好教育的年轻农民进城务工，他们进城的目的已经不再是简单的谋求生活。实现个人的价值，也是乡村人进城的重要追求。同时，进城的乡村人也是城市现代化不可缺少的力量，作为城市的一分子，同市民一道建设城市。农民工素质的提高、进城目的的变化，突破了"乡下人进城"叙事模式所设定的"接受城市改造"的主题。因而，"乡下人进城"叙事模式已经难以完整表达进城农民的生活状况。其二，有些叙事为了突出乡村人的淳朴，夸大城市价值观的功利性，进城的乡下人被刻画成城市的受害者，简单地把乡村和城市对立起来。一些乡村叙事之所以出现上述两种情况，显然是没有在新时代的语境中正确理解城乡关系而引起的。

近几年，在国家政策的感召下，已有大量在城市受到良好教育的乡村人返回乡村，开启了新农村建设的崭新历史阶段。已有作家注意到了这一重要现象。例如作家关仁山从《九月还乡》开始，经过多年的探索，写作了《麦河》《天高地厚》《金山银谷》等作品，都有一个共同的主题：学习了城市先进生产经验、管理经验后的乡民回到乡村，带领村民走上共同致富的道路。关仁山的小说代表了"由城返乡"的书写模式正在取代"乡下人进城"的叙事模式。"由城返乡"的书写模式充分注意到了一个基本事实：乡村建设最终还是需要乡村人来承担。新农村建设也好，脱贫攻坚也罢，包括乡村的生产方式、乡村社会组织的现代化改造，最终还需要乡村人来承担。这也是在新时代正确理解城乡关系的必然结果。

宏大叙事与日常叙事相交融

中国当代乡村书写自始至终和中国社会的现代化转型紧密结合在一

起。土地改革、合作化、家庭联产承包责任制、土地流转、脱贫攻坚等重大历史事件，构成了中国乡村波澜壮阔的史诗画卷。《创业史》《山乡巨变》《平凡的世界》《麦河》等优秀作品，无不及时地对中国乡村正在发生的巨变展开了丰富多彩的描绘，留下了像梁生宝等富有艺术生命力的人物形象。这些代表历史发展趋势的人物形象，常常被称作"新人"形象。"新人"形象最能够体现乡村的历史变化趋势。梁生宝的重要审美价值，在于体现了中国觉醒的农民在摆脱私有制的历史过程之中的积极性和创造性。而像孙少平、孙少安，他们身上体现了改革开放时期中国农民对精神价值的和个人价值的追寻。"新人"形象以其体现出乡村变化的鲜明历史意识，成为表现乡村变化最为直观、形象的艺术符号。正因为"新人"形象在表现乡村变迁中的重要性，广大作家格外重视"新人"形象塑造。

回顾中国当代乡村书写，"新人"形象塑造也出现过两种比较极端的情况。一种情况是，只注重"新人"形象所体现出来的历史意识的深度，所塑造出来的"新人"形象出现了概念化、符号化倾向。这种"新人"形象缺乏艺术感染力，不能从情感上打动读者，也难以成为脍炙人口的艺术形象。其实"新人"形象之所以让人难以忘怀，是和形象立体分不开的。"新人"形象固然有着鲜明的历史意识，但是，在他们身上，也有着普通人的爱与痛，有着普通人的辛酸和委屈。另外一种弊端是，有些作品中的"新人"形象呈现出碎片化、欲望化的特征，出现了"去历史化"的缺陷。我们认为，优秀的文学作品在塑造"新人"形象的时候，应当在乡村日常生活叙述中来展现"新人"的精神世界。乡村的人际交往，乡村的婚丧嫁娶，乡村的耕种与收割，构成了"新人"形象的日常生活。"新人"形象所体现的历史意识也应当根植于此。

今天，以脱贫攻坚为历史大趋势的乡村书写，为塑造既具有历史厚度又具有鲜活的日常生活气息的"新人"形象，提供了更好的历史契机。脱贫攻坚既是中国当代乡村巨变的重要历史关口，也是以满足广大人民群众对幸福美好生活的向往为基本目标的。乡村的自我变革的宏大历史叙事和乡村日常叙事，在脱贫攻坚叙事中找到了最佳的结合点，乡村宏大叙事与日常化叙事之间的张力被化解，乡村叙事的崭新历史视域也向中国广大作家敞开。

乡村书写：讲好中国故事

从世界范围来讲，城市所承载的社会功能具有趋同性。因而城市书写也具有同质性。但是，中国的乡村书写有着独特的民族特色。从某种意义来讲，乡村书写承担着讲好中国故事的重任。

中国有着悠久的农耕文明，中国的现代化归根结底是乡村的现代化。新中国成立后，中国乡村历经了土改、合作化、家庭联产承包责任制、土地流转、新农村建设、脱贫攻坚等重大历史进程。不过，值得注意的是，土地集体所有制这一根本国策却没有发生变化。这是中国乡村区别于西方乡村的根本之处。相对于西方文学来说，书写当代中国乡村所发生的历史巨变，是崭新的书写模式。因此，讲好中国乡村故事具有丰富世界文学版图的重要价值和意义。当下正在进行脱贫攻坚的重大历史实践，使得乡村全面地享受到中国现代化的成果，走上共同富裕的发展道路，更是有别于世界上其他国家乡村现代化的独特路径。

书写中国乡村自身的历史背景和历史发展脉络，诚然是讲好中国故事的重要内容。另一方面，中国乡村书写也必然有着独特的书写方式。柳青的《创业史》和周立波的《山乡巨变》是讲述中国乡村故事的两种重要方式的代表。《创业史》采用史诗模式，它是中国历史叙述的"实录"传统的延续。《山乡巨变》是对中国抒情传统的大力借鉴。此后，"实录"传统、抒情传统渗透进了中国当代乡村叙述的肌理，成为中国故事讲述的最具有标志性的艺术模式和艺术表现手法。

总之，中国乡村叙事着眼于讲好中国故事，凸显中国故事的世界性意义和价值。同时，在讲述中国故事时，要着重采取中国传统文学的优秀叙事模式和叙事方法。时代巨变和乡村的历史性变革，为中国作家书写乡村提供了难得机遇，也为中国作家书写乡村提供了广阔的空间。相信中国作家不会辜负时代所赐，把握乡村书写的"辩证法"，写出新时代的"创业史"和"山乡巨变"。

第二辑

文学的气节与风骨

——和刘醒龙对谈《蟠虺》

周新民：您是第八届茅盾文学奖五位获奖作家中，获奖后第一个创作出版长篇小说新作的。(刘震云的《我不是潘金莲》和获得茅盾文学奖的《一句顶一万句》是姊妹篇，虽然是获奖之后出版，但是获奖之前已经进入了实质性的创作阶段。)《蟠虺》主题宏大，对楚文化的神秘和庄严、对"国之重器"出土后的真伪之辨都有淋漓尽致的表现，承载着大历史宏阔宽悯的气量。所有这些，驾驭起来顺利吗？能否说，这部作品在某种程度上体现了您文学创作的胸怀？写作这部长篇的契机是什么？

刘醒龙：《蟠虺》的写作初衷有很多种，最重要的还是被曾侯乙尊盘的魅力所吸引。2003年夏天之前，我与太多的人一样，理所当然地将同一地点、同一时间出土，像明星一样身姿显耀的曾侯乙编钟当成文化崇拜。那年夏天，发生了一件事，让我突然发现原来还有藏在深闺人未识的国宝中的国宝。那一刻，心里就有了某种类似小说元素的灵感，并一直将曾侯乙尊盘给人的况味供奉在心头。因为博物馆就在家的附近，或自己去，或带朋友去，每隔一阵儿，我总会去寂寞的曾侯乙尊盘面前怀想一番。最终促成《蟠虺》创作的，是近些年打着文化旗号的伪君子们横行霸道而带来的文化安全问题。虺五百年为蛟，蛟一千年为龙。当今时代，势利者与有势力者同流合污，以文化的名义纠集到一起，不好预判他们是要为蛟或者为龙，其蛇蝎之心肯定想将个人私利最大化，而在文化安全背后还隐藏着极大的国家安全问题。对青铜重器辨伪也是对人心邪恶之辨，对政商奸佞之辨。商周时期的国之重器遗存至今，其经典性没有丝毫减退。玩物丧志一说，对玩青铜重器一类的人是无效的，甚至相反，成为一种野心的膨胀剂。

周新民：说实话，我很吃惊，也听到一些熟悉您写作资源的同行们公开或者私下里表示惊讶，实在没有料到，你能跨出颠覆性的一步，写出如此令人震撼、足以倾覆既往文学印象的作品来。因为在人们印象中的刘醒龙是以乡村叙事为特长。而《蟠虺》与您以往的小说题材是那样地不同。乡村是您熟悉的生活领域，而《蟠虺》显然与您熟悉的生活大相径庭，涉及的专业内容很多，您是否也做了相当的文学和专业准备？

刘醒龙：十几年中，我总在有意无意地找些关于青铜重器方面的书读。粗略地算了一下，从 20 世纪 50 年代油印的小册子，到最新的大部头精装典籍，仅是购买直接相关的书籍与材料，就花费了三千多元。有些专业方面的书真的太难读了，能够读下来，还得感谢中国的高速铁路，感谢武汉成了中国的高铁中心。从离家很近的高铁车站出发，去往下一个目的地，大多在四小时左右。往来八个小时的孤单旅途，正好用来读一本平时难得读进去的专业书。

周新民：王蒙曾在 20 世纪 80 年代提出"作家学者化"的倡导。其本意是文学创作要有厚实的知识储备。我想，《蟠虺》能吸引这么多批评家的注意，得到读者的好评，和丰赡的知识涵养有密不可分的关系。相关的知识储备需要耗费大量时间和精力，创作过程也必定需要较长的时间吧。这本书您创作了多长时间？为什么会起名"蟠虺"？虽然这两个汉字看上去很有神韵，但毕竟太不常用。

刘醒龙：我必须先将王蒙的话补齐，王蒙在说"作家要学者化"后，特别加上一句"作品不能学术化"。

这本书从 2012 年年底开始创作，到 2014 年元月脱稿，前后花费十几个月。实际上，交稿之后还在不断地修改，直到出版社都出清样了，又改动了一些。与我的其他作品的名字改来改去不一样，"蟠虺"是从一开始就定下来的。因为这两个字不好认，女儿就读的学校组队参加《中国汉字听写大会》，老师号召全校学生多找一些"变态"的字词刁难一下集训队的学生，女儿就将这两个"变态"的字报到学校去。不知道这两个字有没有难倒想去《中国汉字听写大会》现场的学生，但在小说出版之初，我所碰见的成年人都得翻字典才能认出来。在流行语横行的当下，老祖宗留下的看家本领还是需要我们不时重温一番。尽管我还可以构思更加通俗、更加惊悚，也更能吸引眼球的小说名，但这两个字所代表的是青铜文化中最具代表性的图腾。

"蟠虺"的使用，还可以判定为文学价值的选择，是古典与经典，还是流俗与落俗。文学价值的分野，在任何时代都是不容忽视的。有人曾建议，如果将《蟠虺》改名为《鬼尊盘》，起码要多卖二十万册。此话很让人无语。不是道不同不相为谋，也不是自己不了解这个世界有多么喜欢混淆，而是发现坚持一种所有人都明白的价值，比同样被所有人明白的利益要艰难太多。唯一令人宽慰的是，文学从来是在艰难时世中体现存在意义的。

周新民：《蟠虺》完全超出了我对您的作品的阅读经验。无论构思还是叙述，都有很大的变化。我相信，只要是阅读过您的文学作品的读者都有这样的感受。有些评论用"突破"一语来形容《蟠虺》的变化，不知是否准确？一般情况下，"突破"是针对某种困境或者说是某种限定界线而言的，比如对中国当代文学某种壁垒的突破。这种突破对您来说是否也有一定的难度？

刘醒龙：与某些壁垒的对峙是当代文学的重大使命，而且这种对峙是只许成功，不许失败。事实上，无论何种对峙，文学都没有失败的纪录。那些与文学过不去的力量可能强悍一时，但在时间长河里，文学的优势太明显了。

面对新的写作，从来不会没有困难。这也是我从 2000 年起，彻底放弃中短篇小说写作的重要原因。在那之前，所有的中短篇小说写作对我来说实在不是一件难事。即便是像《大树还小》这样被评论界指为知青小说中的另类，在写作时也无法让自己使出全部才情，甚至还有一种憋闷的感觉。写作的天敌是惯性和类型化，私人性质的惯性、一个人的类型化也是不被允许的，除非想成为文学史中失败的典型。比如我们很少从王安忆、韩少功和莫言的写作中发现依附在惯性上的雷同。一个人重复也是重复，这样的写作只要一部就够了，再写就是多余的。像是将汽车停在马路上，发动机不停地转，人也一直坐在驾驶座上，却拉手刹，挂 P 挡，不向前走，如此下去是要吃罚单的。总是质疑别人是坏习惯，不时检讨自己、质疑自己却是比较好的习惯。及时出现的自我怀疑，使我做出全力写作长篇小说的选择。《蟠虺》的难度摆在那里，仅是书中小学生楚楚用来刁难成人的那三十个与青铜重器相关的汉字，能认识一半就很不容易了，况且还要将考古界自身都没有结论的重大悬疑贯穿始终，这也是小说的魅力所在。小说的使命之一便是为思想与技术都不能解决的困顿引领一条情怀之路。

周新民：《蟠虺》中的曾本之、马跃之、郝文章等几个人物形象是近些年长篇小说的重要收获。我注意到，近些年，一些小说乐于暴露知识分子的负面形象。老实说，这些小说并不了解知识分子的生活，人物形象也显得很干瘪。相比较而言，曾本之这一人物形象很饱满，在他身上寄托着中国传统知识分子的诸多美德和良知。

刘醒龙：一个向上修养自己的人，总在不断探索前行。能够与人相伴相随的唯有文学，因为文学从不说对，也不说错，只将一切的启迪和启发安放在情怀之中。

《蟠虺》的开篇便说："识时务者为俊杰，不识时务者为圣贤。"写这句话时，脑子里联想到的另一句话是："实践是检验真理的唯一标准。"这么联想看起来实在有些奇怪，其实不然。原本多么有意义的一句话，这些年来，却被弄成只顾"实践"不要"标准"，或者是只看到识时务的俊杰们的实践，而看不到不识时务的圣贤们的标准。特别是某些有影响力的公众人物，太计较眼前蝇营狗苟的小利益，只顾肉体享乐的实践，不管安放灵魂的标准。人类如果对自己的灵魂不管不顾，那些日新月异的科学技术进步就会变成无视科学的名利赌博，人则会变成披着科学外衣、没有人伦天理的技术暴徒。

作品是一个作家的气节。文学是一个时代的气节。这就像上战场，每个人都应当将自己把守的那段战壕当作最后防线进行死守，每个人都要将自己当作战场上最后的勇士与恶势力决斗。

周新民：与曾本之相比较，郑雄是作为异化的知识分子形象出现的，他身上有着这个时代的种种阴影。功利、势利、唯利是图是他身上最突出的特点。总听到有读者问，郑雄这个人物形象的原型是真实存在的吗？

刘醒龙：记录这个世界的种种罪恶不是文学的使命，文学的使命是呈现罪恶发生时人所展现的良心、良知、大善和大爱。记录这个世界的种种荣耀不是文学的任务，文学的任务是表现光荣来临之前人所经历的疼痛、呻吟、羞耻与挣扎。

这个时代的文学外表有些弱小，如果丧失了起码的气节，就只能沦为他者的玩物。一般情况下，我的写作都没有具体的原型。至于《蟠虺》，在我的写作过程中同样没有也不需要原型。作品出版后，别人爱怎么说，那是别人的事。我不爱听，也不想听。

周新民：虽然《蟠虺》充满了时代感，在阅读中能体会到针砭时代的快感，但是，阅读难度还是比较大的。因为，相比较您以往的作品，《蟠虺》涉及了更多的专业知识，情节也更复杂，叙事难度更大，我想读者在阅读时肯定要面临更多困难。您是否担心读者会因为阅读障碍而放弃阅读？

刘醒龙：在文学中太过炫技，是一种愚弄，还可以视为愚昧。文学需要叙事技术，又从来都不是靠叙事技术立世的。在一部内容与人物底气十足的作品面前，叙事技术往往会变得微不足道。那些到处与人讨论叙事技术的人，听他们说小说，令人哭笑不得。正如前往珠穆朗玛峰，只关心穿什么牌子的衣物，上山后如何用微博，如何上微信，不去考虑自己的身子骨有没有这个能耐攀上世界最高峰。再好的衣物，穿在木乃伊身上，不仅了无风采，还会奇丑不堪。

长篇小说与专业考古相遇，必然导致险象环生，稍有不慎，作品就会全军覆没。在庄严、沉寂的青铜重器面前，风险更是成十倍百倍增加。空前大的风险当然是长篇小说写作的巨大难题，反过来也是巨大的机遇，一旦处理得当，叙事魅力同样会十倍百倍地增加，也更容易使人进入作品意境之中。

迄今为止，在我的写作历程中，《蟠虺》是最具写作愉悦感的一部。阅读此类作品是存在挑战性的，特别是之前对青铜重器缺少基本了解的人更是如此。日常阅读中，凡是经典作品，哪一部、哪一篇不是对读者文学素养的挑战？没有挑战的写作和阅读是伪写作和伪阅读，这样的写作与阅读是无效的。作为写作者，我相信读者，一如自己对《蟠虺》的信任。反过来，作为一名读者，我不会信任那些有意用作品来讨好读者的作家。就像社会生活中，那些一味阿谀奉承，只知溜须拍马的家伙都不是好东西。天下想当官的人，不全是想为老百姓做事的。在菩萨面前烧香叩头的人，也不全是善良之辈。文学之事也不例外！出版界有句口头禅：读者是上帝。这句话主要是为资本吆喝。对文学来说，有些读者是上帝，有些读者却是魔头；有些读者是智者，还有一些读者是智者的反义词。作为一名写作者，最应当信任的还是自己的内心。真正的写作是为了内心的悲悯、宽容和仁爱。

周新民：我注意到，您在《蟠虺》这部小说的叙事过程中，常会使用"巧合"的方法。在我看来，《蟠虺》中的巧合不仅仅是叙事和推动情节的需要，也是您表现对世界、人生的思考的需要。我隐约中感觉到，《蟠虺》中的"巧合"有着复杂的含义，似乎寄托着您对历史、社会与人生的思考。

刘醒龙：对作家来说，巧合是一种灵感的来源。比如这部《蟠虺》，如果不是当初在博物馆被在武汉大学读夜大班的某女作家的同班同学认出来，并热心地客串讲解员，将藏在青铜重器深处的曾侯乙尊盘介绍给我，或许就不会有这样一部关于青铜重器的长篇小说出现。巧合是人生之所以美好的重要因素，天下男女，哪一段爱情的出现不是因巧合？大千世界，茫茫人海，只要错过一次相见，或许就是永远的陌生人，偏偏在某个时刻两个人带着爱情相遇了，然后相守白头。匠心独运和肆意编造的分野还是说得清楚的。我喜欢这种名叫巧合的事情，巧合的出现证明时间、地点、人物、事件全部选择对了。小说人物的名字是小说趣味性的重要索引。近二三十年，中国作家中，有很多人因为极其乡俗的本名与十分优雅的笔名，成为文学界美谈。事实上，人的名字是人来到世上遇到的头一件必须较真的事。传统中，姓氏后面的第一个字代表辈分，非传统中，哥哥叫了大双，弟弟便叫小双，这些都是来不得丝毫马虎的。在男女情事中，姓欧阳的男孩总是更招女孩喜欢。有些事情之巧，真的让人无法理解。《蟠虺》中在长江与汉江交汇的龙王庙溺亡那位，其原型人物的遭遇就是如此，因为太真实了，才让人在难以置信中体味出难以言说的人生意味。还有夜晚在墓地遇上灵异的情节，我是不想多费笔墨去解释的，这种在日常生活中人人都有体会的现象，本无须在小说里啰唆太多。写作时，自己也不明白，这个城市的地名委员会为何要老早给我留下这绝妙的小说素材，这样的巧合很让人兴奋，也很让人无奈。有一阵，那些有头有脸的人曾盛传和氏璧在某个地方再现了，还有传言说谁是 20 世纪的楚庄王之类的。说者未必无心，听者未必有意，到头来这些都成了天赐的小说元素。《三国演义》开篇就说天下合久必分，分久必合。"文革"时期最流行的话是天下大乱达到天下大治。诸如此类的历史巧合，总是包含在历史进程的必然当中。对作家来说，需要做的事情是将真实生活的巧合，关进叙述艺术的笼子里，不使它太过肆意。

　　《蟠虺》的写作使我对自己有了新的认识。在此之前曾以为无论体力、年岁还是兴趣，都到了快要金盆洗手的时候了。《蟠虺》的写成，令我对小说写作有了全新境界的兴趣，甚至在脱稿后的习惯性疲劳恢复期就有了新的写作灵感与冲动。很高兴文学的活力在我这里还没有变异，没有变成假文学之名，炮制非文学的东西。这也是《蟠虺》为自己所偏爱的重要原因。长篇小说写作注定会成为写作者标记人生的高度。

周新民：您在《蟠虺》创作手记中写道，细节的叙述是小说的核心机密。事实上，优秀的小说家除了在情节与叙事手法上下功夫外，还得在细节上下功夫，而细节的捕捉与表现往往更难。您能谈谈您对小说细节的理解吗？您在《蟠虺》中是怎样去提炼细节的呢？您觉得有哪些细节是您非常看重的？

刘醒龙：细节是天下小说的共同秘密。没有细节就没有小说，丢弃细节就是丢弃小说。叙事艺术的关键不是故事，而是充填故事框架的细节。故事是梅树的树干，细节则是梅树上一年当中只开放几天的灿烂花朵。赏梅其实是在赏花，谁会在意没有花的梅树？

周新民：《蟠虺》中写到几处地名，比如黄鹂路和翠柳街、白鹭街，是真有这些地名，还是为了引出没有"青天路"而虚构的？无论真假，这样的地名真是神来之笔。

刘醒龙：这些没有丝毫虚构，全是真实的，还有小说中一再提及的老鼠尾，更是东湖景区最美的地方，可以在百度地图上轻易搜索到，都在我家附近。因为单行线的缘故，我只要出门就得经过翠柳街或者黄鹂路，再走远一点，便到了白鹭街。写作之初，对此我并没有什么想法。有天夜里，我都熄灯睡觉了，却忽发奇想，爬起来拿起便笺将这个稍纵即逝的念头记下来，一边写一边笑。夫人很好奇，听我说过后，她也忍俊不禁，还要我感谢地名委员会的人，人家专门为我预备了小说素材。这也应了那句老话，艺术无处不在，就看谁有灵感。

周新民：非常喜欢《蟠虺》中的一段话："就像昨天下午的会上，郑雄恭维庄省长是二十一世纪的楚庄王，就是一种伪娘。只不过这种伪娘，三分之一是潘金莲，三分之一是王熙凤，剩下的三分之一是盘丝洞里的蜘蛛精。"在《蟠虺》中，这样令人会心一笑的文字比比皆是。

刘醒龙：小说的力量是与其趣味相关联的，一旦失去趣味，剩下的只有枯燥，哪怕再肃然也无法令人起敬。或者是相反，那些索然无味的辞藻会使人觉得华而不实。这个杀手不太冷，这也是能够"杀人"的小说的魅力之一。

周新民：的确如此，《蟠虺》的细节非常考究。尤其是丰富的楚文化细节，让青铜重器成为读者关注的焦点。能谈谈您认为楚文化中最迷人的部分是什么吗？"公元前七〇六年，楚伐随，结盟而返；公元前七〇四年，楚伐随，开濮地而还；公元前七〇一年楚伐随，夺其盟国而还；公元前六九〇年，楚伐随，旧盟新结而返；公元前六四〇年，楚伐随，随请和而还。"小说中的这段话，无疑出于史籍，为什么要写这些？似这类从故纸堆中翻出来的东西，在当下还有意义吗？

刘醒龙：《蟠虺》写了"楚"，却非为"楚"而写"楚"。小说的意义是从小地方、小人物着手，放眼与放怀的却是更大的世界。"楚"的文化精神，在时下有着特别的意义，小说反复提到"楚"与"随"的关系，深入描写真的楚学者与伪的楚学者的学术伦理与人格操守的不同，除了对楚文化浪漫情怀的表达，更强调了中国文化中关于"仁至义尽"的那种精髓。

春秋战国的争斗，颇似旧欧洲贵族之间的战争，看似天下大乱，实际上仍存在相当程度的社会伦理底线。"仁者无敌""仁至义尽"等皆出自这个时期。公元前506年，吴三万兵伐楚，楚军六十万仍国破。吴王逼随王交出前往避难的楚王，随王不答应，说随僻远弱小，楚让随存活下来。随与楚世代有盟约，至今没有改变。如果一有危难就抛弃楚，随将用什么来服侍吴王呢？吴王觉得理亏，便引兵而退。随没有计较二百年间屡屡遭楚杀伐，再次歃血为盟。后来楚惠王做大国之重器，也许就包括曾侯乙尊盘，以赠随王曾侯乙。制度固然重要，如果没有强大的社会伦理基础，再好的制度也会沦为少数人手中的玩物。引领大军势如破竹的吴王，只因理亏便引兵而退，便是这种伦理约束的结果。老省长和郑雄，还有熊达世的所作所为，则是反证，在视伦理为无物者面前，制度同样如同虚设。"非大德之人，非天助之力，不可为之。"小说中老三口说的这话，不仅仅是"人在做，天在看，心中无愧，百无禁忌"，大德与无愧，都是向着社会伦理的表述。与制度相比，伦理防线崩塌的危害更大。

在文学中，中国文化中"仁者无敌""仁至义尽"的精髓，自《三国演义》中"七擒孟获"之后，缺席了几百年。在这一点，当代文学显然要有所担当，不能再任由暴力与血腥的文字泛滥下去。

周新民：《蟠虺》在很多方面颇为讲究。除了上文提到的几处之外，楚学院的门牌也很有意思："楚弓楚得""楚乙越凫""楚越之急"……这样的安排，是否暗示了主人公性格命运？

刘醒龙：如果觉得有这种意味，那就是吧。写作需要突发奇想，既然酒店与KTV包房经常用名城、名胜作房号，为什么楚学院不能如此呢？关于"楚"的成语有那么多，那么精彩，而我们却知之甚少。能用上的时候尽量多用，也算是对先贤们的一种崇敬与感怀，同时也是对互联网时代像洪水猛兽一样泛滥的垃圾语言的反拨！

周新民：在《蟠虺》中，您创作了两篇别致的赋，其中一篇《春秋三百字》："别如隔山，聚亦隔山，前世五百次回眸，哪堪对面凝望？一片风月九层痴迷，两情相悦八面爽朗，三分江山七分岁月，四方烟霞六朝沧桑，生死人妖五五对开，左匆匆右长长。二十载清流，怎洗涤血污心垢断肠？十万不归路，名利羁羁，锦程磊磊，举头狂傲，低眉惆怅。憾恨暗洒，从雁阵来到孤雁去。潮痕悲过，因花零落而花满乡。江汉旧迹，翩若惊鸿。佳人作贼，丑墨污香。千山万壑难得一石，五湖四海但求半觞。漫天霜绒枫叶信是，姹紫嫣红君子独赏。觅一枝以栖身，伴清风晓月寒露，新烛燃旧情，焉得不怀伤？凭落花自主张，只温酒研墨提灯，泣照君笑别，岂止无良方！宿茶宿酒，宿墨宿泪，今朝方知昨夜悔。秋是春来世，春是秋重生，留一点大义忠魂，最是重逢，黄昏雨巷，朦胧旧窗。"赋作为古典散文，在当下越来越受重视，这是文字的一种出路吗？

刘醒龙：我写这些文字，只是想试试自己的笔锋。它们在小说中的出现另有特别的理由。文学是一根硬骨头，骨头再硬也不能不要智慧。古典文学的春秋笔法，在现代汉语中丢失得格外彻底。不是写作者不想用，实在是现代语言太过直白，字里行间藏不起许多情，也藏不起许多恨。"二十载清流，怎洗涤血污心垢断肠？十万不归路，名利羁羁，锦程磊磊……"如果写成"从1989到现在，二十多年了……"如此等等，力量与情怀都会不尽如人意。"江汉旧迹，翩若惊鸿。佳人作贼，丑墨污香。"这些话如果用现代汉语来描写，很容易变成"大字报"或者"革命口号"。中国文学在当下的发展注定是由现代汉语引领前行。不过，多一点传统底蕴，斯时斯地恰到好处地尝试古典之风，肯定是件好事。文章有限，天地很宽，别说一点古典元素，就是再多一些，也应当容得下。写作如臻佳境，想融入一切元素都应当没有障碍。

周新民：浮躁的社会里，越来越多的人静不下心来读书和思考。您希望通过《蟠虺》，引发读者怎样的思索？或者关注哪些他们正在忽略或淡忘的东西？

刘醒龙：小说开头有一句话：识时务者为俊杰，不识时务者为圣贤。如果说，写这本书有什么目的，这句话就是。希望天下少一些追名逐利的俊杰，而多一些真正有理想的圣贤。

周新民：我想，正是您本着严肃、认真的态度来写作，才使《蟠虺》具有非常积极的社会意义和价值吧。上海《解放日报》的"解放书单"是全国首个以党政机关领导干部为目标受众的书单，这是为贯彻习近平总书记今年5月在上海考察时要求领导干部"少一点应酬，多用一些时间静心读书、静心思考"而推出的。韩正亲自为该书单撰文，沪上数位资深出版人、理论界专家、文艺界人士、媒体代表，秉持"价值、高度、前沿"的取向，从茫茫书海中精选好书。作为小说作者，您认为《蟠虺》入选这份书单的原因何在？

刘醒龙：我也是从媒体上见到这个书单。读书一定要读好书，要读启迪心灵、可以长久受益的书，要读良师益友般的经典之书。上海方面提供的这个书单，让人眼前一亮，是有理想，有追求的。读书正是如此，看上去是读书，实则是探求理想，发现生活，让人生道路走得更正确。

周新民：《蟠虺》入选"解放书单"表明它已经被看作启迪心灵的"经典之书"。我一直觉得您是一个有风骨的作家。我注意到，2014 年 7 月 16 日的《人民日报》以一整版的篇幅摘录了《蟠虺》。这是少有的现象。您认为这表明了《人民日报》什么样的态度？

刘醒龙：与政治在某些方面交集是文学的魅力之一。这些年人们下意识地想将文学与政治做彻底切割，原因在于某些写作者的骨头太软。如果人活得都像《蟠虺》中的曾本之、马跃之、郝文章，不仅是政治，整个社会生活都会变得有诗意和更浪漫。文学与政治交集时，一定不要受到政治的摆布，相反，文学一定要成为政治的品格向导。

周新民：和您谈完《蟠虺》，我还想与您谈些文学创作相关的话题。我接触到的很多年轻的有志于小说的写作者有一种危机感。他们为了写作花费了很大力气，耗尽心血，但是，遭遇了出版艰难和读者寥寥无几的窘境。有些写作者为了获取金钱和名声，去写吸引眼球、迎合读者的流行文学或网络文学。作为一名功成名就的作家，您认为文学在这个时代面临危机吗？您觉得作家该如何作为？

刘醒龙：有时候，所谓的危机是庸人自扰。只要我们还记得遗传的概念，只要人类还得仰仗人文精神的传承，作为这个世界上最重要的文化载体的文学就不会陷入绝境。古往今来，将文学作为获取功利的工具之人从来不在少数。好在文学的生生不息与那些人不存在利害关系，不是由那些利欲熏心的家伙说了算。有人想当写作明星，想天天活在媒体娱乐版上；有人渴望通过写作成为有钱人，夜夜泡在花天酒地里。那就让他们按自己的想法去做好了，真正的作家像《天龙八部》中的"扫地僧"。

周新民：一个作家的创作和他的阅读、文学观、生活经历密切相关。其实，作家的日常生活也会影响到作家的创作。我知道您每天早起，游泳一千米，再去做其他事，很多年这样坚持下来。您把写作当作一生追求的最为重要的事情，当然，写作也改变了您的命运。那么，写作的最大的意义，对您来说，是什么？您又怎么定义什么是"好小说"？

刘醒龙：我明白自己不可能适应商界与官场，文学则是一种全凭自身才情，可以独辟蹊径、独善其身的事业，所以才有了这样的选择。事实证明，我对自己的了解没有错。人做任何一件事都要做得尽可能好。我年轻时当车工，年年都是先进生产者。将小说写好，写得让读者喜欢，差不多相当于当年在车间力争当上先进生产者。对作家来说，写出好小说是天经地义的，就等同于日常生活中做好每件琐事。好小说经得起岁月的消磨，也经得起世俗的尘封，等到白发苍苍时，还能轻言细语与孙辈不时提起，且不觉得愧疚。

"传统"与"先锋"的并置

——读李浩的《灶王传奇》

先锋文学处在 20 世纪 80 年代文学史叙述的一个重要时间节点上。在先锋小说之前，是伤痕小说、反思小说、改革小说。先锋小说被赋予强大的颠覆力量，它消解了此前三股小说潮流所依仗的叙述规范——现实主义文学规范。因此，先锋小说从诞生伊始，就带有与历史"割袍断义"的特质，它呈现给我们的是崭新的"异质"。传统小说重视主题和题材，先锋小说重视形式；传统小说重视"写什么"，先锋小说偏偏重视"怎么写"；传统小说重视真实性的"自然性"，先锋小说偏要坦露"真实性"的秘密。总之，先锋小说把此前现实主义文学所建立的叙述规则，一一打破。先锋小说的锋芒其实并没有闪耀多久，很快就被"新写实"小说所遮蔽。此后 20 世纪 90 年代伊始，先锋小说就整体出现了转向的态势。由此可见，先锋小说在中国当代文学史叙述序列中，属于时间上的一个环节。它替代了此前的"伤痕小说""反思小说""改革小说"。此后，又渐渐被"新写实小说""新历史主义""现实主义冲击波"等等文学潮流所替换。从总体上看，先锋小说和充分吸收传统叙述智慧的小说之间，属于"你死我活"、难以兼容的关系。从文学史实际情况来看，"传统"与"先锋"属于难以兼容的时间关系。

不过，凡事总有例外。当我读到李浩的《灶王传奇》时，我为这部作品的独特性所折服。其独特性就在于，《灶王传奇》的"传统"和"先锋"属于空间并置关系，二者和谐相处，相得益彰。一般说来，因为"传统"和"先锋"的对立关系，先锋小说叙述之时，传统叙述规范往往是隐形文本，是被先锋叙述颠覆的对象；传统叙述常被先锋叙述分割成碎片，被先锋叙事冲击得溃不成军。但是，《灶王传奇》就很特别，"传统"与"先锋"两种文本和谐地共存一室，形成了"传统"与"先锋"并置的奇观。

一

首先来看《灶王传奇》的传统性。《灶王传奇》的传统性体现在，它召唤了中国古典小说诸多叙述规范。中国古代文化语境中，"小说"一词歧义丛生，"小说之名虽同，而古今之别，则相去天渊"（清·刘廷玑）。鲁迅、胡怀琛及当代学人石昌渝、谭帆等为廓清中国古代小说源流，做出了有益探索。一般认为，中国古代小说大致有两类。一是属于目录学范畴中的小说，隶属"子部"或"史部"，以杂史杂传为主要形式，其功能是"补史"；另外一种源于"说话"，最终由口头文学发展为书面文学，其功能是道德劝诫。于是，相应形成了文言小说和白话小说两大系列。从一定程度上讲，中国古代文化语境中的"小说"和西方小说的概念和外延差别极大。西方典范的现代小说是以塑造人物形象为中心，具备环境、情节、人物三要素的叙事虚构文体。正因为中、西小说的内涵和外延的差异极大，中国近现代小说的现代化过程之中始终存在一股非常强大的"返祖"现象。就在20世纪上半叶，小说现代性确立之初，有论者认为，现代西方小说过于重视情节，中国的小说应该校正这种倾向，小说可以有情调点。也有论者认为，小说还是要讲故事，失去了故事，就没有小说。这里所讲的抒情、情调、故事，其实都是中国古代小说的传统。"返祖"现象在当代小说的发展过程中，其实也一直存在。20世纪80年代至90年代，汪曾祺、林斤澜、何立伟、史铁生、韩少功、莫言、格非等都是向古代小说学习的成功者。

《灶王传奇》直接地继承了杂史杂传传统。所谓杂史杂传传统指的是，中国古代文学叙事传统有着非常强劲的叙史写人传统。不过，所叙之事，不是王朝兴衰之大事；所记之人，非处于庙堂之高的帝王将相。杂史杂传传统是中国小说的重要传统。《灶王传奇》最能体现"杂史杂传"传统的地方，是让明朝的一段历史做小说叙事的框架。小说的叙述开端是"土木堡之变"，此后历经"夺门之变"，终结于曹、石谋反事件。这十余年的历史，是中国历史上重要的一段，也鲜有文学作品表现。《灶王传奇》对"土木堡之变"的具体情境并没有展开正面的描写，而是通过众灶王的议论去还原历史现场："我才知道在这几个月里发生了那么多那么多的事儿：带着大军从怀安御道上浩浩荡荡经过、为自己撑足了面子的太监王振已经死亡，杀死他的还是自己的守卫将军；英宗皇帝在'土木堡'的战斗中被瓦剌军师也先掠去，大明号称五十万的大军在'土木堡'一役中损去大半儿，而数十位王公大臣也在战斗中或战死或被俘，这个大明已经摇摇欲坠；紫金关、居庸关已被瓦剌军攻破，那里的城隍、灶王、土地纷纷向京都逃亡，一时间在仙界也是仙心惶惶，京都的城隍、东岳大帝的使者也已经与瓦剌神灵接触，希望能将混乱中丢失的东西要回来一些；京都立了新皇帝，皇帝是英宗的亲弟弟朱祁钰，朝中的大事小事都交给了兵部尚书于谦，据说新立皇帝也是于谦的主意。""土木堡之变"是明王朝的一段重要历史，也是明王朝转衰的重要节点之一。《灶王传奇》却以如此简短的语言做了叙述。同样，对于"夺门之变"的叙述，大体也是如此。小说比较简约地叙述了"夺门之变"的来龙去脉："大同总兵石彪的被抓和凌迟（这在大同、蔚州引起了不小的震动），冲进南宫、把正统皇帝迎回宝座的曹吉祥、石亨竟然在天顺三年起事谋反，譬如年纪轻轻的天顺皇帝（也即是复位之后的正统皇帝）薨逝于天顺七年。""土木堡之变"和"夺门之变"是明朝两个重要的历史事件，《灶王传奇》对这两段历史做了真实的叙述。这自然符合古代小说"史余"的特性。

《灶王传奇》还是一部非常典型的志怪小说。志怪小说在中国古代有着悠久的历史。《搜神记》《封神演义》《西游记》《聊斋志异》是志怪小说史上的优秀作品。志怪小说，也叫神魔小说，一直广受中国老百姓喜爱。五四新文化运动时期，新文化主将们认为志怪小说是中国老百姓深受鬼神思想毒害的重要原因。志怪小说因此遭受到了猛烈抨击，自此志怪小说的文学地位急剧下降。但是，不可否认的是，志怪小说是中国小说史上浓墨重彩的一笔。毫无疑问，《灶王传奇》是一部非常典型的志怪小说。灶王是中国民间文化中的灶神，备受老百姓敬重，也是最具有烟火气的神祇。虽然灶神在中国民间具有深广的影响，但是，鲜有严肃文学作品去刻画这一重要形象。《灶王传奇》应该是中国第一部专注叙述灶王（灶神）的长篇小说。小说介绍了灶王的工作性质和职务特点，包括升迁、任免等有关文化常识。这只是体现《灶王传奇》作为志怪小说的一个方面。《灶王传奇》还遵从志怪小说的特点，叙写了灶王的种种经历。灶王能和阴界的判官、牛头马面打交道，能目睹从人世间到阴界的经历与状况。他能进入水族，赴龙王的宴会。灶王经历了上神对灶王工作检查的烦琐程序和复杂场面。灶王也有幸上天参加宴会，见识了仙界富丽堂皇的生活场景。总之，灶王经历了人间百态、阴间状况、神界情形、水族生活。《灶王传奇》描述神仙鬼怪形形色色的生活，叙述灶王的神奇经历，充分体现了志怪小说在表现内容上的神奇性，有着独特的艺术魅力。

　　《灶王传奇》还是一部非常典型的传奇。传奇起于唐代，被称为中国小说的萌芽。《霍小玉传》《李娃传》《长恨歌传》等都是非常著名的传奇作品。传奇分类也比较复杂，大概有神怪、爱情、侠义、历史等。其主要艺术特征是叙述传主的奇特人生经历。作为一部传奇，《灶王传奇》叙述了小冠的人生历程。小冠本是谭家豆腐家的儿子，父母靠做豆腐维持生计。一场大火让谭家被毁，其父母被烧死，小冠也在这场大火中丧生。不过，此时小冠还是半阴身，魂魄尚未被捉拿。谭家灶王为了保护小冠，准备去阴间找无常收留小冠的魂魄。在此期间，小冠无意中救了龙王一命。为了报答小冠，龙王让魏判官帮助小冠。魏判官让小冠从六个亡魂中选择投胎机会。小冠选择了朝中大臣王家，投胎来到人世间，取名王鸠盈。其实魏判官曾建议小冠不要投胎到王家，因为投胎这家的孩子将来短寿，不得善终。但是，小冠执意如此，一心一意想到最富有、最有权势的人家去。投胎王家后，王鸠盈沾染了纨绔子弟习气。令人感到惊奇的倒不是小冠的这段投胎经历，而是此后的事情。王鸠盈虽然肉眼凡胎，却具有一般人并不具备的超常能力。比如，他依然保存有前世的记忆，记得投胎转世之前的所有事情；他具有和灶神、土地沟通的能力；他也明确地知道自己的死亡时间等等。王鸠盈生活在富贵人家，虽然沾染了不少纨绔子弟的习气，但是心地善良。为了挫伤街头地痞流氓的锐气，不惜和他们拼命搏斗。王鸠盈知道自己寿短，不愿意连累他人，也不愿意娶妻生子。在明明知道自己的阳寿即将终结的情况下，为了避免饥民被看作暴民镇压，王鸠盈和饥民周旋谈判，最终被饥民所杀。小冠过了仙界，经历了阴间，也去过龙宫，人生经历不可谓不奇特。王鸠盈天赋异禀，沾染纨绔子弟习气，却有大义，其人生不可谓不多面。对小冠、王鸠盈人生经历的书写，成就了《灶王传奇》作为一部传奇的典型特征。

《灶王传奇》以一己之力召回中国古典小说三种文体，似乎显得臃肿和庞杂。但是，三类小说文体有机地融合在一起。"杂史"构成了《灶王传奇》的全部叙事背景和叙事动力。"土木堡之变"和"夺门之变"是小说的叙述框架，也是人物包括神祇命运发生变化的根本性缘由。因此，历史叙述在《灶王传奇》里属于"虚写"部分。而志怪叙事部分则是《灶王传奇》的主体部分，它构成了小说的骨架，小说的全部内容基于志怪叙事而展开。传奇叙事则是《灶王传奇》的次要部分，属于扩展小说叙述空间的重要组成部分。三类小说文体侧重点不一样，使《灶王传奇》的叙事风貌摇曳多姿。

二

传统文类作为中国优秀古典文化的一部分，一直是中国小说家要尽力吸取的资源。20世纪80至90年代，中国小说在向西方现代小说学习的过程之中，更多是从文体层面来吸收古代小说传统。这种吸收中国古代小说滋养的路数，最终锻造了中国化的西方小说体式：中国传统小说的"外貌"，西方现代小说的"骨架"。但是到了近二十年，中国小说所探求的道路是如何去创作中国"本来"的小说。如何回归中国小说的光辉，这是摆在中国小说家面前的重要问题。写中国"本来"的小说，并非单向度地回归中国传统。一些有抱负的小说家不是简单地回归中国"本来"的小说上，而是吸收中国20世纪80年代以来小说艺术的探索成果，保持了积极探索中国小说艺术道路的立场。他们对于古典文类的继承，基于对古典文类的清醒认识和理性反思。因此，先锋小说叙述遗产在这些作家那里，以另外一种方式得到了继承。李浩是一位一直努力坚持先锋探索的小说家，《灶王传奇》也是一部具有非常鲜明的先锋意识的作品。从表象看，《灶王传奇》大量吸收了中国古代小说滋养。但是，《灶王传奇》秉承先锋小说的锋芒，对古典文类成规有着多方面的理性反思。

《灶王传奇》以"楔子"开头。楔子是中国古代长篇小说的重要组成部分之一。一般说来，古代长篇小说的楔子和正文之间构成"天人感应"关系。楔子所叙之事大都为神界之事。而正文叙述人世间的事情。楔子所透射的思想观点，和正文的观点基本一致。正文的人事、命运、遭际，其实在楔子里就已经暗示了。因此，楔子起到了暗示人物命运、揭示小说主题的重要作用。李浩颠覆了传统小说关于楔子的叙述成规，《灶王传奇》楔子的作用并非如此。李浩在楔子里交代了《灶王传奇》的叙述如何开始的问题。"千头万绪，说来话长，有那么多那么多的故事要讲。面对这些并不那么清白的纸，我仿佛看到的是一团充满了喧哗和骚动的乱麻，每一处都有一个线头儿，而它们之间又总是相互纠缠——我总得找一个开始，当然那些灶王们的建议我也不能完全地忽略。"《灶王传奇》楔子部分在一定程度上暗示了读者，小说的叙述从哪里开头其实并非有规定性，而是叙述者出于种种考虑才确定的。如此说来，中国古典长篇小说惯用楔子开头，也不具备天然的合法性。《灶王传奇》由此消解了小说开头的神圣性，让小说叙述成为林林总总考量的一种表现而已。

《灶王传奇》对于传统小说叙述的颠覆显然并非仅仅局限于此，它还清理了传统叙事成规。《灶王传奇》裸露了传统小说叙事上的规范："在阅读前任灶王给我留下的那些书时我就已知道，在公案、传奇、笔记以及有故事的小说中，属于'介绍'性的文字一定不能太长，它会阻塞阅读的兴趣，会让阅读这篇文章的人感到倦怠，哈欠连连——'人们更想要故事，更想要波澜起伏，草蛇灰线，更想要一波未平而一波又起，有一种不得不跟着你跋山涉水、翻山越岭的刺激……'""介绍"性文字不宜太长，叙述故事要有起伏，要能通过叙述的变化来调动读者的兴趣，这些传统小说的特点，在《灶王传奇》中裸露出来了。除此之外，传统小说关于事件的安排也有要求："脑袋里的那个声音又开始提醒：'如果你非要人物们出场，那就把故事交给他们，让他们被层层叠叠、有张力和魅力的故事送出来；如果他们进入不到你的故事里，那好吧，他们就要在这里尽量地隐去，快速地变成影子……我知道，你还有那么多的故事要讲，你要讲灶王们如何把一年里写好的家庭记录送往泰山，你要讲自己如何再去龙宫，你要讲自己的坏罐如何被纸片塞满，你还要讲在玉皇大帝的百叟宴上的种种经历和种种见闻……你还要讲城隍的故事，小冠的故事，铁匠灶王和饼店灶王的故事，两个和你有交集的土地公公大约也不应该忘记……还是停下这些无关紧要的介绍，进入故事中去吧！'"面对众多事件如何安排？《灶王传奇》也煞有介事地做了特别说明："的确有那么多的故事要讲，它们纷绕在一起，相互纠缠又相互拥挤，每一个故事都觉得自己重要而精彩，试图让自己排在前头。可是，我也只有一条可供使用的舌头，只能依次地将它们叙述出来……依次，也许是一个最最方便、最能解决问题的办法，至少对故事的讲述来说是这样的。""依次讲述"是解决多个事件的重要方法。李浩在这里坦承了故事安排的原因，无他，仅仅是为了讲述的方便。"我决定，回到景泰七年九月，按照时间的顺序依次讲述，我对城隍、龙王、铁匠灶王、饭店灶王和小冠家的一一造访。"

"对城隍、龙王、铁匠灶王、饭店灶王和小冠家的一一造访"是《灶王传奇》叙述的基本线索。但是，要说明的是，《灶王传奇》并非对每个事件一一展开详细叙述，其中第三件事造访"铁匠灶王"和第四件事"造访饼店灶王"，都标明了"（略）"。为何这样处理？《灶王传奇》并没有做出进一步的说明和解释。在我看来，如此处理显然要表明小说叙述的"详写"和"略写"其实并没有重要的价值和意义，只是叙述者的一种安排而已。这是《灶王传奇》的匠心之所在。

20世纪80年代先锋小说的"先锋性"，主要体现在以形式的力量来修补中国当代小说现实主义叙事规范。现实主义曾经陷入僵化、狭隘的教条主义陷阱。为了突破现实主义小说理论桎梏，先锋小说对现实主义叙述规范展开了全面的清理。小说叙述的开头、叙述过程、结尾等造成真实性的叙述效果的路径、方法，一一被先锋小说裸露出来。我们注意到，除了对于现实主义小说叙事成规的反思之外，20世纪80年代还有一些先锋小说对于传统文类也展开了不同角度的戏仿。余华就是这方面的重要小说家。余华的小说《鲜血梅花》是戏仿武侠小说，《古典爱情》是戏仿传统才子佳人小说的佳作。这些都广泛为文学史家、批评家所认同。余华戏仿传统文类，是为了表现文类规范的不确定性。而李浩通过把古典文类传统和20世纪80年代先锋小说的宝贵资产有机地结合在一起，在推动中国本土小说艺术探索上做出了自己的思考。

三

　　20 世纪 80 年代先锋小说要解构的是现实主义文学规范，为改革开放时期的中国文学松绑，激发了文学的活力。《灶王传奇》所秉持的先锋小说精神显然比 20 世纪 80 年代更进一步，它召唤回中国古典文学资源，同时还理清了古典文学资源在当下的价值和意义。如何面对中国古典传统？如何达到创造性继承和创新性发展的目的？显然，这不是借鉴古典传统资源就可以轻而易举达到的。古典资源的现代借用应该在更加深广的层次上去理解。李浩充分地利用各传统文类的承续与反思，为我们借鉴传统资源提供了重要参考。

　　首先，我们注意到《灶王传奇》充分反思了中国叙史精神。《灶王传奇》召唤中国传统文类，无论是杂史、志怪或者传奇，都是"史余"，都是中国传统叙史的文类，被看作具有重要的补史功能。它们无一例外地强调记载人物与历史事件的神圣性。而所谓历史记载的神圣性，可靠吗？这是《灶王传奇》所要思考的问题。灶王本是中国民间熟知的神仙。其职责就是记录家庭的好事和坏事，好事放在好罐，坏事放在坏罐。记录的文字显然具有重要意义，正因为如此，每位灶王都小心翼翼地记载，担心记错。谭家灶王在成为神仙之前是一位饱读诗书的秀才。成为灶王之后，他恪尽职守，严格遵循《灶王记事律》中明确规定的原则。担任曹府灶王后，他对发生在曹府的事情忠实地记录。但凡长工们、厨师们的所有关于曹家、国家、州府、官员们、士绅们、小姐太太们的议论，无论说好说坏都属于"背后的是非"，他都记录在案，放到坏罐里。但是，还没等到年终，坏罐已经塞满了记录坏事的纸条。在上司高经承看来，坏事罐里的纸条可以抽出一半来。这一情节安排，显示了历史记载本身不具备神圣性，同样不具备客观性。当还是谭家灶王的时候，为了小冠的事情，灶王去求龙王帮忙。对于歌功颂德的事情，龙王要求详细记载，对于有损于龙王声誉的事情，龙王要求不得记载。无论是神族还是水族，通行的是同样一套记录法则：其根本性原则是有利于当事人。

对于历史神圣性的颠覆，在蔚州的灶王将善恶记录簿送到东岳七十二司的差事上，表现得更为鲜明。每一位来交差的灶王要经过七十二司的审核等等烦琐程序，才能把记事簿给上交过去。然而，令灶王无法想象的是，这么重要的灶王记事簿，上差也许连一眼都没看，就随手丢掉。灶王记事簿或被风化，或被虫蛀。灶王们感到十分委屈和不解："我们都做了些什么？这些大老爷们都做了些什么？它们，它们就被堆在这里，没有哪位仙家大老爷在意！可我们呢？我们哼哧哼哧，殚精竭力不能恍惚，可在那些仙家大老爷眼里……就是这，就是这些！万千灶王依照《灶王记事律》的规定辛辛苦苦地记录，最终这些经过烦琐程序上交的记事本堆积成山，了无用处。"记载历史的本事无价值，历史叙述又有何价值？这是《灶王传奇》通过一系列情节和细节要表达的思考。传统文类像杂史、志怪、传奇所依托的"补史"功能显然也是不具备价值和意义的。

脱去了"补史"的沉重盔甲之后，中国小说也会更好地关注人的生活。这是李浩并置"传统"和"先锋"的重要目的。《灶王传奇》重建"杂史"的叙述传统，但是不被历史叙述所束缚，而是在杂史所忽视的普通人生活上倾注更多笔墨。《灶王传奇》叙述了"土木堡之变"发生后，瓦剌兵拥入蔚城，烧杀抢掠，蔚城沦为废墟，城中尽是生灵涂炭的惨景。小说对这场火灾给老百姓带来的生活惨状展开了细致的描写，凸显了"土木堡之变"的悲惨景象。"夺门之变"这场历史之变所引起的人生遭际是叙述的中心。例如，曹家被冠以"结党营私、暗害官员"的罪名，最终被抄。历史事变所牵涉的朝中大臣、普通百姓的生活，是《灶王传奇》叙述的重点。当"杂史"记叙历史的神性被颠覆后，《灶王传奇》重拾现代小说对于普通人的生活与遭际的关注。经过先锋思想洗礼之后，中国传统小说焕发了现代生机，更加有利于表现现代人的现代思想。

《灶王传奇》召回杂史、志怪、传奇三种小说文类，也不是把三类古典小说简单杂糅在一起。这三种被称作"史余"的文类，其"补史"功能被李浩颠覆。除此之外，杂史、志怪、传奇同处一室，也有叙事上的考量。《灶王传奇》的杂史部分作为叙事框架而存在，构成了小说事件发展的基本背景。而志怪叙事和传奇，构成了小说的基本内容。三类叙事类型相互交织，使《灶王传奇》打破了传统小说以一人一事为叙述骨干的做法。志怪叙事是小说的主体部分，它叙述了灶王历经谭家、董家、曹家的经历。而传奇叙事部分主要是小冠的经历。因为三类叙事类型的交织，《灶王传奇》实现了现代小说视角的多层转换。这自然是古典小说现代性生成的一个重要方式。

说到视角的转换的问题，《灶王传奇》还有一个重要的特点。它通过传统文类的兼容，摆脱了常见志怪叙事和传奇叙事的全知全能叙事视角。小冠、王鸠盈的人生经历一直置于灶王的视角之中，或是灶王亲身经历，或是灶王听他人叙述所得。于是，《灶王传奇》通过这样的叙事方式，把王鸠盈的人生经历置于限制叙事之中，遮蔽了王鸠盈的真实性。从灶王的视角来看，王鸠盈的确是令人唾弃的纨绔子弟。他为了个人取乐或泄愤，把猪、羊、狗、鸭子、鹅、猴子和狼捆绑成粽子模样，当作箭靶子。听见这些动物被射中而发出的惨叫，感到格外快乐。王家在此地是大户，作为王家三少爷，他并不缺少食物，鸡、鸭、鱼、肉自然是想吃就吃，却偏偏喜欢偷走人家的鸡、鸭、猪、狗。对于王鸠盈的做派，灶王不理解。他无法理解王鸠盈的心理："灶王，我说了我是王鸠盈，不是小冠！我不想当那个谭豆腐家的小冠，吃不到什么、穿不到什么还总是挨打挨骂的小冠。我不想当那个家里人在外面受气，而自己必须要受家里人的气的小冠。"

王鸠盈的传奇经历，自然为人世间芸芸众生所难以理解。他的内心活动如何袒露，内心世界如何展现，显然是有难度的。《灶王传奇》设置了志怪的叙述视角，为王鸠盈袒露内心世界提供了绝佳方式。《灶王传奇》还通过和灶王、土地的对话，展示了王鸠盈的真实内心活动。这些真实内心活动的展示，让我们对于王鸠盈有了一个全面的了解。一个立体、复杂的王鸠盈形象展现在读者面前。通过这样的方式，《灶王传奇》转换了全知全能叙事视角，以限制性叙事视角的方式，展现了王鸠盈的真实形象，又弥补了中国传统小说在限制性叙事视角上的遗憾。

找到中国小说的现代形态，是中国小说家努力的方向。《灶王传奇》吸收先锋小说的艺术经验，在反思、再造中国古典小说传统的基础上，做出了独特的探索，所取得的经验值得我们珍视。

《森林沉默》：书写森林生命及其价值

　　神农架对于陈应松来说，是一块宝地。在去神农架挂职之前，陈应松已经发表了大量小说，有些小说颇有影响。他的早期小说《黑艄楼》发表后，就引起过比较大的反响。20世纪90年代末期发表的小说《雪树琼枝》也广受好评。但是，这些小说所引起的效果还没有达到他的期待。大概是世纪之交，陈应松到神农架地区去挂职。这次与神农架的零距离接触，彻底改变了陈应松的文学生涯，也彻底改变了陈应松的文学命运。取材于神农架的小说《松鸦为什么鸣叫》《马嘶岭血案》《豹子最后的舞蹈》等，为他带来了极大的文学声誉。陈应松的一系列关于神农架的小说之所以引起了比较强烈的关注，与其时中国所兴起的两股文学浪潮——生态文学、底层写作——有关。世纪转型期，中国经济飞速发展，但是，自然环境遭受严重破坏。关注自然环境的生态文学顺势兴起了。陈应松的小说，像《云彩擦过悬崖》《神鹭过境》《豹子最后的舞蹈》《牧歌》等，无一不是精彩的生态文学篇章。世纪之交，底层文学成为中国最有影响的文学潮流。陈应松取材于神农架地区的小说《马嘶岭血案》《太平狗》等，为底层写作添加了崭新的元素。这些取材于神农架地区生活的小说，使前期游离于文学潮流的陈应松找到了文学的支点。

　　对于中国这样一个社会飞速发展的国度来说，文学无疑是发泄社会情感、表达社会认知最好的媒介。因此，在中国社会发展的不同阶段，相应的文学创作潮流也随之应运而生。"文化大革命"结束后，伤痕文学、反思文学诞生；改革开放成为国家共识之后，改革文学大潮应运而生。与此同时，借鉴西方现代派文学的创作潮流也在中国四处开花。新写实小说诞生于商品经济大潮之中。"现实主义冲击波"肇始于农村改革和国企改革之际。在中国社会发展的每一步，文学起到了释放情感、凝聚共识的作用。反观陈应松"神农架系列小说"之前的创作，不难发现，他的小说虽然有较好的艺术表现力，但是无法与社会发展、文学潮流共振。因此，他的小说难以获得更广泛的认同，就是情理之中的事了。陈应松对神农架地区生活的书写，就让批评家迅速地在生态文学、底层写作潮流的坐标中为他找到了位置，他的文学才华也顺理成章地得到了认可。

不过，近几年陈应松创作的视野似乎离开了神农架。他创作了大量关于山川、森林的散文作品，这些散文作品后来结集为《雪夜》《穿行在文字的缝隙》《村庄是一蓬草》等。其中《大九湖之恋》《天境贡山》最能代表陈应松散文创作成就。《大九湖之恋》《天境贡山》似乎又让人看到了陈应松魂牵梦绕的神农架的影子。长篇小说《森林沉默》问世，正式宣告陈应松最终又回到了神农架。陈应松的笔触虽然回到了他所熟悉的神农架，但是，他的新作是否是既往创作的惯性滑行呢？相信读者都有这样的顾虑。

一

《森林沉默》对于陈应松来说，是一部有着特别意义的作品，是他的写作再度回到神农架的标志。《森林沉默》描写了咕噜山区（即是现实世界的神农架地区）的生活，也写到了咕噜山区形形色色的人，触及咕噜山区方方面面的社会生活。不过，相比较陈应松此前的"神农架系列小说"而言，这部小说的突破性价值和意义是多方面的。

《森林沉默》是一部专注于书写自然的小说。书写自然是中国文学的悠久传统。中国古代文学关于自然的书写，长期以来存在着"比德"和"畅神"两种传统的审美观照方式。"比德"将"物"的自然属性与人的道德伦理、精神修养之间建立起同构关系，以"物"的自然属性比附人的道德伦理、精神修养。中国传统文化以松、竹、梅比附人的高尚道德情操，其实就是"比德"这种审美意识的最典型表现。这种审美观基于"天人合一""物我同构"的审美思维，在"物"与人之间建立起审美联系，最终形成"物"的自然属性、伦理道德、审美理想熔铸一体的审美境界。这种观照自然的审美方式在文学创作领域最为典型、最为集中的代表是《楚辞》。到了 20 世纪 90 年代初中期，自然风景的书写又让自然回到了传统的"比德"的审美观照之中。张炜的《九月寓言》《柏慧》等小说中的自然风景"野地"，就有了一层道德的价值和意义，具有批判社会功利价值的意义。张炜这种书写模式，到了 21 世纪得以延续。随着生态文学创作潮流的崛起，较多的生态文学书写自然时，自觉或者不自觉地宣扬神秘主义，神秘的人物、神秘的物种、神秘的自然现象、神秘的事件等等是书写的重点。小说家们如此书写自然，其目的是唤醒人类的敬畏之心，从而达到敬畏自然的目的。这种书写策略从一定程度上延续了"比德"观照自然的方式。

与"比德"不同，"畅神"摈弃了自然的道德上的比附功能，着力发掘自然的独立审美意义。刘勰《文心雕龙·原道》开宗明义："夫玄黄色杂，方圆体分，日月叠璧，以垂丽天之象；山川焕绮，以铺理地之形，此盖道之文也。"自然的独立审美意义在刘勰这里得到了确认。"畅神"的审美观照方式所发现的自然的独立审美内涵，其实是审美主体的情感、意识与思想的投射。它标志着古人审美意识的觉醒和发展。谢灵运、陶渊明、王维的诗歌都是"畅神"审美意识的充分体现。新世纪生态文学倡导书写人和自然之间和谐共生的关系。仔细观察这一类作品，我们可以发现其审美观照方式基本是传统"畅神"的再现。这一类生态文学以人类的情感、精神来观照自然，使自然景观成为作家的"第二自然"。陈应松的小说《云彩擦过悬崖》《牧歌》等，都是延续了这样的创作路数。

进入现代文学时期，乡土文学兴起。乡土文学关于自然的书写带有独特的地域意义，彰显了独特的地域特色。自然书写也因此多了一层地方志的意义。蹇先艾、裴文中、许钦文、萧红、沈从文等作家笔下的自然风景，带着地方色彩进入读者眼中。这种书写自然的方式在新时期文学中得到了发扬光大。汪曾祺、贾平凹、李杭育、刘醒龙、莫言、苏童等小说家笔下，自然风景为他们的作品增添了不少审美意蕴。

总而言之，小说家笔下的自然无非是以"比德""畅神"的审美眼光来观照自然，或者发现自然独立的地方志意义。《森林沉默》是一部叙写自然为主的作品。它能找到新路吗？陈应松也是写自然的老手。但是，他不得不思考，是延续传统的"比德"观照自然景观的方式，例如《世纪末偷想》？还是继续《云彩擦过悬崖》《牧歌》的创作路数，沿着"畅神"的审美路数走下去？还是像《望粮山》《猎人峰》那样，着力书写具有地方志意义的自然？

　　我以为陈应松近几年一系列书写高山、森林的散文创作，一直在寻找创作新变的机遇。到了《森林沉默》，他找到了新的路数。《森林沉默》的最大意义和价值就在于，他超越了传统的"比德""畅神"两种审美观照，也不把咕噜山区的森林作为具有地方色彩的风景来展览，而是把咕噜山区的森林作为生命体来书写。他说："人类对天空、荒野和自然的遗忘已经很久了，甚至感觉不到远方森林的生机勃勃。那里藏着生命的奥秘和命运的答案，人只是生命的一种形式之一，更多的生命还没有像人类那样从森林中走出来，它们成为最后的坚守者。"① 正因为陈应松把森林看作生命体，森林就不是神秘的、令人敬畏的描写对象了，而是充满了生命气息的聚集地。

　　森林书写在小说叙述中比较普遍。森林往往作为故事的背景而展开，或者是作为人物活动的空间而展开。到了近二十年，随着生态文学的崛起，森林又作为神秘对象而进入作家的叙事视野。陈应松的《森林沉默》聚焦的是作为独立的生命体而存在的森林。《森林沉默》细致入微地叙写了森林的春夏秋冬，也书写了森林的早晨、中午、晚上的千姿百态，浓墨重彩地勾画了森林里植物的蓬勃生命气象。《森林沉默》里，树是有生命的，"树跟人的命运一样的，只是它们全都无声，沉默和忍耐是它们全部的生命"② 小说描绘了森林里各种树木，头发树、拍手树等等，也描绘了森林里各种各样的草。仅小小的茶园，就有和茶树争夺生长空间的一年蓬、马唐草、水苎麻、醉鱼草，还有缠绕茶树的悬钩子、鸡矢藤、蝇子草，和茶树争夺地盘的火棘、胡枝子、鼠李；也有给茶园增添生命活力的马兰头、

---

　　① 陈应松：《我选择回到森林——长篇小说〈森林沉默〉创作谈》，《长篇小说选刊》2019 年第 4 期。

　　② 陈应松：《森林沉默》，《钟山》2019 年第 3 期。本文所有关于《森林沉默》的引文，均来自《钟山》2019 年第 3 期。后文不再标注。

山茴香、鸭脚板、野蒿蒿、豆瓣菜等；更有给茶园增添魅力与妖娆的飞燕花、醉醒花、迎春花、蕙兰花、连翘花、胡枝子、乌头、还亮草、大火草。茶园是森林的一角，是森林生命体的一隅和窗口。

更重要的是，在外面人看来毫不起眼的草也具有非凡的生命力。普普通通的树蔸居然具有神奇的药力，具有非凡的疗效。森林里还长着各种各样的花草，具有出人意料的疗效。木疙瘩的朽皮和款冬花、老鸦蒜、前胡一起熬煎，能治疗妇科病和眼病。猴板栗是止咳化痰的良药，阴地蕨是治疗肺痨、蛇咬、疔疮的良药。诸多森林出产的植物不仅仅是生命体本身，还是人类生命的守护神。孔不留和人打斗中受了重伤，生命垂危，玃找到草药，让他起死回生。花仙子被毒蛇咬伤，也是玃找到草药，救了她一命。森林的植物不仅仅有着丰富的生命形态与神韵，还是生活在森林中的人们的守护神。

更重要的是，森林里的植物还具有无法言说的生命信仰。白辛树是祖父一家的守护神，守护着祖坟，也是"我"的栖身之地。为了给在县城生活的孙子打一套家具，祖父决定砍伐白辛树。在砍树之前，祖父按照传统习俗，开始喊树。喊了几天几夜，仍然没有降服这棵树。最后，还是贵将军找到树的软肋，砍裂树根的大瘤疖。白辛树鲜红的汁液流干，大树才最终被砍倒。虽然树被砍倒，被分解，甚至做成了一套家具，但是大树的树魂还在，跟随着家具来到了县城。祖父夜间在孙子房间里喝水时，从水缸里看到了一棵枝繁叶茂、青枝绿叶的大树；祖父还看到，小鸟在树枝上亮着晶亮晶亮的眼睛。这一神奇的细节无非表明，森林里的大树生命不灭。即使是空间变了，由咕噜山区到县城，树魂仍然出现在县城里；即使白辛树被砍伐被分解，树魂依然无法消散。树魂是森林之魂，也是森林生命的体现。

《森林沉默》还书写了很多动物。不过在陈应松笔下，这些动物大都是肢体有残缺的动物。在对这些肢体上有残障动物的书写中，陈应松发现了森林生命力的坚韧。小熊本来和熊妈妈一起过着悠然自得的生活，由于孔不留心生贪念，想吃熊肉，设计夹碎了小熊的睾丸，小熊也因此落下残疾。但是，众人还是不放过它，想出各种办法想要吃掉它。在"我"的帮助下，小熊逃过了种种劫难。但是，小熊最终还是难逃厄运，死于众人之手，成为人们口中食。虽然小熊最终命丧众人之手，但是它历经种种艰难，闯过了生命中一段又一段艰险，充分体现了生命力的坚韧。断腿猴也经历了类似于小熊的生命历程。无论是小熊，还是断腿猴，都以残缺的肢体，顽强地生存了下来。《森林沉默》通过小熊、断腿猴的遭际，展现了森林里动物顽强的、旺盛的生命力。

总体看来，《森林沉默》以生命作为观照自然风物的立足点，写出了森林里形形色色的树木、花草、动物的生命百态。由此观之，《森林沉默》在自然风物的描写上，的确是有所超越。

二

前文曾提到过，陈应松的"神农架系列小说"能获得比较广泛的认可，和世纪之交底层文学的勃兴有很大的关系。《马嘶岭血案》《太平狗》等都是底层文学的名篇。但是，在我看来，陈应松的小说被贴的底层文学标签一度束缚了他的文学创作。对于陈应松而言，底层写作只不过是他暂时停留的驿站而已。虽然他后来还创作过《一个人的遭遇》这样的底层文学名篇，但是，走出底层文学的藩篱，是陈应松不倦的追求。随着《森林沉默》的问世，我们基本可以确定，陈应松冲破了底层文学的束缚。

表面上看，《森林沉默》很像是一部底层文学作品。小说多处写到"外边"的人对于咕噜山区的人的剥夺，甚至巧取豪夺。玃和爷爷曾背着一个药兜去宜昌，一家店老板主动为祖孙二人提供免费食宿，最终仅仅支付了两万元买走药兜。可是，商家一转手，就卖出近两百万的大价钱。来咕噜山区修建飞机场的人，在咕噜山区不断掠夺山区的各种奇珍异草。他们在咕噜山区，用各种不同的手段，占有本属于山区人的财富。在山外人看来，咕噜山区人冥顽不化，只配给他们创造财富与名利。林业局的工程师为了在退休之前拿到更高一级的职称，要求叔叔麻古带他们去找植物学界不曾见到的拍手树、头发树。由于生理上的独特性，玃被宜昌旅游公司宣传为红毛野人，吸引大量游客观看。玃白天在景区展览，却夜宿景区外边的大树上。《森林沉默》似乎构建了一个底层文学的叙述框架，咕噜山区的山民处于弱势地位，不断被山外的人所欺负、利用，成为山外人谋求利益的工具。

然而,《森林沉默》超越了底层文学的叙述逻辑,它不再为弱势群体遭受欺凌而呐喊,不再为弱势群体的财富与人身自由被剥夺而呼吁。换言之,为底层人的命运而鼓呼,已经不是《森林沉默》的基本主题。是的,有一些山外人以功利的眼光来打量咕噜山区人。然而,还有人则把森林把咕噜山区看作精神高地、精神家园。花仙子即是其中的典型代表。花仙子是一位女博士,在城市里有着体面的工作。但是,她被周围污浊的环境所困扰。因为天真,她委身于师兄,最终看穿了师兄是一个极端虚伪、名利至上的伪君子。他满口仁义道德,背后却是一副流氓做派,花重金买奖,为了成为学术权威,取代自己的老师,不惜诋毁自己的恩师。花仙子识破了这位师兄的真实面目后,毅然来到了咕噜山区。在咕噜山区,她从大山、森林那里找到了失去的羞怯、简洁和坚贞。她享受着山间的生活:"山中何事?松花酿酒,春水煎茶。皓月凌空,星汉倒悬,枕石漱流,醉卧花影。"在山间的生活,让花仙子重新找回了自我,治愈了心灵的创伤。花仙子曾写下诗句:"我在人间卑微低下 / 我在林中高贵清洁。"这句诗最为妥切地表达了外边的世界和森林两个世界,代表着两种不同的生活。《森林沉默》以花仙子为视角,鞭挞了花仙子师兄和其他山外人沉溺于物质和名利的龌龊不堪的灵魂,凸显了"人间卑微低下"。但是,《森林沉默》的目的,不是从道德的立场来揭示花仙子师兄这一类山外人真实面目,而是着力表现城里人需要"高贵清洁"的精神来拯救的主题。

书写咕噜山区人"高贵清洁",是《森林沉默》的主要内容之一。森林里活着的芸芸众生和花草树木、山川河流、飞禽走兽,构成了和谐的生命系统:"在这里生活的人,不会有极端的念头。这儿的人做事比较随性柔和,虽然穷,但内心有忖度,虽然遭了罪,会原谅他人。因为在这里,每天都是这样艰难地生活,到处都是对头,不过万物花草会劝慰你,宽阔的旷野和山川河谷会消解它。没有绝对的悬崖,到处都可以转圜。生活就是这么残缺不全,一切都是合理的,没有谁刻意与你过不去。"生活在森林里的人深受森林地理环境、花草虫鱼潜移默化的影响,最终养成了善良、随性的品格。《森林沉默》主要情节围绕祖父、叔父麻古、"我"一家三代人的命运展开。祖父是一位木匠,以打棺材而闻名于乡间。他手艺高超,为人忠厚，一辈子与人为善。叔叔麻古虽然为人古怪，思想迷信，但是是一位执念于土地的淳朴农民。他唯一的理想就是种好苞谷，因而与外边的世界格格不入。正是对土地、对种苞谷念念在兹，叔叔麻古对鹰嘴岩这一块在咕噜山区看来非常危险的土地，格外痴迷。他克服常人难以想象的困难，通过天梯，爬上鹰嘴岩，在那里养蜂种苞谷。对于叔父麻古来说，鹰嘴岩是天上的乐园。他无妻无子，"最甜蜜生活就是蜂子和苞谷在眼前晃动，并且看到它们和银河星空一起旋转，在清晨被所有的露珠浸润，像自己淋湿的衣衫"。这样一位农民，自然难以为外边的世界所接受，村里把他安排在飞机场做清洁，领在山里人看来不薄的薪水。但是，他仍然按照土地上耕种所形成的规则、习惯来应对一切，痴迷于在机场附近种苞谷。最终，他被所谓的规则所抛弃，只有回到山里，找到鹰嘴岩这样一块"天上的乐园"，在那里寻找到尊严和价值。在鹰嘴岩上，他和天地融为一体，成为那一块神奇土地上的唯一的生灵。后来，发生了山崩，通向鹰嘴岩的天梯塌陷了，叔叔麻古最终只能留在鹰嘴岩上，魂归鹰嘴崖。叔叔麻古这一人物形象是一个心思单一、心灵纯洁的山里人形象，它是森林作为生命体，融土地、草木、生灵、人为一体锻造而成。

　　戢貜是《森林沉默》刻画的另一个独特的人物形象。他一出生就浑身长满了红色的毛发，长到二十多岁了，还不会说话。在咕噜山区人眼里，他就是一个怪物，是猴娃，是一只野猴子，不是人类。他被现代医学鉴定为非人类，被看作患有痴呆症或是唐氏综合征，但是，他智力基本正常。他被看作超级返祖，但是骨骼测定，"亦猿亦人"。他虽是现代智人，但是骨骼、生理又有诸多猿类特征。根据现代科学测定，貜的牙齿、脑量、盆骨、脑颅都介于猿与现代人之间。所谓科学的鉴定，只会在物质层面下各种断语。然而，作为生命个体的貜，无法通过科学的手段来厘定。在花仙子看来，貜有着一般人所没有的智慧和灵气。他能细致入微地分别出各类植物，能辨明各类植物的药用功能。他能看懂山川河流与云彩，懂得森林。他懂得森林里的各种飞禽走兽。在花仙子这位城里博士看来，貜是一个独特的生命体，是森林赋予人类的智慧、灵气的象征。他知道只要与万物为善，世间万物就会把自己的秘密情愫给他。因而，貜是森林的精灵。正因为如此，美丽的花仙子把自己的身体主动交给了貜，从而完成了自己灵魂的拯救与升华。

祖父、叔叔麻古、戙玃三代人物形象构成了"高贵清洁"的森林人的精神谱系。这几个人物形象的刻画，彻底颠覆了底层文学的规范。虽然城里人肆无忌惮地掠夺山里的财富，但是，森林的万物、森林里的人不再向城里人发出哀怨的道德诉求，而是以"高贵清洁"发出拯救的呼吁。因而，《森林沉默》不再站在道德制高点上来审视外边的人与咕噜山区山民之间的关系，最终得以走出了底层文学的羁绊，成为一部呼吁人们回归自然以求精神与心灵得到解脱的作品。

从根本上看，陈应松不属于某种特定文学创作潮流的作家。他曾说，他是"典型的文学流浪汉"[1]。中国 20 世纪 80 年代以来，基本上是现实主义和现代派（广义的现代派，包括现代派、后现代主义）两个文学流派轮番上演文学风潮。"伤痕文学""反思文学""改革文学""现实主义冲击波""底层文学"则是明显的现实主义文学规范的体现。而 20 世纪 80 年代中期开始出现的现代派文学、先锋文学、寻根文学等，则带有更浓厚的现代派色彩。而陈应松"老是在现代派和现实主义之间徘徊"，因为他不喜欢现实主义，现代派的很多东西也不喜欢，于是，"他就处于一种非常矛盾、徘徊的状态"[2]。他的早期小说《黑艄楼》《黑藻》虽然带有鲜明的先锋文学的影子，但是彼时先锋文学家余华、苏童等已经开始后撤。此后他写过一些农村题材的小说，比如《失语的村庄》。但是，这部作品也无法归入"现实主义冲击波"或者底层写作的范畴。陈应松的文学世界始终关注的是人的精神、人的生命与价值。《森林沉默》延续了陈应松小说创作的这一基本主题；另一方面，《森林沉默》超越了既有审美观照自然的方式和底层文学的陈规，为陈应松的小说创作找到了新路。

---

[1] 周新民、陈应松：《灵魂的守望与救赎——陈应松访谈录》，《小说评论》2007年第 5 期。

[2] 周新民、陈应松：《灵魂的守望与救赎——陈应松访谈录》，《小说评论》2007年第 5 期。

《麦河》：现代性叙事与"志怪"传统的嫁接

现代化是人类社会必由之路。对于中国这个古老的国度来说，中国现代化的根本问题就是农村的现代化。而中国农村的现代化的核心问题就是土地问题。对此中国当代文学有过经典的叙述。以《创业史》为代表的小说就以中国农村土地为叙事焦点。对于梁生宝们来说，走集体化的道路就是中国现代化的最合适的道路。土地归集体所有，废除土地私有制，集体劳动，按劳分配一度成为中国农村现代化的经典模式。这是中国农村现代化的第一步。然而，这种生产方式和土地使用方式虽然防弊了中国农村贫富两极分化，但同时也束缚了农村生产力的发展。随着现代化的深入，中国农村走上了土地集体所有、承包到户的生产模式。这种生产模式在一定的历史阶段起到了积极作用。但是，随着中国现代化进程加快，农村劳动力转移到城市，承包到户的生产模式束缚了农村的发展。零碎的生产方式带来了规模小、效益差的弊病，同时农村公共事业日益荒废也成为有目共睹的事实。21世纪，中国农村现代化拉开了新的序幕，土地流转成为中国农村现代化崭新的途径。所谓土地流转是指土地使用权流转。土地使用权流转的含义，是指拥有土地承包经营权的农户将土地经营权（使用权）转让给其他农户或经济组织，即保留承包权，转让使用权。也有的地方将集体建设用地通过土地使用权的合作、入股、联营、转换等方式进行流转，鼓励集体建设用地向城镇和工业园区集中。土地流转的核心是：在不改变家庭承包经营基本制度的基础上，把股份制引入土地制度建设，建立以土地为主要内容的农村股份合作制，把农民承包的土地从实物形态变为价值形态，让一部分农民获得股权后安心从事二、三产业；另一部分农民可以扩大土地经营规模，实现市郊农业由传统向现代转型。在现代化建设日益深入的今天，土地流转成为农村现代化的新机遇。

上述对中国农村土地问题的"复述"，是中国土地历史的演绎，也是小说《麦河》的主要叙述内容。《麦河》以纵贯历史的深厚笔力，以鹦鹉村为叙事对象，对中国近百年农村土地问题展开了纵深式描述。当然，《麦河》如此叙述中国土地历史，其目的并非仅是对中国农村土地历史展开"复述"。其目的还在于为小说的人物形象的塑造提供历史背景，为人物形象注入历史内涵。《麦河》在中国农村土地的叙述中，着力思考了中国农村现代化之路，尤其对中国当下农村土地流转问题展开了思考。上述对中国农村土地的历史问题和土地流转等现实问题的思考，通过对曹双羊和桃儿两个人物形象的刻画展开。作为农家子弟，曹双羊梦想脱离土地，寻找财富，探寻现代化之路。但是，早期他走上的致富道路是血淋淋的，他与赵蒙合伙开矿，甚至不惜动用黑社会来积累财富；他还为了自己的利益不惜将自己心爱的恋人桃儿推给赵蒙。此时的曹双羊应该说是打上了中国农民在现代化转型时期的烙印：抛弃土地，拥抱城市。但是，曹双羊毕竟是 21 世纪新的农民形象。他迅速地寻找到了自我，并且重新塑造自我。他回村动员村民流转土地，带动农民以土地入股，成立麦道集团，并且在残酷的市场竞争中立稳脚跟。可贵的是，作为农民儿子的曹双羊并没有忘记自己的身份，也没有忘记自己的历史责任。他始终以农民的利益为重，抵制集团一些不合理的主张，坚持把农民、土地的长远利益置于首要位置。他斥责妻舅圈地造马场，为了保护土地，不惜重金改良土壤。这样的人物形象显然是 21 世纪土地流转时期崭新的人物形象，也是符合新的历史意识的重要人物形象。他的身上寄托着作者对于土地的一片深情，也寄托了对中国农村现代化道路的思考：农村的现代化并非简单地逃离农村拥抱城市，立足脚下的土地才是农村现代化的根本问题。

桃儿则是另一种人物形象。她是个美丽、善良的姑娘，然而在农村现代化的历史潮流中，她曾误入歧途。她来到城市，以自己的美貌和青春的身体为代价融入城市。桃儿这个人物形象的意义在于，作者并不是以悲情的笔调展示农村现代化的悲剧，相反，小说描写了这个人物的自新之路。

最终，桃儿回到了土地，回到了麦道集团，成为一个崭新的人。通过对桃儿人物形象的刻画，作者从另外一个角度补充、完善了曹双羊形象的内涵；也阐释了农村融入城市的方式并不是要毁灭自我，而是要在土地上塑造自我的主题。因此，作为桃儿对立面存在的人物麦圈儿，不顾桃儿的救赎，执意以肉体作为生存代价来融入城市，最终结果可想而知，她被城市吞噬。

　　曹双羊和桃儿这两个人物形象，作为农村现代化的象征出现在小说中。而这两个人物都曾经有抛弃自我融入城市的经历。曹双羊曾经为了金钱而不惜牺牲他人生命，桃儿曾在城市卖淫为生。但是，可贵的是，他们都最终找到了自己的人生，在土地上重新塑造了自我。而二人重新塑造自我的人生选择，与瞎子白立国密不可分。瞎子白立国是民间艺人，唱乐亭大鼓，会算卦。他是土地的化身，他的存在使曹双羊和桃儿最终脚踩大地。白立国是曹双羊的同学与朋友，被曹双羊敬称为"三哥"。他常常引导着曹双羊的心灵。在曹双羊痛苦、迷茫之际，是他以土地"连安"神秘的召唤，唤醒了曹双羊；当曹双羊摇摆在罪与恶的边缘的时候，是他牵引着曹双羊，以麦河水洗净了曹双羊心灵的阴霾。从一定程度上讲，瞎子白立国是曹双羊的精神导师。而对于桃儿来讲，白立国就是她的灵魂拯救者。白立国接纳了桃儿，二人相恋，并最终走进了婚姻的殿堂。是白立国以真正的爱情，唤醒了桃儿身上沉睡的善良。在和白立国相伴的岁月中，桃儿一步一步走回大地，也一步一步地赎回了自己的灵魂。《麦河》在曹双羊和桃儿形象的塑造中，自始至终突出白立国的引导、救赎作用。而瞎子白立国所有的智慧都来自独特的神秘禀赋。他能和死人对话，常在夜间和曹家已经去世的狗儿爷对话，从而带出了从百年前到"大包干"之间的鹦鹉村的历史。他驯养的百年神鹰虎子能和他对话，使他对鹦鹉村包括麦河道场发生的一切都了如指掌。而白立国让百年神鹰虎子口衔麦穗并抚摸它的羽毛时，虎子就能把预知的未来一一告诉给白立国。因而，小说中的白立国已经不再是普通的人物形象，而是神秘灵异功能的象征。白立国也成为小说的独特叙事视角。因此，《麦河》复活了中国"志怪"叙事。

　　"志怪"本是中国古典文学叙事传统。鲁迅先生在《中国小说史略》中曾对"志怪"叙事传统的兴起、特点做出了精辟的概括："中国本信巫，秦汉以来，神仙之说盛行，汉末又大畅巫风，而鬼道愈炽；会小乘佛教亦入中土，渐见流传。凡此，皆张皇鬼神，称道灵异，故自晋迄隋，特多鬼神志怪之书……"同时，他指出："须知六朝人之志怪，却大抵一如今日之记新闻。在当时并非有意做小说。"自六朝后，"志怪"叙事一直是中国古典小说的重要叙事传统，《聊斋志异》更是把"志怪"叙事传统推向高峰。"志怪"叙事使中国小说在史传叙事传统之外，多了一份空灵与超越。"志怪"也因此成为中国古典文学宝贵的文学传统。五四后，在科学思潮的洗礼下，"志怪"叙事在中国文学鲜有呈现，只有徐訏的一些小说中保留了一些踪迹。直至新时期贾平凹的《太白山记》和陈应松的一些小说中，"志怪"叙事传统才真正复活。不过在贾平凹和陈应松的小说里，"志怪"只是小说的一些细节和情节，还谈不上把整部作品都纳入"志怪"叙事传统视野之中。而《麦河》却不一样。整部《麦河》，无论是历史情节的叙述还是人物形象的刻画，都被纳入瞎子白立国的神异功能的叙事视角中。中国农村现代化进程本来是崇高的历史叙事，然而"志怪"叙事传统的介入，彻底改变了小说的叙事风貌。叙述历史，尤其是当代历史，最常见的弊病是刻意追求历史的"真实"，不仅是历史场景和细节的真实，还包括历史观念的真实。而这种对真实的追求，使文学作品匍匐在经验的审美传统中，使文学作品失去了对形而上的超越。《麦河》对当下历史展开了深入、及时的描绘，更可贵的是，它将对历史的描绘，通过艺术手段纳入形而上的思考之中。

论《河岸》的意象结构

迄今为止，苏童已有二十余年的小说创作历史，他的那些小说常常被冠以"先锋小说""新历史小说"等各种名称。苏童在小说的语言运用、女性人物形象的塑造，以及小说与历史之间关系的处理上，赢得了普遍赞誉。但是，苏童的小说给人印象最深的还是叙述故事发生在江南小镇的"香椿树街"系列和"枫杨树"系列小说。这些小说中的江南小镇、"文化大革命"时期动乱的时代背景，还有那些闪烁在小说字里行间的意象，在一定程度上构成了苏童小说的标志。虽然苏童后来创作了长篇小说《蛇为什么会飞》《碧奴》，但是读者还是非常怀念苏童早期创作的小说。尤其是苏童小说中那些意象，像"桑园""石拱桥""河流""青棕叶""竹林""罂粟花""白鸽""金鱼"等，让人难以忘怀。在阅读《河岸》时，我们非常强烈地感觉到，苏童又回来了。《河岸》有太多苏童早年作品的痕迹：故事还是发生在江南小镇，故事发生的时间仍然是"文化大革命"时期，小说中仍然漂浮着众多的意象如"岸""告示""铁皮灯""高音喇叭""船""河""纪念碑"等。的确，《河岸》让我们发现了我们所熟悉的苏童。《河岸》这部小说在故事发生的空间和时间背景以及意象的运用上，似乎是又回到了原来的"香椿树街"系列小说和"枫杨树"系列小说。但是，《河岸》对意象的使用，和他的那些早期小说相比，要更加深入：它们已经不再是简单地传达创作主体的情思，也不是单纯地营造某种诗意氛围。《河岸》中的意象，与小说情节的展开、结构的构筑，甚至是小说思维方式，都建立了紧密的联系。

《河岸》中意象虽然众多，但是，这些意象其实都是围绕着"岸"与"河"两个主导性意象而展开的。《河岸》和"岸"相关的意象有"告示""铁皮灯""高音喇叭""纪念碑",与"河"有关的意象是"跳板""船""鱼"等。为了深入阐释《河岸》意象使用上的独到匠心,我们以"岸""河"两个意象为论述对象,来探讨《河岸》营造意象的艺术。

《河岸》正如它的标题一样,是一部和"河"与"岸"有关的小说。具体而言,小说主要是叙述邓少香、库少轩、库东亮、江慧仙等人河里岸上的人生。邓少香是一位革命者,借助家里开棺材铺的有利条件,利用棺材作掩护,给游击队运送枪支弹药。她在一次执行任务过程中不幸被捕,英勇牺牲。邓少香的人生似乎止于"岸",而与"河"无关了。但是,事实是,邓少香的身后人生和"河"结下了不解之缘。邓少香最后那次执行任务,带着自己的儿子。在她牺牲后,坐在箩筐之中的儿子随着河水涨潮,一路漂流,直到被人救起。从这个角度讲,邓少香的人生也和"河"与"岸"紧密联系在一起。库少轩因为被认为是革命烈士邓少香的儿子,当上了镇党委书记,成为小镇权力的核心,也成为小镇女性追逐的对象。库少轩在岸上的人生可谓风光无限。但是,"文化大革命"时期的一次调查否定了库少轩烈士遗孤的身份,随即他的镇党委书记的职位被罢免,还被查出了和多位女性保持着不正当两性关系。他的妻子也和他离婚了。人生发生了巨大变故的库少轩离开了"岸",来到了金鹊河上的向阳船队,开始了河上人生。库东亮的人生也和"岸"与"河"紧密相关。库东亮是库少轩的儿子,库少轩离婚后,他就跟着库少轩来到了河上。不过,与库少轩从此不再上岸不同的是,库东亮常常在岸上与河上穿梭。江慧仙的人生也和"岸"与"河"相关。江慧仙的父亲失踪,母亲带着她来找父亲。然而在找父亲的过程之中,母亲也失踪了。她是向阳船队的人集体养活的。她的人生开端应该是河上。但是,一次,一位导演来选扮演李铁梅的演员时看中了她。于是她离开了船,也就离开了"河",开始了在岸上的人生,再也没有回到河上。邓少香、库少轩、库东亮、江慧仙的"河"里与"岸"上的生活,构成了小说的主要内容。在这个层面上,"河"与"岸"编织了小说的情节发展的网络,完成了人物性格的展开和社会生活的观照。因此,我们可以说,"河"与"岸"深入小说的情节之中,推动了情节的发展。

《河岸》叙写了邓少香、库少轩、库东亮、江慧仙四人不同的"河"

与"岸"的人生旅程：邓少香的人生止于岸上，她的儿子代替她完成了河上的人生历程；库少轩是由岸上迁移到河里；库东亮在岸上与河上之间游走；江慧仙是由河上到岸上。对四人的河里岸上的生命旅程的反复叙述之中，"河"与"岸"已经从简单的物质与地理空间，演化为小说的意象。因此，《河岸》中的"河"与"岸"具有不一般的含义指涉。

《河岸》中的"岸"与"河"具有相当明确的象征义。对于邓少香来说，她所从事的革命工作是一件十分隐秘的工作，也是被当局禁止的事业。当她最后一次执行任务命丧棋亭的时候，"岸"所具有的隐秘的狰狞面目完全暴露出来了。她的生命最终是在岸上终结的；而"河"则拯救了她儿子的生命，以另外一种方式延续了她的生命。因此，对邓少香来说，"岸"意味着暴力与禁忌，是生命的禁区；而"河"则是生命的延续。对于库少轩来说，"岸"是一种权力的象征。当他被认作邓少香的儿子的时候，他在岸上享受权力的快感。一旦烈士遗孤的身份被否认，他就得离"岸"，从此生活在来往于金雀河上的向阳船队。他也安然地生活在"河"上，并剪断象征着权力和欲望的阳具。最后，库少轩选择了背碑跳河的方式，完成了确认邓少香之子的仪式。因此，"河"对于库少轩而言，是生命价值的完成与肯定。对于库东亮来说，"岸"虽然是他向往的地方，但是，他总是感觉到排斥的力量。首先，他和向阳船队在岸上的活动受到了监视，他们在岸上并不自由。随着情节的发展，库东亮最终被岸上的人所拒绝，他的活动范围逐渐缩小。最后，他甚至被岸上的人们所驱逐，并被下了从此不得上岸的禁令。因此，对于库东亮来说，"岸"是权力甚至是禁忌的象征，而"河"则是避难所。他在船上安然成长，可以欣然谛听河水的秘密。对于江慧仙来说，"河"是接纳，是生命的滋养。江慧仙在成长阶段先后失去父母，是向阳船队养活了她。"岸"则代表的是权力是诱惑是生命的异化。她在一次游行队伍展览中，成功扮演了李铁梅之后，就被岸上的人们当成"小李铁梅"。于是，扮演李铁梅成为她唯一的愿望，她也彻底地丧失了自我。随后，她成为权力俘获的猎物。江慧仙的人生被"岸"重新铸造，她最终也没有回到"河"上。她再也无法回到船上，等待扮演李铁梅，等待官员的青睐，成为她最主要的工作。一旦权力场失势，她就成为和众人没有区别的普通人。因此，对于江慧仙来说，"河"是家园，是生命的自由挥洒，而"岸"则是权力的陷阱、欲望的网络和自我的迷失。

从总体上看，"岸"和暴力、权力、欲望相关，而"河"则与希望、宽容、接纳、自由等含义紧密相连。因此，小说里的"河"和"岸"已经超越了故事层面的具体意义，开始走向象征，具备了丰富的象征含义，承载着一定的精神指向。至此，"岸"和"河"完成了作为意象的建构。于是，我们发现"河""岸"在《河岸》之中，不再只是小说情节发生的场景，而是具有了丰富的象征含义，已经构成了小说的重要意象。不过，由于《河岸》中的"河"与"岸"两个意象与小说的情节发展建立起了紧密的联系，因此，它们不再是苏童早期小说那种漂浮在小说情节和场景之上的局部意象，而是深入小说情节与意义之中，其触角已经触摸到小说的主题与形式，成为小说的整体象征，初步完成了意象结构的构筑。

苏童在处理"河"和"岸"的意象时，从不同的方面把二者作为对立的两极来设置。因此，"河"与"岸"两个意象又具有中国传统哲学的阴阳两极对立互补的思维特征。"岸"在小说之中具有历史场景的具象意义。在岸上的历史可以是十分具体的历史表象。清查库少轩的身份、建设样板小镇等历史活动是"岸"的真实写照，显得热闹、喧嚣。而"河"被叙述成游离于历史事件之外，与岸上的喧嚣构成了鲜明的对比。"岸"还指向不确定人生与世事，邓少香从事革命的动机、革命历程等问题，一直被岸上的人们反复清查，无法形成定论。因此，"岸"是变幻的时世与人事。而河则和岸迥然不同，无论一个人在岸上的历史如何，它都不在意，都一并接纳。因此，"河"呈现出恒定的、宽容的姿态。同时，苏童也把个人与"河"及"岸"的命运，当作对立的两极来设置。对于邓少香来说，"岸"是生命的终结，而"河"则是生命的延续；对于库少轩而言，岸上的人生是欲望的华章，而河里则是生命的本真；对于库东亮来说，岸上的世界是人世的尘嚣，而河上则是精神的家园；对于江慧仙来说，岸上的人生是权力和异化的猎物，而河则意味着生命的滋养。"河"与"岸"两个意象作为对立的两极，支撑起了小说的结构。因此，"河"与"岸"两个意象已经深入小说的深层结构方式，支配了小说对于人生、对于历史的深层思考。

　　《河岸》对于苏童来说，是一次重要的历史飞跃。它继承了苏童早期小说建立起来的重视意象的写作传统，又把苏童的小说创作推向一个新的高度。苏童把意象和作家的创作思维方式、小说的结构紧密结合在一起，构成了别具一格的意象结构。这种独具匠心的艺术构思，在长篇小说艺术探索近乎停顿的今天，显得格外有意义。

演绎"说得着"的叙事形式与意义

——解读《一句顶一万句》

　　《一句顶一万句》是刘震云倾心写作的一部长篇小说，它的人物繁多，故事复杂琐碎。从内容来讲，它分为上部"出延津记"和下部"回延津记"两个部分。从叙事学的角度来看，《一句顶一万句》的叙事可以划分为表层叙事和深层叙事两个层面。其表层叙事是一层层地剥离附着在中国人身上的传统道德伦理规范，裸露出"说得着"的意义；而深层叙事则是演绎"说得着"的终极价值。从叙事功能来看，"说得着"连接了《一句顶一万句》的表层叙事与深层叙事；从叙事意义来看，"说得着"的价值与意义则是《一句顶一万句》的深层叙事动力。

　　杨百顺出生在一个卖豆腐的家庭。杨百顺的父亲决定让一个儿子去上新学，但是他考虑的不是儿子的前程而是自己的豆腐生意。当杨百顺和杨百利两兄弟都愿意去上新学时，老杨打定主意只让一个儿子去。为了将来有人卖豆腐，在抓阄过程中，老杨用作弊的方式让杨百顺留在了家里。显然，杨百顺父亲考虑的不是儿子的前程，而是有人继承他的豆腐铺。杨百顺知道了抓阄内幕后，离家出走。中国传统的"父慈子孝"的父子伦理就此被颠覆。不仅如此，《一句顶一万句》也颠覆了传统师徒关系。杨百顺后来跟着老曾学杀猪。师徒二人感情融洽。但是，当杨百顺开始一个人独立杀猪后，杨百顺和老曾的续弦过分地看重物质利益，在分配报酬上十分计较。为此，老曾和杨百顺之间也产生了隔膜，最终杨百顺被老曾逐走。中国传统师徒（生）伦理规范也被消解。与父亲有隙，与师傅有隔膜，使杨百顺认识到，靠伦理道德规范建立的人际关系并非牢固可靠。不久，杨百顺出于对稳定生活的渴望与吴香香结婚，并改名为吴摩西。但是他们的婚姻生活并没有达到杨百顺的期望。吴香香名为杨百顺的妻子，实际上和邻居老高多年来一直暗中往来。最后，吴香香干脆和邻居老高一起私奔。在这里，传统夫妻之间"互敬互爱"的伦理关系显得如此脆弱。《一句顶一万句》对传统伦理规范的解构并没有就此止步，还进一步解构了兄弟情谊。小说中的杨百顺和弟弟杨百利之间，姜家三兄弟姜龙、姜虎、姜狗之间，都演绎了一场场兄弟争利的场景，手足之情被各种利害关系所遮蔽。总之，《一句顶一万句》的"出延津记"部分从根本上颠覆了父子、师徒、夫妻、兄弟传统伦理关系。

不仅如此，《一句顶一万句》还彻底颠覆了中国传统朋友关系。"有朋自远方来，不亦乐乎"，是中国传统文化对朋友之道最经典的概括。但是，传统的朋友之"道"被《一句顶一万句》的"回延津记"部分彻底颠覆了。老韩和老丁是二十多年的朋友，但是为了意外之财，二人最终分手成为陌路人。因为老韩交还了老曹失落的钱，老曹主动和老韩结拜，并且常常来看望老韩，二人也因此成为好朋友。但是，老韩最后还是欺骗了老曹，使老曹的女儿曹青娥嫁给了牛书道。杜青海是曹青娥的儿子牛爱国在部队时最好的朋友。但是，他们复员后，当牛爱国向他讨主意的时候，杜青海给牛爱国出的竟是馊主意。随着时间的流逝，牛爱国的好朋友一个个地离开了他。相好二十多年的朋友冯文修也和他彻底掰了，其他的朋友李昆、崔立帆、曾志远等也没有尽朋友之道。"回延津记"就这样彻底地颠覆了中国传统的朋友之道。

中国传统伦理道德规范有着相应的温情脉脉的情感内涵，这些情感让人在传统社会中获得心理依靠和支持，也使人获得基本的社会归属感。而《一句顶一万句》一点点地剥离了附着在人身上的父子、师徒、夫妻、兄弟、朋友等伦理关系，也完成了它的表层叙事。随着《一句顶一万句》表层叙事对传统伦理规范的消解，我们不得不思考：人将在何处找寻自我？从哪里寻找归属感？《一句顶一万句》的深层叙事回答了上述问题。

《一句顶一万句》的深层叙事把人和人之间的关系指向更加内在的关系，即人和人之间的关系不再依靠外在的伦理关系来界定，而是依靠个人心灵与心灵之间的融合与沟通，也就是人和人之间"说得着"。杨百顺发现，妻子吴香香和他虽然讲不到一起，但是和邻居老高"说得着"；同样，牛爱国也发现妻子庞丽娜和自己讲不到一起，却和摄影的小蒋"说得着"；而牛爱国与妻子庞丽娜讲不到一起，却能和情人章楚红"说得着"。在这里，"说得着"最终成为人和人之间的最根本性的关系，它超越人和人之间的一切表面伦理关系。例如，改名为罗长礼的杨百顺独独和孙子罗长江能讲到一起，而曹青娥和七岁的小孙女柏慧能讲到一起。能讲到一起，或者"说得着"，在《一句顶一万句》中具有超越性的意义。从某种意义上讲，它超越了人和人之间的一切表面伦理关系，直抵人的内心世界。因此，从某种意义上讲，"说得着"实际上是人为了寻找自己的本我而做出的抉择，也是人确证自我的一种重要方式，也是拯救世俗人生的重要方式。因此，《一句顶一万句》从根本上剔除了人和人之间的一切外在关系，直抵人的精神与灵魂的核心。《一句顶一万句》的深层叙事就这样演绎了"说得着"的终极性价值。

《一句顶一万句》的终极性价值和詹牧师紧密相连，詹牧师也因此成为演绎"说得着"终极性价值的重要环节。詹牧师是意大利人，在延津传教五十多年。五十多年来，詹牧师在延津传教态度虔诚、敬业，但是收获并不显著，他在延津一共才发展了八个信徒。延津人并不信仰宗教，詹牧师和上级教会会长的教义又有分歧，关系紧张。不仅如此，詹牧师传教活动也受到了地方官的制约。他的教堂被几任县长长期霸占，拒不归还。这些都影响了詹牧师的传教事业。詹牧师栖身在破庙之中，传教热情却没有受到影响，五十年如一日地坚持传教。到了晚年，詹牧师也没有因为客观条件的限制而放弃传教，仍然规划着延津的宗教事业。他曾画了一幅教堂的草图。那是座哥特式教堂，高八层，极为雄伟，教堂中的摆设件件精美，且有详细的说明，非常讲究。在这个草图背面，他工整地写了"恶魔的私语"几个字。教堂草图是詹牧师传教热情的象征，也是詹牧师对于宗教事业的热爱的体现。詹牧师以自身的行为演绎了"信"的含义。虽然延津人不信教，但是不得不为詹牧师所折服，不得不相信"信"确实存在。从这个意义上讲，詹牧师确实是最成功的牧师。

显然，《一句顶一万句》中的詹牧师是"信"的代言人，也是终极价值的鲜明体现。当然，《一句顶一万句》不是要劝导人们像詹牧师一样信仰宗教，而是针对道德沦丧的日常伦理现象展开思考，企图指引人们走向有信仰的人生。小说中的杨百顺和牛爱国两人就是得到了这种指引，从人生纠结中走出，回归到"说得着"的人生道路上。"说得着"也因此具有了终极性意义。

杨百顺曾拜詹牧师为师，改名为杨摩西（后改成吴摩西）。但是，他并不信教，他是为了讨生活而拜师的。杨百顺发现了学习宗教的辛苦和传教的艰难，最终脱离了詹牧师。吴摩西的妻子吴香香和人私奔后，吴摩西带着养女巧玲四处寻找，在寻找过程中丢失了养女巧玲。人生至此，吴摩西陷入茫然之中。自己是谁？从哪里来？到哪里去？这些问题已经超越了他所面临的困窘，而具有宗教意义。在詹牧师去世后，跟随詹牧师时没有领会到的宗教教义顿时变得那样清晰和深刻。历经磨砺，他终于走近了詹牧师。此后，他珍藏了詹牧师的那张教堂草图，心中也珍藏了一份人生信念。在改名为杨摩西、吴摩西之后，杨百顺再次改名为罗长礼，在咸阳生存了下来。前两次更名纯粹为了生存，而再次更名为罗长礼则是出于对人生信念的坚守。罗长礼是他少年时代曾经非常崇拜的喊丧人的名字。对于杨百顺来说，喊丧就是"说得着"，是人生最惬意的状态。

杨百顺受到詹牧师的指引，把"说得着"作为生命的最根本的状态。牛爱国也是在詹牧师的指引下，领悟到了"说得着"的价值。牛爱国的母亲是曹青娥，曹青娥就是被拐卖至曹家的巧玲。因此，牛爱国也就是杨百顺的外甥。牛爱国和妻子庞丽娜一直关系紧张，后来庞丽娜与人私奔。牛爱国对庞丽娜已经没有感情，但是由于二人并没有离婚，他仍然是庞丽娜的法律上的丈夫。也许是为了挽回个人脸面，也许是为了避免他人闲话，他踏上了寻妻之路。这一点和当年吴摩西一样，都是"假找"私奔的妻子。但是，在假找的过程之中，牛爱国不经意来到了吴摩西寻妻的出发地延津，于是牛爱国决定到母亲的出生地来寻找母亲的家人。可是，时间已经过去了太久，这里的人已经淡忘了母亲，而吴摩西也一直没有回到延津，而是在咸阳娶妻生子。于是，牛爱国只好来到了咸阳，寻找到了吴摩西的孙子，了解到了吴摩西与巧玲分手后的人生，也看到了吴摩西一直珍藏着的詹牧师的教堂草图。正是这幅草图点亮了牛爱国的人生，让他看到了自己人生的纠结所在。原来牛爱国和章楚红"说得着"，二人建立起了深厚的感情。但是，牛爱国怕出事，没有履行带章楚红出走的诺言。不仅如此，他怕出事，还断绝了和她的联系。经过这一番折腾，牛爱国发现，在人生中能有人和自己说得上话才是最重要的。为此，他决定，无论如何要找到章楚红。牛爱国终于彻悟了。他终于放下了那些纠结，决意按照自己的人生信条来生存。

《白雪乌鸦》：连缀性结构与
现代性内涵的对接

　　《白雪乌鸦》是迟子建的新作。相对于先前的创作，这部小说显得更加老辣更加从容。这部小说的内容是叙述 1910 年哈尔滨鼠疫大暴发时期的社会惨状。小说对鼠疫暴发时社会各色人等的生活、人生体验做出了全面的反映与表现。反映鼠疫、霍乱等瘟疫是西方小说重要题材。加缪的《鼠疫》、马尔克斯的《霍乱时期的爱情》等都反映了灾难时期的社会现状和个人生存状态。虽然《鼠疫》和《霍乱时期的爱情》所表现的灾难有所不同，但是，二者的结构却基本一致，都是以主人公的人生体验和社会活动为线索，展开社会生活画卷与众生形态。不过，《白雪乌鸦》与《鼠疫》和《霍乱时期的爱情》在结构上差异非常明显。为了全景式反映社会生活，《白雪乌鸦》摈弃了西方小说围绕主人公展开的叙事结构，而采取了《水浒传》的连缀性结构。《水浒传》虽然内容庞杂，但是结构却十分紧凑。一部《水浒传》可以看作林冲、鲁智深、李逵、武松、宋江、卢俊义、杨志等人的传记连缀。《水浒传》的连缀性纪传体结构，已有许多学者有过论述，在此不再赘述。《白雪乌鸦》也是比较完整地叙述了多人的人生经历。小说中，这些人物的人生在鼠疫来临之后，显露出百态，表现了命运的诡异与人性的各异，从而集中地表现了在鼠疫暴发时期的复杂人性状态。

　　《白雪乌鸦》以王春申、翟役生、翟芳桂、纪永和、周耀祖、傅百川、秦八碗、伍连德等人的人生经历，编织起了小说的故事经纬。王春申是一个无法左右自己人生的小人物。他开着三铺炕的小旅馆。旅馆的经营被妻妾掌握，他却驾着马车在外奔波。不仅如此，他的妻妾还在他眼前公然养着汉子，并且成为傅家甸的公开事件。傅家甸的鼠疫也由他妻子的相好巴音拉开序幕。随后，王春申的妻子、妾、儿子相继在鼠疫中死去。这个挣扎在社会底层、无法把握命运的小人物，在鼠疫期间经历了死亡的考验。翟役生本是寻常百姓家孩子，因为无法忍受贫穷，执意要当太监。进宫后，他专事捕鼠，后来因为偷盗，被打折了一条腿，再后来又被赶出宫。翟芳桂是翟役生的姐姐，因双亲信仰宗教，家里被义和拳民众烧毁，父母双亡，财产尽无。她投奔姑姑，却在姑姑死后被姑父卖到妓院，成为当红妓女，后又被纪永和赎出为妻。纪永和是翟芳桂的丈夫，开有一粮栈。因为先后两位妻子都因生小孩而死，信命的他认定自己命中无子，所以为翟芳桂赎身。但是，翟芳桂被赎身后并没有真正从良，纪永和仍然让她暗中卖淫。周耀祖的父亲周济这一代因为逃避官司，从山东来到傅家甸，开醋坊、点心铺子。秦八碗是一位孝子，为了母亲而犯下官司，逃到傅家甸，成为傅百川烧酒作坊的著名酿酒师。伍连德是一名华裔英籍的医生，医术高明，被清朝高层委派到傅家甸主持防疫工作。

《白雪乌鸦》对王春申、翟役生、翟芳桂、纪永和、周耀祖、傅百川、秦八碗、伍连德的人生经历，一一做了传记式的介绍。这种叙述方式很像《水浒传》。这些经历的介绍并非无关紧要的文字，而是为彰显鼠疫来临后众生态做好铺垫。各传主本来很少交集，而鼠疫来临，每个人的人生发生巨变，这些人之间也因而有了一些交集。鼠疫使各人的人生发生变化，这些变化透射出社会、人生的复杂状态。鼠疫来临，王春申家里接连遭遇变故，先是妻妾因感染鼠疫而亡，接着自己最喜欢的儿子也因感染鼠疫而死。王春申在灾难前并没有屈服，他仍然坚韧地活着，热心公共事业，那辆心爱的马车成为傅家甸鼠疫时期专拖死尸的工具。因为豁达、坚韧，王春申最终平安躲过鼠疫。而与王春申相类似的是翟芳桂。她父母双亡，投奔姑姑，后被姑父卖入妓院，嫁给纪永和后又遭羞辱，却最终得以在鼠疫中平安度过。而作为商人的纪永和平日势利、吝啬，鼠疫来临后不改本性，反复盘算的是囤积居奇、巧取豪夺，甚至为了得到囤积大豆，不惜把妻子典卖给人家。丧尽天良者必遭天谴，这个视金钱为人生唯一的商人，怀抱典妻合同，身染鼠疫而死。与纪永和一样，翟役生也在鼠疫中表现了变态的生存本相。受尽宫中屈辱的翟役生，把鼠疫看作发泄心中不满的机会。

他以一种幸灾乐祸的心态打量着鼠疫肆虐的人间，在生灵涂炭的社会灾难前，找到心理平衡。鼠疫中倒毙人数众多，他居然打起了囤积棺材的主意。然而，他最终也难逃上天的惩罚，成为在鼠疫中倒下的一员。

　　然而，鼠疫中并非全是纪永和、翟役生之流。鼠疫肆虐之际，还有众多为了苍生挺身而出的人。周耀祖、傅百川即是其中的代表。他们始终为了战胜鼠疫而奔走。周耀祖、傅百川不仅贡献自己的才智，还身体力行，无私地拿出自己的财产，救助鼠疫中受难的百姓。周耀祖甚至为了照顾隔离点的百姓，身染鼠疫，并且累及全家。而秦八碗在鼠疫中表现出来的风骨，体现了人间对于至爱的担当精神。秦八碗和母亲逃到傅家甸被傅百川收留后，凭借酿酒的好手艺，赢得了当地居民的尊重，并在傅家甸扎根。但是，他的母亲却始终视傅家甸为异乡，总想落叶归根。然而，母亲在鼠疫期间故去，改变了秦八碗的人生。其母虽然不是死于鼠疫，但是在他送母亲遗体回故乡的路上，鼠疫防治总官伍连德颁发了鼠疫期间所有的亡人尸体就地掩埋、不得出城的禁令。无可奈何，秦八碗不得不拉着母亲遗体回城。无法实现母亲遗愿的秦八碗选择卧棺自杀，以求与母亲合葬，以便时刻伺候在母亲身边。鼠疫成就了秦八碗的一片孝心，也成就了人性中的至真至爱。如果说秦八碗在鼠疫中所表现出来的爱仅局限于个人的话，那么防疫总官伍连德心中则装的是对于苍生的大爱，在鼠疫中他所表现的是对于苍生的担负。他是英籍华人，在英国受过相当好的医学训练，得到朝廷器重，本来有着幸福的家庭和舒适的工作环境。正是本着心怀苍生的大爱精神，他抛下即将生产的妻子，冒着染上鼠疫的危险，来到了傅家甸。来到傅家甸后，他旋即奔走四方，本着科学的精神，坚韧地寻找鼠疫病毒类型，并坚持己见，不屈服于各方质疑。在采取了多种手段还不能控制鼠疫后，伍连德发现由于死亡人数太多，严冬土地冻结，尸体无法挖坑掩埋，最终传染链条无法切断，造成鼠疫难以遏制。伍连德决定冒天下之大不韪，痛下决心后焚尸。虽然焚尸的方案有利于控制鼠疫，但是却违背中国人的传统伦理道德。伍连德的决定最终有效地控制了傅家甸的鼠疫，然而，自己的孩子却被疾病夺去了生命。

　　疾病、灾变、瘟疫是小说的好题材，也是作家常用的题材。个中原因大概是在疾病、灾变、瘟疫中，更能透视一个时期的道德与政治。在叙事层面捕捉疾病、灾变、瘟疫时期社会众生相，从而透视一个时期的社会道德、政治，是这类题材小说常见的叙述模式。然而，《白雪乌鸦》并不是一部旨在弘扬道德的小说，在叙述中，其笔力掠过道德的雾霭。小说中，鼠疫击倒了像翟役生、纪永和这样的"恶人"，也击倒了无数无辜百姓，就连周耀祖祖孙三代也不能幸免。《白雪乌鸦》的主旨是透视灾变中人性的形形色色。它照亮的是鼠疫中的坚韧、贪婪、丑恶、爱。同样，小说也避开了政治纠葛。鼠疫发生于1910年冬天，摇摇欲坠的清王朝即将走向终结，但是小说显然没有借鼠疫来表现清王朝的腐朽与堕落。相反，小说中清王朝的各级官员，上到亲王，下到各级县官，无不竭尽心力投入抗击鼠疫的斗争中。《白雪乌鸦》摈弃了道德和政治性的叙事，最终把鼠疫这一具体瘟疫上升到抽象的人性思考。这是中国长篇小说的一个重要进步。更可贵的是，在内在结构上，《白雪乌鸦》摈弃了西方现代小说的内聚焦的叙事方式，而采用了《水浒传》的连缀性纪传体结构，从而使小说显得更有民族风情。

第三辑

论苏童小说的季节美学

陆机在《文赋》中说："遵四时以叹逝，瞻万物而思纷；悲落叶于劲秋，喜柔条于芳春。"钟嵘在《诗品序》中言："若乃春风春鸟，秋月秋蝉，夏云暑雨，冬月祁寒，斯四候之感诸诗者也。"刘勰在《文心雕龙》中也说："岁有其物，物有其容；情以物迁，辞以情发。"上述文论思想都指向"季节感深植于古典诗歌的抒情特性之中"的文学传统。[①] 季节美学传统在当代文学发展过程中，从未中断。苏童就是一位热衷并且善用季节元素的小说家。他曾坦言自己对季节时令的偏爱："我把创作短篇小说的时间放在一年中最美好的季节，暮春或深秋，这种做法未免唯心和机械，但我仍然迷信于好季节诞生好小说的神话。"[②] 苏童确实是这样创作小说的。他的第一部中篇小说《一九三四年的逃亡》"写于一九八六年秋冬之际"[③]，他的第一部长篇小说《米》"写于一九九〇年与一九九一年的冬春两季"[④]，他的《妻妾成群》历经了春、夏、秋三季的打磨才得以出炉[⑤]。这些作品对苏童来说，都有着重要意义。在小说的命名上，诸如《肉联厂的春天》《八月日记》《祖母的季节》《七三年冬天的一个夜晚》

[①] 张晓青：《中国古典诗歌中的季节表现——以中古诗歌为中心》，中国社会科学院研究生院 2012 年博士学位论文。

[②] 苏童：《我的短篇小说"病"》，见《寻找灯绳》，江苏文艺出版社 1995 年版，第 134 页。

[③] 苏童：《自序》，见《世界两侧》，江苏文艺出版社 1993 年版，第 2 页。

[④] 苏童：《〈米〉自序》，见《米》，台海出版社 2000 年版，第 7 页。

[⑤] 苏童：《我为什么写〈妻妾成群〉》，见《纸上的美女》，人民日报出版社 1998 年版，第 166 页。

等明显突出季节意味的小说标题不在少数。其实，季节对苏童小说的影响远不止于此。从美学意义上来说，苏童善于从多个角度充分发掘季节的意义，彰显了季节这一时间性概念在自然时间、故事时间、叙事时间上的内涵和特色。

一

春分、夏至、秋分、冬至等二十四节气与大自然的节律息息相关，它们是古代先民在农耕社会时期生产生活的时间指南。受此影响，中国古典诗词中经常出现与季节相关的诗句。以唐诗为例，有学者曾统计过《唐诗三百首》中四季出现的次数，结果是"春，76；秋，59；冬，2；夏，1"。^① 从统计数据可以看到，古代诗人习惯于在诗词中描摹季节；而从四季出现频次由高到低排列的顺序上可以发现，春秋两季出现的比例远高于冬夏。其实，不仅是唐诗，即便是统计其他中国古典诗词中"季节"出现的频率和所占的比例，结果或许也不会有太大出入。这是因为，寓情于景、寓情于物的表现手法是古典诗词最常用的抒情方式，统摄景、物的自然季节也就成为诗人们的写作重点，因而"伤春"与"悲秋"成为中国古典诗词最为经典的文学母题。"伤春"与"悲秋"之所以成为经典母题，是因为"春""秋"已经不是简单的自然时间，而是沉淀了作家主观情感的感性时间。这种自然时间与主观情感之间的联系在历史长河之中慢慢固定下来，形成了独特的文学表意方式。

苏童频繁地在小说中设置四季的自然情境，就是在有意识地营造与春夏秋冬相匹配的情感氛围。中国本土话语中的"春"大多与性相关，"思春""叫春""发春""春闺""怀春""春情"等词语都带有强烈的性意味。苏童小说中的春天也充斥着性意识，它既是躁动的，也是悲情的。青春的少年形象常常出现在苏童小说中的春天。在小说《一无所有》中，苏童将春天称为"特定的时间"。在这个"特定的时间"里，少年李蛮先

---

① 周发祥：《意象统计——国外汉学研究方法评介》，《文学遗产》1982 年第 2 期。

后经历了性启蒙、性妄想、性压抑与性释放。他陷入性爱的臆想中无法自拔，所以他"知道自己逃不过那个春天了"。逃不过的春天有两层内涵，它既是指李蛮生命终结的时间，也是指少年无法摆脱的懵懂情欲。与此相似，小说《祭奠红马》的春天也充斥着这种躁动而又危险的荷尔蒙。《祭奠红马》中的"一切都跟春天的下午有关"，在那个下午，男孩锁与穿着红草裙的娴在野地里缠绵，但不久后，娴便难产而亡。此后的"锁在春天的下午就是个牧马神。牧马神在春天的下午需要哭泣"。标题"祭奠红马"所祭奠的不仅是少女逝去的生命，更是消减的春日欲望与远去的爱情记忆。《黄雀记》讲述了由少年情欲引发冤案的故事。小说分为上、中、下三个部分，其中"保润的春天"是小说的第一部分。在整个春天，保润迷恋于小仙女的美色，在欲望的驱使下，他用狗链捆绑了小仙女。情欲得到宣泄的保润当时感觉到，"整整一个春天的欲望……找到了最后的出路……别人的春天鸟语花香，他的春天提前沉沦了"。尽管保润并未对小仙女实施进一步的侵犯，但他的性幻想依然使他阴差阳错地付出了入狱十年的代价。春情的鼓噪与囚禁，构成了少年保润的青春生活。关于苏童小说中的少年与春天，我们可以从两个方面进行分析。从自然时间序列上来说，少年在人生中的起点位置，与春天在四季中的起始定位是相同的；从审美意义层面来讲，少年与春天也有着相似的特点：充满激情、生机与躁动。自然时间序列与审美意义空间的有机融合，使得苏童小说中的春天充斥着凄婉的懵懂情欲。

苏童小说中的夏天常常是闷热的、绵长的。这种燥热往往是小说人物焦躁内心的外化表现。在《我的棉花，我的家园》中，灾年的夏天一直是"闷热而绵长的"。它之所以"闷热"，是因为灾后家园的破败让"我"感到压抑；它之所以"绵长"，是因为旱灾痛苦的时光让"我"感到煎熬。闷热的夏天不仅是小说环境中的实在描写，更是人物情感的隐在表达。在《西窗》中，当"我"听说红朵的祖母兜售孙女洗澡的春光时，"我记得那是一个初夏的黄昏，临河的小屋里潮湿闷热"。这里的"潮湿闷热"，更多是"我"对红朵的祖母和偷窥者的鄙夷，另外还夹杂着自己欲语还休、敢怒不敢言的纠结与自责。

秋天在苏童的小说中已经初现冬日的冷冽，它暗示着人物内心的失落，也营造着让人不寒而栗的氛围。在《舒家兄弟》中，已经十四岁的舒农因为尿床而遭到哥哥嫌弃，在一个"被人遗忘的秋夜"，"舒农的苦闷像落叶在南方飘浮"，香椿树街的寂静秋夜映衬着舒农内心的煎熬。在小说《樱桃》中，邮递员尹树在秋天结识了白衣女孩樱桃，在长长的秋天里，女孩樱桃一直等待着母亲的来信，而尹树则享受着他的秋日暗恋。初次遇见樱桃时，"秋风一天凉于一天，枫林路一带的蝉鸣沉寂下去，枫树的角形叶子已经红透了，而梧桐开始落叶，落叶覆盖在潮湿的地面上，被风卷起或者紧贴地面静静地腐烂"；在听到樱桃的呜咽声时，"秋天是湿润的落叶之季，雨水往往在夜间洗刷这个城市，城市的所有落叶乔木也在夜雨中脱下它们的枯叶"；当尹树进入医院寻找樱桃时，他"走在一片无尽的落叶残草上，走出秋天的花园就走进充满消毒药水气味的回廊式病房，如此循环往复"；最后，尹树在停尸间找到了樱桃的尸体。原来在夏天就已死去的樱桃直到秋天也无人认领。阴凉的秋风、潮湿的地面、腐烂的落叶和骇人的人鬼恋贯穿全文，阴冷的秋季氛围油然而生。

苏童小说中的冬天常常会发生死亡事件，呈现出凋零凄冷的气息。在《平静如水》中，主人公李多感到"冬天很寂寞很无聊"，为了寻求刺激，他试图通过跳楼的方式来"尝尝死亡的滋味"。或许在苏童看来，在冬天这样万物凋零的时节，唯有死亡才是应景的。所以，在他的小说中，人物在冬日里消亡是普遍的现象。《舒家兄弟》中的舒农在一个冬日试图烧死父亲和兄弟，杀人未遂后，自己最终坠亡；《仪式的完成》中的民俗学家在一个冬天展开田野研究，却不料被车撞死在雪地上；《那种人》的整个故事都发生在冬天，主人公最感兴趣的话题是"为什么人们选择在冬天自杀"，而他的朋友大鱼就是在冬天服毒自杀……如此种种，无不呈现出苏童小说阴郁、冷漠的冬季氛围。

为了增加小说的感染力，苏童常常摄取和季节相关的色彩与意象，来表达季节和情感之间的联系。首先，我们来看季节与颜色之间的紧密联系。红色和蓝色是苏童小说文本中出现频率较高的两种颜色。猩红色意象常常出现在春天，它带有浓烈的血腥气息。在小说《飞越我的枫杨树故乡》中，幺叔不明不白地死于猩红色的春天，神秘女子穗子也总是在春天被男子们挟入猩红色的罂粟花丛中媾欢。小说中所写的"望不到边的罂粟花随风起伏摇荡，涌来无限猩红色的欲望"，恰如其分地道出春天所透露着的危险的欲望。《肉联厂的春天》更加直接地通过红色赋予春天以血腥气息。苏童别有意味地把春天描述为"生猪的丰收季节"，小说中充斥着的红血、猪头、腥臭、苍蝇，无不让人感到这也是一个猩红色的春天。在金桥和徐克祥两人冻死在冷库后，苏童写道："肉联厂的红色围墙外是一个鸟语花香的春天，朋友们都说这个春天本来是越来越美好的，不知在哪里出了差错，五月的鲜花和阳光突然变成了寒冷和死亡的记忆。"猩红色与寒冷、死亡的对应关系不言自明。

蓝色意象经常出现在冬天，它往往与死亡相因相生。在《仪式的完成》的开篇，苏童写道："民俗学家到达八棵松村是去年冬天的事。他提着一只枕形旅行包跳下乡村公共汽车，朝西北方向走。公路上积着薄薄的绒雪，远看是淡蓝色的。"除此之外，民俗学家眼中的锔缸里的冰水也微微发蓝。民俗学家看到的大雪和冰水不是白色的，而是淡蓝色的，这使得冬日刺骨的寒冷更加彰显出灭亡的恐怖气息。不出所料，民俗学家最后死于车祸，从淡蓝色的雪地上被撞飞到了微微发蓝的冰缸里。在《蓝白染坊》中，蓝白相间的花布实际上指的是丧布，小说更加直接地表露了蓝色与阴冷死亡之间的关联。"在这年的梅雨季节里，绍兴奶奶殁了"，盖在她身上的是九十块蓝白花布，大人孩子们也都穿上了蓝白花布做的丧服。如果说《仪式的完成》中冬日的淡蓝色还旨在建构刺骨氛围，从而暗示生命消亡的话，那《蓝白染坊》中作为丧布的蓝白花布则直接地捆绑着死亡。可以说，每当蓝色出现在阴冷的季节，死亡与破灭便会随之而来，这已经成为苏童小说文本的一种规律性存在。

另外，苏童也善于选取和季节相联系的意象来表现季节所传达的主观情绪。罂粟花、向日葵等意象在苏童的季节书写中出现频率较高。罂粟花经常和春天联系在一起，表达了生命的绝望之感。在小说《罂粟之家》中，盛开在春天的罂粟花让刘氏子孙三代维持着错杂的伦理关系：儿子与后母乱伦，哥哥与弟媳偷情，长工与女主人通奸。不仅如此，小说还通过罂粟揭露了弑兄、弑父的扭曲人性，哥哥刘老侠对弟弟刘老信的死活不管不顾，弟弟沉草在迷幻中杀死了哥哥演义，儿子沉草更是杀死了自己的生父陈茂。这些故事情节无不是通过代表邪恶的罂粟花联结起来的。《飞越我的枫杨树故乡》中也充斥着相似的罂粟意象。主人公幺叔的一生与春天的罂粟花结缘，他在罂粟花地里神出鬼没、疯疯癫癫，也在"罂粟花最后的风光岁月"里死去，"自从幺叔死后，罂粟花在枫杨树乡村绝迹，以后那里的黑土长出了晶莹如珍珠的大米，灿烂如黄金的麦子"。向日葵是苏童常用的夏季意象，意味着火热与激情。在小说《向日葵》中，少女项薇薇俨然是夏日向日葵的代言人。她的实习作品是向日葵，穿的裙子印有向日葵图案，与男友相识在向日葵盛开的夏天，最后也消失在向日葵花地里。面对他人的偏见，项薇薇毫不在乎，她像一朵面向太阳的向日葵一样，对生活充满着期待与激情。故事的最后，"葵花秆子被纷纷折断"，被摧残的项薇薇也不知所踪，夏天不再充满活力，只剩下无止尽的烦闷压抑。

总体看来，苏童吸收了伤春悲秋的古典文学传统，同时，通过具体的情感表达和氛围的营造，表现了生命的哀叹主题。因此，苏童的小说所呈现的情绪要比伤春悲秋复杂得多、现代得多。可以说，寻找现代情感与古典方法之间的有机融合，是苏童探索季节美学的重要方式。

二

从故事时间的层面来看，季节在苏童的小说中承担着三重时间功能：静态的季节描摹呈现出的是文本意义上的故事时间节点；季节的转换凸显的是隐喻意义上人物的命运转变；而带有浓厚主观色彩的季节时间表达，展现出的则是苏童个体化的历史观念。

首先，苏童的小说善于通过季节来标注故事时间。小说《妇女生活》暗含着两条时间线索：公元纪年和季节。不难发现，以公元纪年为轴的线索是祖孙三代故事的时间标记，小说通过公元纪年将故事分成了三个部分：1938年娴的故事，1958年芝的故事，1987年箫的故事。公元纪年的记叙方式将娴、芝、箫祖孙三代的故事线性地串联了起来，但它的作用也仅仅停留于此。而挖掘人物命运的事件，基本是以季节作为故事时间标记。《妇女生活》中以季节为轴的时间线索细致地标注了娴、芝、箫三人命运转变的时间点：娴在初春被孟老板包养，在春末被孟老板抛弃，在夏天搬回了母亲的住所，在秋天生下了女儿芝。芝在夏天嫁给了邹杰，在秋天自杀未遂，在冬初患上了抑郁症，在冬末收养了女婴箫。箫在夏天发现了小杜出轨，决定在深秋杀死小杜，但行凶前夜，箫早产生下了女儿。《妇女生活》弱化了公元纪年的作为故事时间的功能，而把人物命运发生变化的故事时间以具体的季节来标明，体现了苏童对于季节作为故事时间的独特理解。

将季节作为小说的故事时间脉络，在长篇小说《米》中体现得更为极致。我们可以以季节为时间线索，勾勒出整部小说的故事梗概：秋末冬初的一天，五龙坐着运煤车来到瓦匠街，成了大鸿米店的伙计；在"深秋清冷的天气"，六爷性侵了年幼的织云；"从冬天的这个夜晚开始，五龙发现了织云与阿保通奸的秘密"，他通过告密的方式让阿保横尸江中；在这个冬天，五龙与织云成了亲，但五龙却差点遭到岳父冯老板的"暗杀"；"秋风又凉的一天"，织云为五龙生了一个胖儿子，但孩子在当晚就被六爷抢走；此后的春天，织云嫁到了吕公馆，绮云嫁给了五龙，"这个春天寒冷下去，这个春天黑暗无际"；多年后的梅雨时节，五龙成为地头一霸；战事来临，"夏天灼热的太阳悬浮在一片淡蓝色之中"，长期嫖娼的五龙确认自己染上了梅毒；"炎热的天气加剧了五龙的病情"；"秋天正在一步步地逼近……而他（五龙）的病情却丝毫不见好转"；当"第一场秋雨"降临时，五龙命丧黄泉。纵观整部小说的时间叙述，其他时间形式几乎荡然无存，季节成为整部小说唯一的故事时间线索，人物命运和季节所体现的情绪高度耦合，使苏童的小说叙述浸润在诗性弥漫的氛围之中。

其次，苏童小说中的季节更替形成了人物命运转变、人物关系分合的暗线。《祖母的季节》的时间脉络从春天开始，至秋天结束，春去秋来不仅标注了故事发展的线性时间，更隐喻着祖母由盛转衰的生命。"春天的时候我祖母还坐在后门空地上包粽子"，身强体壮的"祖母坐在后门空地上不停地包粽子，几乎堆成了一座粽子山"，祖母似乎早就知道了自己命不久矣，拼命地包着粽子；而到了秋天，祖母就应验似的去世了。事实上，苏童已将季节诠释为生命的时光，所谓"祖母的季节"就是祖母生命的最后年华。《祖母的季节》更强调季节演进与个体生命消弭之间的同构，而《遥望河滩》则意图呈现季节演进与爱情关系发展之间的暗合。

从夏天到冬天,"我"叔叔和大鱼儿的爱情也由合转分。在热火朝天的夏天,"我"叔叔与生活在船上的大鱼儿暗生情愫,两人爱情的火花在炽热的夏天迸发;当"夏天的河泛了"的时候,大鱼儿母亲对"我"叔叔和大鱼儿的情感大加阻拦,两人的感情也不得不从明面转为私会;在"长长的秋天里","我"叔叔私下常常夜宿渔船,致使大鱼儿怀孕,然而两人并未因此结婚生子;到了冬天,大鱼儿怀着三个月的身孕嫁到了邻庄。从夏天火热的情欲,到秋天静默的幽会,再到冬天凄冷的分别,由夏至冬的时间变化俨然与爱情的发展嬗变暗合。以《祖母的季节》和《遥望河滩》为代表的两篇小说具有相似的结构,它们都借用四季的时间属性来标注故事的发展演进,在此基础之上,个体生命的盛衰、情感关系的分合又巧妙地与四季的盛衰暖冷相结合,形成了别具一格的同构性隐喻。

最后,季节化的时间策略实质上隐含着苏童个体化的历史观,这种历史观在《武则天》《我的帝王生涯》等新历史主义小说中体现得最为明显。《武则天》试图强调宏大历史洪流中的个体经验,它常常将主观的感受与客观的时间相调和,使小说中的时间叙述更具有个体感知的印记。在《武则天》中,故事的主要时间大都出自小说人物之口。苏童通过这种方式来表达时间对于个体的重要意义。在描述武媚娘被天子宠幸的时间时,小说这样写道:"媚娘记得天子召幸是一个春雨初歇的日子……她怀着一种湿润的心情静坐卧榻之上,恍惚地期待着什么。"武媚娘初入宫中,首次被召幸,她对宫中的一切都感到新奇,而"春雨初歇"巧妙地将武媚娘内心的这种新鲜感表达了出来。从历史的角度看,武媚娘被天子召幸的那一天是否是"春雨初歇",我们无法得知;但透过苏童的小说,我们却感受到,那一天对于武则天而言一定是终生难忘的。在描述武则天被册封为皇后的日子时,小说明确交代了这一天的具体时间是"公元六五五年十一月一日",三岁的李弘对这一天所发生的空前盛况都"了无记忆",但李弘却说:"我想那应该是一个寒风萧萧太阳黯淡的冬日。"苏童饶有意味地透过李弘之口,重新对武则天封后的时间进行描述,"寒风萧萧""太阳黯淡""冬日"与李弘的内心是暗合的,因为从某种意义上来说,武则天的封后奠定了李弘日后的悲惨命运。不难看出,客观的历史时间在苏童的小说中并不重要,重要的是个体记忆中的时间。在苏童看来,因为《武则天》

讲述的是"人们所熟悉的一代女皇武则天的故事，不出人们之想象，不出史料典籍半步"，所以他将这部小说视作"中规中矩的历史小说"；①但从小说的故事时间表述上来看，《武则天》化用了个体化的季节时间策略，强调了个体经验的重要性。

《武则天》发表仅一年后，苏童紧接着就发表了《我的帝王生涯》。苏童曾坦言，《我的帝王生涯》"是我随意搭建的宫廷，是我按自己喜欢的配方勾兑的历史故事，年代总是处于不详状态，人物似真似幻"。②的确，小说通篇使用第一人称的叙述方式，客观的历史时间被隐匿了起来，取而代之的是带有浓厚主观色彩的季节故事时间。在《我的帝王生涯》中，一切的时间都来源于"我"的感知。小说开篇就写道，"我"感觉到"秋深了，燮国的灾难也快降临了"，随后父王就在这个"霜露浓重"的秋天驾崩；"我最初的帝王生涯里世事繁复……对于我来说，记忆最深的似乎就是即位第一年的冬天"，这年冬天，"我"又一次感觉到"燮国的灾难就要降临了"；随后，灾难果然降临了，"这年春天燮国南部的乡村田野遍遭蝗灾"；当叛军攻打至"我"的王宫时，"我看见一只灰鸟从头顶飞掠而过，奇怪的鸟鸣声响彻夏日的天空。亡亡亡"。诸如此类带有个体感知色彩的季节时间表达，在小说中不胜枚举。从某种意义上说，《武则天》和《我的帝王生涯》两部作品构成了内在的对话，它们都讲述了一代帝王的起起落落，也都以季节作为小说的主要时间序列。对于历史和文学的关系，苏童曾说："什么是过去和历史？它对于我是一堆纸质的碎片，因为碎了我可以按我的方式拾起它，缝补叠合，重建我的世界。"③换言之，苏童认为历史是相对的，相对于"我"这个个体而言，所谓的历史就是"我"所建构的世界。苏童的新历史主义小说追求的真实历史并非事件的真实，

①苏童：《自序》，见《后宫》，江苏文艺出版社1994年版，第1页。

②苏童：《自序》，见《后宫》，江苏文艺出版社1994年版，第1页。

③苏童：《写作，写作者的生命》，见《蔚蓝色天空的黄金》，中国对外翻译出版公司1995年版，第370页。

而是"细节的真实、人性的真实"。^① 在具体的文本操作上，苏童的书写与他的小说观、历史观是相吻合的。他选择用季节作为小说的主要故事时间，进而串联起每一个虚构或非虚构的世界，以此实现了对小说世界的"缝补""叠合"与"重建"。可以说，季节化的故事时间有效地呈现了苏童所秉持的个体化的历史观念。

苏童以季节来作为小说的故事时间，自有他的匠心所在，"在苏童看来，并不存在单纯的固定的故事时间，小说最重要的只是主观情感在叙事层面的流动"^②。季节变化的必然性昭示了个体人物命运盛衰的必然性，人物在特定季节所经历的事件看似充满偶然，实则早已在季节的神秘规定性下暗示了生命的必然走向。这种叙事安排使得苏童的小说凸显出神秘而细腻的季节美学特征。

三

叙事包含故事和故事的讲述两个层面。故事有发生的时间，这是毋庸置疑的。但是，叙事从哪一个时间的节点上来展开，却是有着特定的考量。因此，叙事从故事的哪个地方开始讲述，历经什么样的叙述顺序，就构成了阅读上时间上的先后的顺序。于是，故事的讲述顺序也常常被称为叙事时间。也就是说，从叙事层面来讲，小说的时间包含故事时间和叙事时间两个层面。热奈特曾说："叙事是一组有两个时间的序列……被讲述事情时间和叙事时间（所指时间和能指时间）。这种双重性不仅使一切时间畸变成为可能……更为根本的是，它要求我们确认叙事功能正是把一种时间呈现为另一种时间。"^③ 现实主义的小说一般是按照故事发生的先后顺序

---

① 段崇轩：《新历史小说的探索与建构——评杨少衡长篇小说〈新世界〉》，《中国当代文学研究》2020 年第 1 期。

② 周新民：《论先锋小说叙事模式的形式化》，《湖北师范学院学报（哲学社会科学版）》2003 年第 3 期。

③ 热拉尔·热奈特：《叙事话语，新叙事话语》，王文融译，中国社会科学出版社1990 年版，第 9 页。

来讲述故事，借此造成逼真的审美效果。而先锋小说却不一样，它们以营造叙事时间为艺术上的圭臬。苏童也是营造叙事时间的高手，他常常借助季节这一特定的时间标记来达到叙事的目的和审美诉求。

以一年为时间单位的话，春、夏、秋、冬是线性演进的，呈现出鲜明的线性特征。而从更长的时间段来看的话，春、夏、秋、冬构成了时间的循环，冬去春来，周而复始。苏童的小说善于抓住季节循环的时间特点，来构筑叙事时间。

《妻妾成群》从颂莲被抬进陈佐千家大院做小妾开始叙述。这是夏末秋初一天，这是小说故事叙述的开端。接下来，小说按照自然时间的顺序，展开颂莲的命运的书写。在长长的秋天里，颂莲享受着陈佐千的宠爱；秋末冬初，颂莲在与其他太太的争风吃醋中失宠；深冬，饱受摧残的颂莲精神失常。夏末秋初、秋天、秋末冬初、深冬，这是小说的故事时间。不过，至此还是看不出苏童的匠心之所在。苏童在小说结尾别有意味地写道："第二年春天，陈佐千陈老爷娶了第五位太太文竹。"于是，我们可以看到《妻妾成群》的叙述时间起于夏，历经秋、冬，终于春，构成了一个完整四季时间线条。苏童把春天作为小说叙事时间的终点，颇具意味。一年四季之中，春季是开头，然后四季开始更替，循环往复。春天进门的第五位太太文竹的命运，只是开头而已，她最终也是要重复前面几位姨太太的悲剧性命运。这才是苏童最终要表达的意思。至此，我们才体会到苏童沿着夏、秋、冬、春的顺序来安排故事叙述的独到匠心。

与《妻妾成群》利用四季的循环来构筑叙事时间不同，苏童还有一些作品，叙事的开头和结尾都是同一个季节，例如《烧伤》《已婚男人》。《烧伤》讲述了火鸟和他的诗人朋友的故事。故事的时间起点是"洁净而湿润的初秋"。随后小说按照自然时间的顺序，讲述了这样一个故事：火鸟的诗人朋友笃信诗歌拥有神奇的魔力，但火鸟并不认可："他不知道诗人为什么要动情于火、火焰、火光这类事物，什么狗屁诗歌？"他们因此产生了分歧，火鸟被诗人朋友烧伤毁容。小说的叙事时间终点是"两年以后的一个秋风朗朗的日子"。那个失踪了的诗人朋友在这一天到访赔罪。像两年前的秋天一样，两个久别重逢的朋友坐在公寓的窗前喝酒。叙事时间的起点是秋天，叙事时间的终点也是秋天。叙事时间构成了一个封闭的循环。叙事时间的循环，苏童在叙事时间上的匠心，使小说具有不可捉摸的神秘感。

《已婚男人》把所有的故事发生时间都安排在秋天，自始至终围绕秋天来叙写杨泊的命运。杨泊第一次遇见冯敏"是秋末初冬的日子"，此后他们坠入了爱河。在此后的一个秋天，杨泊向冯敏求了婚，他说"秋天了，我们该有个家了"。婚后，事业失败的杨泊与冯敏产生了家庭矛盾，冯敏也在秋天两次离家出走。不仅如此，杨泊的创业故事也都发生在秋天：在两年前的秋天，杨泊忙于筹备他的经济信息公司，以至于"到了秋天，杨泊的身上仍然穿着夏天的衣服"；而在两年后的这个秋天，杨泊的公司倒闭，家产被抵债。于是，我们可以发现，小说的叙事时间起于秋天，也终于秋天。当苏童把杨泊所有的生命活动都安排在秋天时，小说的叙事就有了特殊的意义："虽然从物理属性来看，时间是历时的、一维的、不可逆的，但在作家的精神世界里，它又是共时的、多维的、可折叠的。"[1]通过叙事时间的巧妙安排，苏童表达了生命某种无法言说的诡异性。

总体来看，苏童借助季节的循环性来构筑叙事时间的叙事技巧，彰显出的是他对宿命轮回意识的哲学思考。"一种小说技巧总与小说家的哲学观点相联。"[2]正如苏童自己所言："人物的循环、结构的循环导致了主题的、思想方面的宿命意味的呈现。"[3]小说是关于时间的艺术，从根本上来说，苏童之所以能够在小说中设置"人物的循环、结构的循环"，或许正是因为他的很多小说在叙事时间上都利用了季节的循环性。

季节在苏童的小说展示出了不同的功能：作为自然时间的季节承载着小说的情感与氛围，作为故事时间的季节标注着小说情节的发展与人物命运的嬗变，而作为叙事时间的季节则展示着苏童在叙事技巧上的形式实验。可以说，情感上的深刻表达与形式上的独到探索共同构成了苏童小说

---

[1] 张元珂：《寻根、对话、识见与大文体实践——论夏立君〈时间的压力〉的精神品格与当代意义》，《中国当代文学研究》2019年第4期。

[2] 让·保罗·萨特：《关于〈喧哗与骚动〉·福克纳小说中的时间》，见《萨特文学论文集》，施康强等译，安徽文艺出版社1998年版，第47页。

[3] 林舟：《永远的寻找：苏童访谈录》，《花城》1996年第1期。

的季节叙事特征。有人说苏童的小说是先锋的，也有人说苏童的小说是传统的，似乎先锋和传统处于一种无法调和的状态。当我们着重探讨苏童小说中的季节美学时，可以发现，苏童的小说既是传统的，又是先锋的。作为自然时间与故事时间存在的季节书写汲取了传统文学的养分，而作为叙事时间存在的季节书写则吸纳了西方文学的营养，传统文学与西方文学的共同影响，构筑了苏童小说别具意蕴的季节美学。

（本文与余存哲合作完成）

两个黄梅的小说家

——废名和於可训的小说对读

五四新文学革命以其决裂传统、追慕西方的态度对中国文学产生深远影响。具体到乡土小说创作层面，大多数作家以启蒙思想来观照乡村，书写凋敝、荒凉的乡村，塑造麻木不仁的乡村人形象。不过，一些具有恬淡田园诗风格的乡土抒情小说则构成了中国乡土小说的另外一个传统。废名、沈从文等小说家无不彰显乡村的古朴宁静与人性之美。此后，萧红、孙犁等小说家也延续着"抒情诗的小说"①的光辉。历史总是惊人地相似，20世纪80年代中国文学被认为回归五四文学传统，小说创作再次出现了膜拜西方小说的潮流。不过，同样有例外，汪曾祺、林斤澜、阿城等人对诗化小说的接续与对传统小说文体的复兴形成了新时期文学中又一道独特的风景线。在这两股回归传统文学的小说创作潮流中，废名具有重要意义。废名和鲁迅一起开启了现代抒情小说的先河，他的文学遗产先后被沈从文、汪曾祺等继承。废名终其一生所书写的是家乡黄梅。黄梅属于鄂东，文化底蕴深厚，自古人文荟萃。当代也有许多学者出生于黄梅，於可训教授亦是黄梅人。在一般人眼里，於可训先生是著名学者。然而，於可训先生也是一位卓有建树的小说家。只不过他小说家的身份一直被学者的光环所遮蔽。实际上，自20世纪80年代开始，於可训先生就有小说作品问世；尤其是21世纪，於可训先生的小说更是频频问世，引起广泛关注。

阅读於可训的小说时，会不由自主地把它们和废名小说联系起来。这

---

① 周作人：《晚间的来客》，《新青年》1920年第7卷第5期。

种联系基于以下两个方面的因素：第一，废名和於可训同为鄂东黄梅人，二人有着相似的地域文化背景；第二，正如上文所说，二人所处的文学时代有着相似的文化遭遇，他们都处在以向西方文学学习为圭臬的文化潮流中。当把两位小说家的创作摆在一起时，我们可以看到，虽然他们有着相同的地域文化背景，有着相似的文化遭际，然而两人的文学实践呈现出不同的审美追求。

一

不同于五四时期的小说多以西方为范本，以废名为代表的现代诗化小说则延续了中国文学传统。他曾直言不讳地说："我分明地受了中国诗词的影响，我写小说同唐人写绝句一样，绝句二十个字或二十八个字，成功一首诗。我的小说篇幅当然长得多，实是用写绝句的方法写的，不肯浪费语言。"① 废名对传统的态度可见一斑。

於可训与废名所面临的文学背景是相似的，面对反传统文学创作大潮，他们都试图以一种更加理智的眼光来进行纠偏。於可训认为："重建本土文化的自信，拯救本土文化的危机，使本土的文化资源，通过创造性转化，成为具有现代性的一种精神文化形式，就成了一种选择的必然。"② "文学边缘化趋势的加剧，作家价值立场的混乱，文学文体的泛化"等当代文学困境暴露时，於可训早已开出了一剂良药——"向民间文化、文史典籍、传统诗文和方言土语寻求艺术创新的文体资源和语言资源"。③ 与废名的诗化小说不同，於可训倡导笔记体小说。在他看来，"笔记本身就是一种'跨文体'的文类，它的写法几乎涵盖除正统诗文和经史之外的所有写作领域，可资转化利用的资源，也远较其他文体为多④"。

纵观於可训的小说探索，在不同的创作阶段，他的笔记体小说有着不

---

① 废名：《废名小说选》，人民文学出版社 1957 年版，"序言"第 2 页。
② 於可训：《长篇小说：立足本土面向传统》，《光明日报》2017 年 9 月 17 日第 7 版。
③ 於可训：《新世纪文学的困境与蜕变》，《江汉论坛》2009 年第 9 期。
④ 於可训：《长篇小说：立足本土面向传统》，《光明日报》2017 年 9 月 17 日第 7 版。

同的侧重点。创作于 80 年代末、90 年代初的小说主要采用的是杂记式的书写。於可训的"浮生杂记"系列小说书写了知青、艺人与灾年等内容。《敲诈》与《唐·孙》以知青的视角书写了"文革"时期的人事浮沉，《赵家姑娘》与《书场春秋》对乡村艺人生存环境进行了书写，《决堤》讲述了水灾来袭前后发生的故事，《老春》则叙述了一名退休"院长"的生活琐事。到 2015 年，於可训又创作了多篇笔记体小说，他的"幻乡笔记"系列以及"乡野异闻"系列小说书写了乡村环境、乡村生活、乡村人物以及乡村见闻。而 2016 年发表的短篇小说《腊戏》《元宵》与《猖日》，虽然没有像以前那样明确地阐明小说的文体，但从其叙述内容以及叙述方式上来看，这三篇短篇小说"词典"意味十足。於可训在对"腊戏""元宵""放猖"等"词条"细化叙述中，穿插着注解式的故事。在《腊戏》中，於可训对传统乡村的"腊戏"习俗甚至做了详尽的叙述。在小说中，"腊戏"被定义为"腊月里请戏班子唱戏"，这一习俗是"本乡的老规矩"，首先由村长出面到各家各户凑份子钱，进而是请戏班，随后桂家班桂三元的故事便浮出水面，并以桂三元的腊戏为样本讲述了腊戏这一传统习俗历经了半世纪左右的兴衰。《元宵》的叙述与《腊戏》相似，小说开篇同样词典式地介绍了元宵的各种闹法——"狮子、龙灯、高跷、旱船、秧歌、连厢"以及"比武"。小说重点介绍了不被人所熟知的元宵"抖狼"习俗，它是一种由本村后生穿着武生装束打出旌旗、敲打响器、游走田埂后在社戏台上的比武。小说也详尽地描述了"抖狼"的流程、规则、训练等内容，而后以树槐夫妇前后历经三十年的家庭故事来展现"抖狼"习俗的消失。《猖日》亦然，小说在对"猖日"习俗进行详细介绍的同时，以元贞六哥的故事注解着猖日的狂欢。从杂记体到异闻体再到词典式，於可训在叙述中将传统习俗与传统艺人故事炉火纯青地交融在一起，他的笔记体文体实验不言而喻。

任何思想观念的表达必须借助特定语言的形式与内容才能得以舒展，因而几乎所有的文学变革都从语言变革发轫。五四时期的文学革命试图通过语言的欧化来建构"现代白话"的合法性地位，20 世纪 80 年代中后期的先锋文学则"通过语言主观化、构建隐喻系统等方面的写作实践"，"建构了一个全新的小说话语空间和意义世界"。^① 然而无论是语言的欧化倾向还是语言的先锋实验，都忽视了汉语文学与印欧语系在逻辑特征与组织形式上的差异性，"而是把西方语法'套'在中国本土语言的句子上去衡量，难免造成削足适履的一份尴尬和局限。这也就使汉语文学与西方文学的巨大差异与裂痕受到忽视和压抑，也就淡化了汉语文学表达本土语言／生存的能力"^②。为了重申汉语审美神韵，废名选择从传统古典诗词中汲取营养，而於可训则在全球化挤压本土经验的文化语境下通过方言的使用来重拾汉语的表意功能与审美神韵。於可训的小说中出现了较多的方言，使得文本"汉味"十足。在《唐•孙》中，孙德民的诨名叫作"孙苕"，而"苕"这一方言恰恰是鄂东本地土语中"没办法、不可救药"的代名词，此后的文本便详细叙述了孙德民"苕"在何处；在《说聋声话的北方佬》的开头，本土方言的差异性被明确提及，此后的故事也主要是因为普通话与本土方言之间的差异性而发展。《敲诈》《老春》《精古》《生人》等小说中都或多或少出现了方言，虽然相对零散，但仍然能够从文本中读出本土方言的言说习惯。20 世纪 90 年代以来，全球化浪潮日益加剧，本土文化逐渐被淹没在以消费主义和感官享乐为中心的西方大众文化中。在这样的文化境遇与时代背景下，於可训试图借用方言口语来凸显本土独特的地域文化，方言口语的运用看似是形式化的，实则蕴含着作家对于复兴本土文化的精神旨归，小说中方言使用的意义便由此凸显。

笔记体的叙事形式既汲取了传统笔记小说的自由形式，又突破了传统笔记小说对于题材、性质以及价值功用上的规定性；方言的运用祛除了语言的哲学神话，使得小说富于幽默感，同时也让个体在乡土乡村中的价值得以凸显。与废名一样，於可训也汲取了传统小说的有益成分。废名通过对古典诗词的移植与内化，警示着彼时一窝蜂式的"崇洋媚外"。於可训则借助极具包容性与时代内涵的笔记体小说和方言来重建本土文化自信。

---

① 王永兵：《论中国当代先锋小说的语言嬗变》，《中国现代文学研究丛刊》2012 年第 2 期。

② 陈思和：《"五四"文学：在先锋性与大众化之间》，《北京大学研究生学志》2006 年第 2 期。

文学路径看似不同，却不约而同地以一种回看的方式眺望未来，究其根本，源于他们对于文学本体的坚守以及时代内涵的思考。

<h2 style="text-align:center">二</h2>

　　鄂东黄梅县，河流构成水网，水系丰富发达。河流是乡土中国的重要组成部分。与众多西方海洋文明国家不同，中华文明的生成往往是由河流孕育的。尽管中国拥有绵长的海岸线，但作为以农耕文化为主导的乡土中国，内陆河流孕育了一系列的大河文明。五帝时代传承至今的黄河文明依然生机勃勃，长江文明则孕育了吴越文化、荆楚文化等江南文明。水源或河流对众多小说家都有过深远的影响。周作人生于江南水乡，"以水墨画般淡雅拙朴的笔调忆写故家水乡田园诗般的恬淡意境"①；沈从文来自沅湘水域，他在《我的写作与水的关系》一文中直陈："小小的河流，汪洋万顷的大海，莫不对于我有过极大的帮助，我学会用小小脑子去思索一切，全亏得是水，我对于宇宙认识得深一点，也亏得是水。"②苏童在谈及自己的长篇小说《河岸》时，也曾说过："我祖辈生活在长江中的一个岛上，而我自己是在河边长大的，现在也住在长江边，我认为河流就是我的乡土，至少是乡土的重要部分，写河流就是写我的乡土。在我看来，河与岸不是一个对峙的存在，河流其实就是乡土的一部分，是流动的乡土。"③河流之所以是乡土小说中的重要元素，既因为河流本身是乡土中国地理空间的重要组成部分，也是因为流动的河流在作家的书写下会使得乡土氤氲着灵性与诗性，更是因为河流书写的生成能够为作者向叙事空间维度拓展提供可能性。

　　同为黄梅人的废名与於可训都曾生活在位于长江中下游的"鄂东门户"

　　① 陈方竞：《水的情致诗的意趣——读废名〈竹林的故事〉》，《名作欣赏》1990年第6期。

　　② 沈从文：《我的写作与水的关系》，见《废邮存底》，文化生活出版社1937年版，第38页。

　　③ 蒋林欣：《河流：独特的现代文学乡土空间》，《社会科学家》2016年第6期。

黄梅，或许正因为如此，他们都对河流情有独钟。有人曾说："废名的创作既有乡土的，也有非乡土的；既有抒情的，也有非抒情的；既有写实的，也有梦幻的；既像小说，又像散文。"①的确如此，但若要论最能真实地体现废名艺术个性及其创作理念的小说，可能莫过于废名小说中"乡土的""抒情的""梦幻的"诗化小说，诸如《柚子》《浣衣母》《竹林的故事》《河上柳》《菱荡》《桥》等小说无一不是诗化小说与乡土小说的经典之作。细细品来，不难发现，这些被视为经典的乡土抒情小说篇篇都与河流相关：《柚子》中"外祖母的村庄，后面被一条小河抱住"，《浣衣母》中李妈的故事几乎皆与她茅屋前的小河相关，《竹林的故事》的起承转合均在书写河水的过程中完成。如此种种均已说明河流书写对于废名小说风格的形成意义非凡。

　　於可训也擅长利用娴熟的笔法描绘荆楚大地的长江文明。於可训将他的众多小说背景设定在荆楚大地或者"水""江""河""湖"附近，他也擅长在长江或者湖水等发生水灾的背景下展开叙述。《决堤》中房东大爷对金顶大鱼的膜拜，长篇小说《地老天荒》中宛戢两大家族对禹王湖的敬畏与珍惜，《金鲤》中细女和水伢对金鲤的喜爱与对湖滩的敬畏等，无不发生在"水""江""河""湖"之中。除此之外，亦有很多篇章并未明确提及故事的发生地是在长江边，如《小白鱼的嘴》《归渔》《精古》《生人》《追鱼》《国旗》《鞠保》及《金鲤》等，但"水""江""河""湖"、抢滩、决堤、打鱼等书写仍然与荆楚水系之间有着千丝万缕的联系。通过对荆楚大地湖水、河流的书写以及与此相关的自然景物的描写，於可训书写出人与自然和谐相处而又对自然充满敬畏的湖区美景。

　　相似的地理生活背景使废名与於可训都热衷于水源或河流书写，但他们所呈现出的叙事形态却是截然不同的，笔者更倾向于将两者的叙事特征分为水源叙事或者"江""湖"叙事。"水源"一词带有多重含义：它既指河流的发源地或源头，又指水自身的存在形式。它是静态的，而非动态

---

①张柠：《废名的小说及其观念世界》，《文艺争鸣》2015年第7期。

的；是细腻的，而非恢宏的；是自然纯净的，而非肮脏污浊的。"江湖"一词则意指河流与湖泊。它是动静结合的，而非单一形态的；是相对恢宏的，而非极度细腻的；也同样是自然纯净的，而非肮脏污浊的。由此看来，我们能够较为清晰地将废名与於可训的小说区别开来：废名的乡土小说呈现出的是水源叙事，而於可训的乡土小说称之为"江""湖"叙事则更加妥当。

从故事发生的地理空间上来看，废名和於可训乡土小说中置于城镇与乡村之间的水源或河流都代表着一种阻隔。这种阻隔使他们的小说都宣扬着传统社会的自然纯净，远离着城镇的喧嚣污浊。《柚子》中的村庄被小河环绕，村庄在此时沉浸在宁静与祥和中，"我"与柚子也度过了快乐的童年时光；当"姨夫"败光家产后，"这柚子完全不是我记忆里的柚子了"；走出了被小河环绕的村庄后，一切都物是人非，世界只剩下暗淡、惆怅与哀伤。《浣衣母》里的河流分割了县城与乡郊，孩子被送到城里做学徒后成了"酒鬼父亲的模型"，一直生活在乡郊的驼背姑娘保持着美丽与活泼却最终迎来了死亡。废名的字里行间无不流露着对过去的怀念。河流对城乡的阻隔在於可训的小说中亦有体现。《地老天荒》中，当禹王区正热烈地放"卫星"时，早已出家的费小姐"清心寡欲，虚怀静虑"，"湖那边尘世的喧嚣，丝毫也没有影响渚牛山上两个出家人的清静"。湖泊在此时承担了对历史与个人、喧嚣与清净的阻隔。《我因何而死》中，"我"和平哥是一个村里的人，他们所住的村庄与镇上恰好隔着一条小河。从乡村逃离前，平哥甚至能在洪水暴涨时勇敢地保护"我"；当他们到达城镇后，纯真的"我"成为平哥的赚钱工具，卖淫让"我"变得肮脏麻木，而原本勇敢善良的平哥亦成为犯罪的帮凶。废名笔下的河流阻隔更多倾注的是饱含个人色彩的怀念，甚至有些乌托邦式的幻想；而於可训笔下的河流阻隔则试图从历史的大背景出发，重估传统社会的有益价值。

从审美特征上来看，废名小说中的水更多是静态的、细腻的，而於可训小说中的水更多是动态的、相对恢宏的。在《柚子》中，废名这样描绘村庄边的小河："外祖母的村庄，后面被一条小河抱住，河东约半里，横着起伏不定的山坡。清明时节，满山杜鹃，从河坝上望去，疑心是唱神戏的台篷——青松上扎着鲜红的纸彩。"前半部分的白描俨然呈现出一幅山村水墨画,而后半部分的比拟则形象而又鲜明地展现了乡村的清净与纯美,油然而生的是静谧之感。在《浣衣母》中,李妈的茅屋"建筑在沙滩上一个土坡,背后是城墙,左是沙滩,右是通到城门的一条大路,前面流着包围县城的小河,河的两岸连着一座石桥",这样一方净土而后也成为孩子们的乐园,以至于沉溺在这里的小孩"几乎不知道回家",寥寥数笔便将小河边李妈的茅屋展现在了读者面前。最为人称道的莫过于《竹林的故事》的开篇:"出城一条河,过河西走,坝脚下有一簇竹林,竹林里露出一重茅屋,茅屋两边都是菜园。""一条河、一簇竹林、一重茅屋、两边菜园,淡淡一笔,不须点染,就把一幅田园风景画写出来了。河水如何清澈,竹林如何翠绿,茅屋如何古朴,菜园如何新鲜,是不用写的,因为它们组合在一起,自然便是清澈、翠绿、古朴、新鲜。"[①]

同样是写鄂东水乡,於可训的书写却大为不同。《决堤》的开篇写道:"一九五四年,本县大水。内圩湖堤就在我家门前豁开一个大口子。"虽然同样给人以画面感,但於可训小说中的水动态十足,场面相对恢宏,呈现出一种迅急摇曳感。实际上,於可训对洪水决堤的描写是苦心经营、动静结合的。洪水暴发前夕,於可训写道:"这天深夜,雨突然停了,一阵风过,密密层层的阴云罅开了道道裂缝,露出了星月的微弱光亮。渐渐地,大块的云团向东南方向缓缓移动,不一会儿,就让出了片片的蓝天,星光皎洁,闪烁其上,让人感到从未有过的舒畅和快意。只是月亮还泛着隐隐约约的红晕,像刚刚哭过了似的,满眼的血丝还未完全消退。"这些文字,让人不由得想起废名式的静谧安详,然而这种"舒畅和快意"并未像废名笔下那样停滞于此,而是在片刻的宁静后迎来了长江干堤的决口。

从叙述功能上来看,废名和於可训乡土小说都试图借助水与人的关系来探讨自然与人的关系,对比来看,废名更多凸显的是人与自然的天人合一,而於可训则在此基础上力求重申自然的神秘圣洁,重建人对自然的敬畏之心。废名乡土小说中的河流"生生不息,不仅与人们浣衣淘米洗菜撑船等日常生活须臾不可分开,更与人们恩怨福祸的命运息息相关,同人生

忧乐与共，充满着永恒的生命律动与天人合一的神韵"。^①具体来看，在废名的小说中，人们的日常生活都与河流密不可分。《柚子》中这样描绘河水对村民的供养，"抱村的小河，下流通到县境内仅有的湖泽；滨湖的居民，逢着冬季水浅的时候，把长在湖底的水草，用竹篙子卷起，堆在陆地上面，等待次年三四月间，用木筏运载上来，卖给上乡人做肥料"，描绘出摆脱外界纷扰的宗法制乡村中的滨湖居民如何自给自足。《竹林的故事》中也对三姑娘一家在河流边的幸福生活做过描述："老程除了种菜，也还打鱼卖。四五月间，霖雨之后，河里满河山水，他照例拿着摇网走到河边的一个草墩上——这草墩也就是老程家的洗衣裳的地方，因为太阳射不到这来，一边一棵树交荫着成一座天然的凉棚。"这河流即是三姑娘一家收入的来源，也同样是他们日常生活的栖居地。《浣衣母》中，洗衣裳的姑娘们将洗衣服视为一种游戏性的生活方式，"洗衣在她们是一种游戏，好像久在樊笼，突然飞进树林的鹊子"。除此之外，河流在废名笔下更蕴含着洗涤人类灵魂的功效。《桥》中的程小林在经受精神与肉体双重折磨时，这样表达河水对自己的影响："我就在这里过河，我们书上说得有，沧浪之水清兮，可以濯吾缨，沧浪之水浊兮，可以濯吾足……我在一个沙漠地方住了好几年，想这样的河流想得很，说出来很平常，但我实在思想得深，我的心简直受了伤，只有我自己懂得。"在程小林的眼中，河水能够治愈伤痛和灵魂，这就赋予了河流某种天人合一的交融感。

於可训小说中也书写了生活在河流边的村民生活，小说中"江""湖"的变化也同样与人物的命运交融着同构性的隐喻。在此基础上，於可训更在动态中展现对自然的敬畏，透过水灾展示着人们的智慧与果敢，彰显着自然的秩序与神秘。在《地老天荒》中，生活在宛戢圩的"宛戢两姓守着禹王湖这个咽喉，世代以湖为生。吃的是湖，喝的是湖，生在湖上，长在湖上，在湖上行善，在湖上作恶。禹王湖是他们的天堂地狱，衣食父母"，"大凡山里的出产，大多是通过这条水道出禹王湖到达长江码头的。同样，

---

① 逄增玉：《废名乡土小说隐含的反现代性主题及其叙事策略》，《东北师大学报》1999 年第 3 期。

山外的食盐布匹日用杂货，稀罕物件，也大多是经这条水道运往山里的"。宛戢两大姓的生活来源与生活补给都通过水道实现，因而这水道在宛戢两大姓眼中历来是必争之地。《归渔》中，打鱼回来后的渔家"驰鱼"时"一边唠着家常，一边开膛破肚"，而孩子们则"在鱼堆间穿出穿进，拿鱼当武器互相打闹"，河水滋养了渔民，也让渔家充满生活气息与生趣。《金鲤》中，生活在湖边的细女家和水伢家都靠打鱼为生，他们在湖中"划溜子""吃莲蓬"，在水边的生活显得怡然自得。相比较废名赋予河流的天人合一，於可训小说中的河流为人们所敬畏。《决堤》中，面对行将到来的大水决堤，房东大爷对"那条龙""恭恭敬敬"，用磕头的方式祈求"龙王"保佑他儿子平安归来。《地老天荒》中，"禹王湖人都是水族，他们不怕水神爷。所谓躲水神，不过是和水神爷闹着玩儿，捉迷藏罢啦"，大水将至，禹王湖人却认为是和"水神""捉迷藏"，祖上所制定的"滩随水走"等都体现了人们与自然相处的和谐与对"水神"的尊敬。20世纪末至今，人类曾无节制地消费自然，生态环境问题已经成为人类共同面对的话题。在这样的时代背景下，於可训告诉我们，自然是充满灵性与神性的，我们应当对自然充满敬畏，实现与自然的和谐相处，这无疑是一种理智的现代性反思。

如果说废名与於可训对于河流与水乡村民的书写彰显的是他们对传统纯净社会的留恋，那么他们将河流视为城镇与乡村、历史与个人、喧嚣与宁静的阻隔，他们与自然和谐相处、对自然充满敬畏的理念则彰显着他们对现代文明冲击的反思。他们留恋传统社会的方式或许有差异，他们反思现代文明的路径可能不相同，但他们都探讨着乡土文明的价值，思索着最为本真的人性。

三

废名与於可训对于传统的留恋并非仅停留在对传统文体的思考与对河流书写的探索上，他们留恋传统的内容是更加多元化的，他们书写传统的方式是更加复合化的。废名与於可训的乡土小说都孜孜于书写古老乡镇的民风民俗，并对民风民俗的式微展露出淡淡的哀愁；同时，他们的小说中也都氤氲着一定的道禅意味。尽管如此，他们的乡土书写所凸显出的意义仍然是有所差异的。

民俗是传统社会的文化与积淀，也是乡土社会与人们的生活关系最为密切的文化事象。废名的小说中除了安详静谧的乡村风光外，还书写了故乡里古朴淳厚的人际关系，这种关系的维系并非在某种乡规民约的规制下才实现的，而是在民风民俗的传承下自觉实现的。长篇小说《桥》便充分体现了废名的这种民俗文化观。三月三"望鬼火"、夜里挑灯赏桃花、隔岸观火"送路灯"、河岸边"打杨柳"、端午包粽子、清明节上坟等无一不展现着鄂东乡村的民风民俗。孔范今曾说："对于民俗，尤其是作为其基本内容的各种仪式，在唯'新'派看来可能是陈旧的，在唯'实利'派看来可能是虚饰，在唯'科学'派看来可能是愚妄，但其作为人文之维、审美之维的价值，是绝对不能忽视的。"① 的确，"望鬼火""送路灯""打杨柳"等，以"实利"和"科学"的眼光去审视，可能是"虚饰"的、"愚妄"的。然而，立足于文学审美维度，民俗便显现出其应有的文化意蕴。废名正是通过人文与审美维度去审视民风民俗，因而当民风民俗行将没落时，他总会表现出淡淡的哀伤。《河上柳》中的陈老爹靠木头戏生活，然而衙门的禁令打破了陈老爹的规律生活，百无聊赖的陈老爹典当了彩衣与铜锣依然无济于事，最终选择砍掉了自己珍爱的柳树——这柳树也是村人清明折柳之树。柳树被砍之后，陈老爹望向天空，只感到"仿佛向来没有见过这样宽敞的青空"。"青空"实质上是传统的乡土秩序被打破后的空虚，废名透过这种空虚表达出自己暗淡的哀伤。

相较而言，於可训小说中的民俗显得更加开放多元，他汲取了方言、戏班、说书、民风民俗、神话故事等民间人文资源，使得小说乡土意味十足。《赵家姑娘》的故事主要围绕戏班展开，《书场春秋》则主要围绕民间说书艺术来讲述两位说书人的故事，《腊戏》《元宵》《猖日》则对民风民俗展开了词典式的叙述，少儿文学《晶晶和月亮》则以儿童视角生动地解读了"嫦娥奔月"。於可训的小说中也透露着与废名相似的哀伤，他借助

① 孔范今：《论中国现代人文主义视域中的文学生成与发展》，《文学评论》2006年第4期。

独具匠心的结局设计，使得小说极尽民间传统之美与人事变迁之殇，更通过故事结尾简短的破灭再一次彰显其现代性的反思。《赵家姑娘》前文极写戏班之红火、桂三元表演之精彩，行文最后却是老戏早已"被人们忘却了"；《书场春秋》前文写猪娘嘴与老赵的独具特色的说书艺术，小说最后却是猪娘嘴死在堤边藕圹、老赵"不知所终"；《元宵》中的抖狠民俗成就了树槐夫妇，小说最后却说"提到元宵抖狠的民俗，竟无人知晓"。民间传统中优秀的民风民俗因为外来影响而几近泯灭，於可训通过这种方式来表达他对本土民间传统几近消失的惋惜。

对比来看，同样是书写民风民俗，同样表露着淡淡的哀伤，废名与於可训由于所处时代背景的不同，所彰显出的反思意义是有所差异的。尽管废名的小说也写到了封建观念对人的异化（如《张先生与张太太》中谈及的"裹小脚"，《浣衣母》中提到的"童养媳"），然而部分小说中也过度地诗化了某些传统社会的不良因素。例如《河上柳》中的陈老爹面对禁令极度空虚，却甘心出卖自我，呈现出的是一种无所适从的妥协。这种妥协在《浣衣母》中的李妈、《桥》中的三哑叔等人身上亦有体现。废名只敢"哀其不幸"，却不敢"怒其不争"，当社会尚未完全觉醒，这种哀伤实质上是知识分子个人的哀伤。而於可训小说中所表现的哀伤却是有所指的。被遗忘的戏班、不知所终的说书人、传统戏班的变异等的确蕴含着於可训的哀愁，而他表达这种哀愁的话语指向是为了让人们记起传统戏班、找寻说书艺人、还原民间艺术的本真。而这正是全球化背景下，消费主义与大众文化浪潮下"重建本土文化的自信，拯救本土文化的危机"的正确选择。

黄梅是中国禅文化的发源地，废名与於可训在各自的小说创作中都或多或少地受到了道禅思想的影响。废名小说所营造的宁静水乡、所塑造的静柔人物实质上已足以厘清道禅思想的影响印记，於可训小说中所传达的对自然的敬畏、对本真的追求亦可说明道禅思想的贯穿路径。废名和於可训的小说中都出现了不少意象，笔者试图选取二人小说中的两个主要意象，清晰地对比两人的道禅思想：废名的"桥"与於可训的"鱼"。

"桥"是废名小说中最为常见，也最为经典的意象，他赋予了"桥"三重意义：一是城乡勾连的渠道，二是命运交织的线索，三是哲学思考的载体。① 首先，正如前文所说，在废名的小说中，河流在地理位置上总是阻隔分离着城镇与乡村，而"桥"则意味着城乡的相互勾连，《桥》里的"后街"与"史家庄"、《菱荡》中的"石家井"与"陶家村"等无不是以桥勾连。《竹林的故事》中，每当正二月间城里赛龙灯，各村的女人都会过桥进城，"像一阵旋风一样大大小小牵成一串从这街冲到那街"。《浣衣母》中，男孩子到城里做艺徒、城里的孩子出城游玩等，无不是通过架在河流上的桥实现的。其次，"桥"的存在也使得人物命运相互交织，《桥》故事的开端，程小林放学就过桥跑到城外去游玩，因此偶遇了放牛的琴子及其奶奶，随后他们便共同成长与生活，两人的命运由此自然而然地被捆绑在了一起。最后，"桥"还承载着废名的哲理化思考。《桥》中，洗完衣服的琴子偶遇了刚从史家奶奶那里化了缘的紫云阁尼姑，尼姑向琴子讲述了自己动人的爱情故事，随后老尼姑"拄着棍，背着袋，一步一探地走过了桥"。尼姑过的桥既实指通往王家湾的具象桥，又虚指因为嫌弃妻子丑陋而逃走了的"老汉"在七十多岁后跋山涉水到庵里陪同他曾经的"真心"——老尼姑一同修行，过了心理防线上的"体面"之桥。其实，废名在《莫须有先生坐飞机以后》对"桥"做了自己的定义："桥者过渡之意，凡由这边渡到那边去都叫做桥。"而这三重意义无不彰显着道禅思想中的和谐与返璞归真。正如庄子《齐物论》所言"天地与我并生，而万物与我为一"，废名笔下的人与自然是相互依存、共生共存的。他的小说中也交融着"农禅"与"文禅"，"桥"所包含着的"平俗、朴实的农业意味"与日常生活之美是其"农禅"精华，而"桥"所体现的"雅致、抽象的文人情趣"则孕育着废名的"文禅"结晶。② 因此可以说，"桥"意象彰显了废名小说创作中的道禅思想。

在於可训的小说中，"鱼"是最为常见的意象。《决堤》中，房东大爷与房东大娘对王角鱼毕恭毕敬。《追鱼》中，"绝户"细火誓要对所见之鱼赶尽杀绝，最终受到了自然的惩罚。《金鲤》中，细女和水伢则救助了一尾神秘的金鲤，而这金鲤充满灵性，屡屡回探感恩；当水伢死后，这

---

① 石明圆：《论废名小说中的"桥"与"坟"意象》，《文艺争鸣》2007 年第 1 期。

② 席建彬：《禅意的"反刍"》，《文学评论》2017 年第 6 期。

条金鲤带回一群"同样是金黄颜色的鲤鱼","这群鲤鱼跟着细女来到湖滩上，就开始围着先前的那条鲤鱼转圈。圈子越转越小，越转越小，最后把先前的那条鲤鱼围成了一个簸箕大小的圆圈"；随后，被救的那条鲤鱼仪式性地领导群鱼悼念逝去的水伢，令人感到黯然神伤。在《地老天荒》中，卵生"从小练就了一身捕鱼技艺"，然而他"什么时候都要赶尽杀绝，不给鱼类留个活路，像西头的老绝户"，而这个老绝户正是因为不给脚鱼一丝侥幸逃脱的希望而最终被炸雷打死。卵生一直认为捕鱼"捕得越多越好""越快越有能耐"，或许正是他对自然规则的漠视导致了他的船队遭遇暴风雪。过度消费自然终将受到自然的惩罚，由此可见於可训的小说意在表明一种生态观：保持对自然的敬畏。而这也与禅道思想中的修善修真、与自然和谐相处紧密契合。

废名与於可训身处不同时代，却都留恋着传统的光辉，反思着作为本体的文学。从古典文学中汲取语言营养的废名选择以"诗化"及"散文化"的方式来模糊小说与诗歌散文之间的界限，进而营造出自己乌托邦式的世外桃源。他对于现代诗化小说及散文化小说有着开拓之功，更借由水源叙事挖掘并引领了恬淡田园诗风的乡土抒情小说；出于语言自觉祛除语言政治与哲学神话的於可训，创造性地继承了笔记体的小说传统，更以一种别出心裁的"江""湖"叙事试图探寻乡土人性的本真，重建本土文化的自信。废名与於可训的留恋与反思既包含着对传统文化的重新审视，又囊括着对文学本体的审美思考，都为自身所处的文学场域做出了应有的贡献。废名的小说应当重读，而於可训的小说则应当"重"读。

（本文与余存哲合作完成）

不一样的《如果来日方长》

2020 年寒春，武汉暴发了新冠疫情。这场突如其来的疫情，让武汉这座城市一度陷入"封城"境地。像武汉其他市民一样，作家刘醒龙也被禁足在家。作为一名有使命感、有担当的作家，刘醒龙以笔抗疫，写下了一部《如果来日方长》。2020 年 5 月初，武汉开城不久，刘醒龙就带着笔者以及其他二三友人，来到梁子湖岛上，就《如果来日方长》展开了细致、深入的探讨。迄今三年，《如果来日方长》总是萦绕在心头，总觉得还有不少话可以说说。现就几点感想记述如下。

一、别样的"中国"故事

谈到书写疫情的文学作品，大家脑海里会不由自主地想到两部作品：《鼠疫》和《霍乱时期的爱情》。这两部作品似乎成为横亘人们眼前无法跨越的书写疫情"高峰"。这两部作品虽然主题不同，但是，无法回避的是，它们所采用的思想资源都是个人主义的哲学思想。《霍乱时期的爱情》对于霍乱疫情的书写，更多的是侧面，或者说，霍乱是作为背景进入人们的视野之中的。《鼠疫》是正面叙写疫情的作品，然而，正如刘醒龙自己所言："不要说一部《鼠疫》，就是再用十部《鼠疫》也说不透武汉'封城'的平常与特殊。"（297 页）《如果来日方长》所采取的文化立场和西方文学如《鼠疫》是不一样的。这包含着刘醒龙对于中西文化的深刻认识："欧美地区的文化基础，建立在'原罪'上。一代又一代，只要有人出生，就无法避免产生贪婪、嫉妒、傲慢、仇恨等等'原罪'。中华文化圈对人的理解，是以'人之初，性本善'为出发点，信奉善对恶的包容改造。二〇二〇年新冠病毒面前，西方社会崇尚群体免疫，淘汰老弱病残，留下健康青壮，将人性的裸奔表现得淋漓尽致。在东方，中国率先垂范，通过群体的巨大努力，自觉与不自觉地隔离封闭，动用一切财力、物力和人力，将新冠病毒传染链强行斩断，用拼命的科学、科学的拼命，使得人道的苦行具备更胜一筹的幸福感。"（262—263 页）刘醒龙是从中国文化传统出发来理解的。按照孙郁老师的观点，刘醒龙在《如果来日方长》中对疫情的叙述，采用的是中国文化的内视角。孙郁认为，这种中国文化内视角是鲁迅之后中国作家叙述灾难、疫情的主要视角，和西方文学对灾难和疫情的叙述方式是不一样的。

刘醒龙对于疫情的理解，决定了《如果来日方长》在叙述疫情上的独特性。他重点再现了武汉人民的齐心协力的集体主义精神。《如果来日方长》将焦点对准了武汉人自觉居家隔离的精神，也叙述了医护人员的拼命精神。其情节其细节无不令人动容。

《如果来日方长》有这样一个细节，非常令人感动："在武汉三镇最艰难的日子，一位女子发现邻居家的窗户从早到晚都无人来关上，任那红色窗帘在阵风中孤独飘荡。从二月，到三月，再到四月，红色窗帘的主人仍旧没有露面。数百万关注的网友，没有一个人往最坏的方面去想，没有一个人往最惨的方向去说，人人都对着红色窗帘留言，希望它的主人早点回家。一直到武汉解禁，让数百万人牵挂了接近三个月的邻居终于回来，那红窗帘从窗口轻轻消失的过程，见证了最不经意的陪伴。"（181 页）

这个很有典型意义的细节，写尽了武汉人的团结和对生命的重视。这构成了武汉战胜疫情的重要的保障。抵抗住了肆虐的疫情，武汉"封城"战"疫"具有了重要的意义。刘醒龙通过抗击疫情，写出了民族精神的升华："在新冠病毒面前，一千多万人，全都是以黄继光为榜样的英雄儿女。我的医护朋友小葛医生和小谭护士长们，我的新闻主播朋友们和同事小陈们，我的患哮喘病的夫人和天真无邪的小孙女等家人们，以及我认识与不认识的武汉的人们，在战'疫'时从未有过'雄赳赳'，胜利了也不见半点'气昂昂'。然而，过去、现在与将来，那些跨过鸭绿江的勇士留给中国人的大无畏精神，都会细水长流地传承下去。"（246 页）

虽然是书写疫情的作品，但是《如果来日方长》的字里行间流露出一股特殊的精神气。我想，这股特殊的精神气就是刘醒龙通过对"封城"战"疫"的书写，凝聚起来的来自民间、传统文化的精神与气度。它也是刘醒龙要在作品中书写的一股民族气魄。这是《如果来日方长》最为打动人心之处。

二、日常生活的审美意义

刘醒龙是一位接地气、有温度的作家。这一特征从他走上文坛之初所创作的《大别山之谜》就能看出端倪。刘醒龙一出道，《大别山之谜》就引起广泛的反响，被认为和其时中国正盛行的先锋小说有一定程度的相通之处。不过，系统阅读过《大别山之谜》的读者会发现，《大别山之谜》和先锋文学随处可见的"弑父"情结完全不一样，刘醒龙对于"父"有着不一样的尊重乃至敬仰，对于逝去的传统、美德，亦葆有深深痛惜的情感。进入 90 年代以后，刘醒龙创作《凤凰琴》时，这种温情成为《凤凰琴》最为打动人的地方。至于《分享艰难》这部有不同意见的作品，最为打动人的地方仍然是其中弥漫着的对于民生的温情关注。从《凤凰琴》开始，刘醒龙开始回归具体的日常生活的描写之中，不再像《大别山之谜》一样，把生活场景置于特定的时空范围之中。《凤凰琴》所叙写的是民办教师的日常教学、生活，乃至争转正名额。但是，刘醒龙所描写的日常生活和 80 年代后期兴起的"新写实小说""新历史主义"不一样。"新写实小说""新历史主义"小说继承了先锋小说的遗产，对于人性美和人世间美好的品质、情绪，更多披坚执锐的解构，以琐碎的欲望洞穿了日常生活的底线。于是，我们在阅读"新写实小说""新历史主义小说"的时候，总难以有满足感。这些小说所叙之事、所写之人，从经验主义的角度看，也许是真实的。但是，我们又很遗憾地发现，如果文学作品只是照相式地反映社会生活和日常生活，我们还要文学干吗呢？难道我们阅读文学的目的就在于从文学作品中再次强化日常生活？

如果从这个角度来理解刘醒龙 90 年代以来的创作，我们就能理解刘醒龙作品的价值和意义。事实上，从 90 年代开始，刘醒龙的小说就走上了一条挽救日常生活审美意义的道路。他的小说创作无不一再强化日常生活的价值和意义。他的创作，让琐碎的日常生活具备了别具一格的价值和意义。这一点在《如果来日方长》里也得到了鲜明的体现。

《如果来日方长》所写的都是"封城"之后的家庭琐事、个人所感，基本很少涉及正面抗击疫情的场景。按照批评家们的观点，《如果来日方长》是一部叙写日常生活的作品。的确如此，《如果来日方长》所叙述的是作者一家在"封城"期间的居家生活。其中有与老母亲的互动、与孙子的亲子活动、与妻子的日常交流等等。这些生活是每一位老百姓都会经历的居家日常。

但是，刘醒龙在叙写这些日常生活的时候，并非仅仅就日常生活写日常生活。日常生活在"新写实小说"那里获得了极大的解放，也进入了作家叙述的视野，被赋予审美意义。这自然是"新写实小说"的价值和意义之所在。但是，在"新写实小说"之后，包括90年代"60后"作家所创作的小说中，日常生活包括琐碎的欲望都丧失了基本的价值和意义。原因在于，日常生活曾经具备解放意义，把人被遮蔽的价值放在日常生活的尺度上进行衡量。而90年代市场经济崛起后，日常生活的解放力量不复存在，相反，日常生活成为把"人"降为"物"的主要推动力。如何重建日常生活的审美价值和意义？这是《如果来日方长》带给我们的启示。

《如果来日方长》的第一章"今年水仙花不开"围绕老母亲决定春节大家原地过年展开。《如果来日方长》对于这一部分内容的叙述，主要是通过作为长子的"我"和老母亲之间的交流展开，也写到了大姐和"我"、家人之间的交流。但是，这种日常交流在《如果来日方长》中获得了特别的意义。这个意义不在于叙写"老祖宗"的英明神武，而在于表明了亲情的精神力量。《如果来日方长》运用文学的手法，表达了这一观点："'封城'下，所有人的神经都极度敏感。连失聪者都恨不能听清楚对面楼栋昨夜一共响了多少声咳嗽。阳台上的水仙花，看得见，也听得清，她用对春寒料峭气温变化无常的敏锐，检查阳台面对的近千户人家中每一个三十七度三以上的人体体温。人不知，花有觉。水仙不开花，她用开花所需要的精神物质，弥补灾难中人所表现的不足和不如意，将寒冬腊月对春暖花开的渴望凝成精灵，像家里没有贴在窗户上的福字那样，收起美丽，让省下来的春意，潜入更需要的人家！"（27页）普通人的日常情感在《如果来日方长》

里得到了升华，自然也有了不一样的意义。

《如果来日方长》还有一段写和家人过情人节的场景，写得很动人。情人节本是舶来品，现在已成为中国人表达爱情的重要节日。情人节的日常，无非恋人、夫妻之间表达爱情。但是，2020年2月14日，情人节这一天正处在"封城"之时。情人节献花的仪式只能在室内进行。由于"封城"，鲜花市场也没有开放，鲜花也只能"就地取材"。《如果来日方长》有这样一段描写："我转身走向冰箱，打开最底下的冷藏柜。又从冷藏柜的最底下，翻出一只塑料袋，再从塑料袋里取出两根剩下来的洪山菜薹。昨晚清点冰箱的食物时，就曾发现它们。当时还忽闪一想，这东西得尽快炒了吃掉，不然会老得只剩下一层皮。洪山菜薹是'封城'之前买回来的，原本打算大年初一开车去罗田县城给老母亲拜年，带去给老人家尝鲜。武汉突然'封城'，原计划落空，只好留作战'疫'物资。不知什么时候，剩下来的两根洪山菜薹被压在冷藏柜最底层。过了二十多天，菜薹根部已经空心化，那最清甜的营养都被输送到最顶端，用来开出几朵金黄色的小花。我背对着家人，将几朵凄美的小黄花拿在手里整理半天，也无法弄得像个模样，只好原样拿着，回过头来，当着孩子们的面，郑重地献给夫人。夫人灿烂地笑过后，眼睛里多出一层亮闪闪的东西。"（163—164页）

"我"找出洪山菜薹，作为鲜花，献给妻子。这样一些日常生活，在平时，也就是平常的行为；而在"封城"期间，这段献花仪式就具备了不同于一般日常生活的意义。它是武汉这座城市达观、充满人间烟火气的最为充分的表达。

《如果来日方长》虽然写的是"封城"期间的日常生活，但是，这些普通人的生活描写具备了不一样的意义。它不同于"新写实小说"所开辟的描写日常生活的"意义"。从这个意义上讲，我们可以说，《如果来日方长》拯救了日常生活的审美意义。

三、一种新的美学风格

一般说来，叙述疫情，包括抗击疫情的文字，一般呈现两种美学风格。一种是充满哀伤的美学格调。产生这种美学上的格调，实属正常，毕竟疫情是一场大灾大乱。它不仅仅冲击了正常的社会秩序和生活秩序，还给人们的情感带来极大的冲击和损伤。因此，一般书写疫情的文学，往往会呈现疫情给人世间带来的伤害，叙述个人在疫情面前的无力感和挫伤感。这样的叙述文字自然会给人带来无边的哀伤，这是疫情文学正常的审美效应。疫情文学的另一种审美风格，是人定胜天的豪迈的美学风格。这种审美风格的出现，主要因为某些作品旨在表现人们战胜疫情的必胜信念和胜利最终来到的愉悦。这种审美风格带给人们的是战胜自然的信心和力量。这两种不同审美风格的疫情文学，都有其重要价值和意义。但是，人们也不得不仔细思考，难道除此之外，疫情文学再也写不出另外一种审美上的独特风格吗？

《如果来日方长》在美学风格上毫无疑问做出了一番探讨。它给我们呈现的是另外一种美学风格，我简单地归纳为"哀而不伤"的美学风格。客观地讲，书写疫情的文学作品难以回避作品中笼罩的哀伤氛围。即使是那些具有刚直力量、充满豪迈情感的抗击疫情的文学作品，也难以避免触及哀伤的情感。起于哀伤而终于豪情，是豪迈美学风格的疫情文学的重要特征。而那些充满哀伤的疫情文学，也只不过更多地书写到了哀伤罢了。但是，刘醒龙的《如果来日方长》不一样。作为一部书写新冠疫情的文学作品，它难免要触及武汉这座城市、中国这个国家在面临疫情时的慌乱和难以承受的压力。《如果来日方长》仔细盘点了整个武汉市收治新冠肺炎病患床位情况："陷入舆论风暴的市中心一医院，连个呼吸道传染病床位都没有。一千多万人口的大都市，只有十七家医院设有能够收治新冠肺炎病患的可怜兮兮的九百零八个呼吸道传染病床位。就是这不足一千个呼吸道传染床位里，拥有更严格标准的负压病床位，除了金银潭医院有一部分，就只人民医院东院还有两个。其余像久负盛名的同济医院、协和医院等，连一个负压病床也没有。如此窘境，也是疫情暴发后，拥有众多大医院的偌大都市，难求一张病床的现实原因。"（12页）《如果来日方长》虽然没有直接写疫情期间武汉的悲惨景象，但是，通过这一组冷冰冰的数字，我们还是能感受到疫情突如其来的时候武汉的惨状。《如果来如方长》也的确通过一些文字，叙述了武汉"封城"期间生活的不便，也写到了对于不明疫情的恐惧和对武汉这座城市的担忧。这些是叙述疫情的文学作品难以回避的内容。当触及疫情的恐惧和惨状，这些文字流露出悲哀的情绪，自然是难以避免的。

然而，《如果来日方长》绝对不是为了宣泄哀伤。它在美学风格上是"哀而不伤"。但是，在超越"哀"上，《如果来日方长》也没有陷入豪迈的情感宣泄之中。虽然，《如果来日方长》所叙写的事件涵盖了疫情的发生、发展和结局的整个过程。但是，它没有按照从疫情开始到疫情发展和结束的过程来叙述事件。一般来说，以疫情的发生、发展和结束为序来叙述抗击疫情的整个过程，最能体现人和自然的搏斗过程，也最能体现人最终战胜自然的书写目的。这也是时下疫情书写的最为常规的写法。但是，《如果来日方长》的叙述避免了这种线性的叙述。它在结构上没有采取这种结构方式，而是采取了一点多面的结构方式。从整体内容来看，全书分为"今年水仙花不开""你在南海游过泳""问世间情为何物""九七年的老白干""情人节的菜薹花""洪荒之力满江城""冥冥中自有天理"等几个部分。这几个部分之间无事件线也无情感线。采用这种处理方式的目的就是避免把《如果来日方长》写成抗击疫情的豪迈之作。每一个章节都写到了疫情发生和抗击疫情的事件以及在这其中所产生的情感。

每一章的内容首先写的是家庭的生活场景，表现的是日常化的普通人的情感。其次是写和"我"有关的人，以及相关的事情、情感等。再向外扩展一层就是社会的生活场景，以及对很多问题的思考。这样的由己往外的洋葱式的结构，使《如果来日方长》的书写回避了一般意义上抗击疫情的书写结构。那么，作为洋葱结构的《如果来日方长》的内核是什么？是什么使《如果来日方长》的各个层次的内容有机地统一在一起？这个内核就是"情义"。"今年水仙花不开""情人节的菜薹花"这两节是写家人之间的"情义"，写的是亲情、爱情。"你在南海游过泳"写的则主要是朋友之间的"情义"。而其他三个部分主要是人间的"情义"。"情义"使《如果来日方长》的各个部分成为一个有机的整体。

但是，《如果来日方长》又不是一般性地叙写人世间的普通情义。人世间的普通情义自然是它的一个重要的组成部分，但它最终的落脚点是涉及民族兴旺发展的"义举"。在刘醒龙看来，"毫无疑问，武汉'封城'战'疫'是史诗级的义举。追溯起来，这样的苦痛惨烈正是中华文化最为看重的春秋大义"（191 页）。 正是基于对于中华民族的"大义"的书写，《如果来日方长》所体现的美学风格就不是简单的哀伤和豪迈所能概括的了，而是接地气的"哀"，是升腾出来的"大义"。所以，《如果来日方长》所体现出来的美学风格就不只是"哀而不伤"了。

《如果来日方长》作为一部书写疫情的文学作品，不仅仅和其他类似作品一样，具有特殊的社会价值和文学价值，同时对于刘醒龙的文学创作历程和中国文学的发展来说，也具有独特的意义和价值。这是在疫情过去一段时间之后，我们重新阅读《如果来日方长》的重要收获。

野性的诗学

——谈於可训小说集《乡野传奇集》

　　於可训先生的小说集《乡野传奇集》问世以来，受到各种好评。其中从小说文体的角度来肯定其价值的居多。《乡野传奇集》在文体上的探索，的确非常有特色。作为学者型的作家，於可训先生对小说文体学也有过比较深入的探讨。早在 20 世纪 80 年代，他就发表过一系列的小说文体学的论文，尤其在笔记小说研究领域颇有建树。在讨论《乡野传奇集》文体特征的研究中，多有肯定《乡野传奇集》成功回归中国古典小说传统的论述。这一观点笔者亦深表赞同。不过，笔者认为从古典小说文体传统回归的路径来探究《乡野传奇集》，尚有不足之处。再怎么返回到中国古典小说的传统路子上去，《乡野传奇集》所收录的小说毕竟是当代小说。这一点是无论如何都回避不了的。虽然中国古典小说和西方现代小说之间有比较大的鸿沟，但是，经过百余年的融会，当今的小说已经有机融合了中国小说传统和西方现代小说传统。这一论断是符合文学史和小说创作实际的。中国古典小说传统，说来说去，都离不开"实录""传奇""说话""志人""演义"等等。而无论怎么界定中国小说传统，写事或者以事为中心，是中国古典小说文体的共同特征。而从西方传入的现代小说呢？是以写人为中心的，有明确的人物、情节、环境三要素。当然，也有论者认为，中国古典小说也写人啊，例如，四大名著不是塑造了那么多的人物形象吗？中国古代的志怪小说、传奇不是也塑造人物形象？是的，中国古典小说的确也塑造人物形象，但是，要注意的是，这些小说的根本目的不是塑造人物形象，人物形象不过是事件、言行的载体而已。所以，才会有中国古典小说以事为中心的论断。而由西方传入的现代小说，以人物形象的塑造为核心。这也是中国古典小说和西方现代小说之间最大的分野。自从西方小说传入中国后，中国小说的发展开始走上了中西小说传统融合的道路。中西两种小说的融合从文体层面来讲，大概有两种方式。一是退回中国故事传统之中，例如沈从文从佛经变文中寻找变革资源，赵树理从民间文学那里寻找资源。这种路径把中国古典小说的故事传统召唤回来，消解了西方小说的人物中心论。另外一种路径则是回到中国抒情传统那里。奇怪的是，在这种探索路径上，沈从文仍然是先锋。此后的小说家，如汪曾祺、何立伟等，继承延续了沈从文小说的遗产。他们消解了西方小说的情节观念。由于西方现代小说的情节是人物性格的历史，情节被消解，最终指向的是消解人物。如此，一个很有意思的现象就产生了：无论中国小说家如何回到传统中去，最终都以消解人物为归宿。那么，有没有一种可能，在回归中国古典小说文体传统中去的时候，中国小说依然葆有西方现代小说的基本特征呢？依然以人物形象刻画为核心内容呢？笔者在思考这一问题时，再次研读《乡野传奇集》，豁然开朗。《乡野传奇集》在中西两种小说传统的融会贯通上探索出了一条新路径。

这条新路径是，《乡野传奇集》在文体上回到中国传奇小说的叙述传统的同时，走上了中西融合的创作路数，仍然坚持了现代小说的基本特性，人物形象的刻画仍然是小说的中心。《乡野传奇集》刻画的人物形象可谓丰富多彩，既有水乡少年，也有青壮年，还有各类饱经沧桑的老者。无论哪一种人物形象，都有非常鲜明的性格特征。古典小说的文体，现代小说的格局，《乡野传奇集》为小说家探索中西融合提供了新的启发。按照学者们的观点，《乡野传奇集》借鉴了中国古典小说的叙事传统。但是，我们也应该注意到，《乡野传奇集》也刻画了一系列很有个性特征的人物形象。这是体现《乡野传奇集》中西小说传统融会最突出之处。

如果一定要给《乡野传奇集》中的人物形象分类的话，《乡野传奇集》的人物形象大概有少年人物形象、青年人物形象、老年人物形象。这种分类似乎很老套，无甚高论。但是，之所以这么分类，是因为《乡野传奇集》所刻画的人物形象已经不是典范的现实主义小说理论所定义的人物形象。《乡野传奇集》的所塑造的人物形象，不是普通的人物形象，而是文化人格意义上的人物形象。换言之，《乡野传奇集》不是要塑造栩栩如生的人物形象，而是具有现代派小说意义的文化人格形象。少年人物形象、青年人物形象、老年人物形象分别对应着《乡野传奇集》要呈现出来的不同文化人格。简而言之，少年人物形象体现的是回归自然，青年人物形象体现的是对自由的呼唤，老年人物形象则体现了中国传统文化中的"义"。在笔者看来，无论是哪一种文化人格，归根结底都是对乡野之地的"野性"的呼吁与回归。

一

少年人物形象是《乡野传奇集》最为动人之处。《乡土传奇集》开篇《元贞》就是一篇书写少年形象的佳作。元贞和"我"去抓虾捉鱼逮野鸭，一派天真烂漫之气。元贞怂恿"我"冰面捡鸭，在大人看来充满了算计，而元贞其实只是不愿意弄湿来之不易的新衣服。这种考虑也是孩子之间充满孩子气的"小计谋"。如果说《元贞》还没有脱离中国传统古典小说写人的某种特质——记言写行，尚具有中国古典笔记小说的痕迹的话，那么，其他塑造少年形象的小说已经在中西小说的文体上达到了高度的有机融合，少年形象的塑造已经摆脱了言、行、事的束缚，走向人格精神的塑造。这些小说的代表主要有《生人》《国旗》《金鲤》《男孩胜利漂流记》。这些小说在走向中西小说融合上的最特出的特点是，从"人"与"物"的同构关系入手，而不是简单的凭借人物的言、行、事来塑造少年形象。

《生人》刻画了村里一男一女两个生人形象。男的名叫秀，女的名叫明。两人都有一个共同的特点，不愿意和村人打交道，成天和村里的家禽牲口打成一片。秀模仿家禽牲口的叫声，惟妙惟肖，成为家禽家畜的队长。明模仿家禽家畜的动作，成了它们的领袖。因为秀和明脱离人而与动物厮混在一起，因而被称为"生人"。其实，他们倒不是退化到和动物同等水平的智力，而是因心理被成人世界所扭曲而产生了亲近自然的情感。秀本为男性，家里一定要扭曲他的形象和心理，把他当作女孩养，导致他也从心理上扭曲了自己，失去了男性的自然天性。模仿动物叫声的技能，是秀归自然天性的一种特别方式。同样，明的心理和行为也被扭曲。明本是女孩，其父亲为习武之人。因为她的兄长不愿意继承父亲的武学，父亲就把希望寄托在明的身上。明的心理与行为也因此被扭曲。明对于父亲的武学并不在意，而对于父亲"自创"的模仿动物的武术套路却很是喜欢，也因此走上了模仿家禽家畜的道路。无论是秀还是明，他们在成人世界被扭曲的心理和心灵在动物世界得以恢复。小说通过人和动物之间关系的同构式书写，确立起贴近自然、返回自然本性的少年形象。

《国旗》是另外一种写法。国旗是乡野少年，他精通抓鳝鱼，对于乡村风物非常熟悉。这是一个不喜欢上学的少年，在父亲的安排下，担任村里的保水员，主要的工作是查看田间是否有鳝鱼打洞，避免稻田里的水流失。他喜欢这项工作，也精于这项工作。此外，他还对乡村的各种鱼类的习性非常熟悉和了解，同时，对于乡村各种风物的特性也是了如指掌。应该说，国旗与自然乡村同声相应，同气相求。然而，随后发生的"大跃进"运动人为地在国旗和乡村之间树立起了一堵无形之墙。国旗被动地卷入教育大辩论，承担了宣讲教育"大跃进"的社会责任。随着教育"大跃进"的落幕，原本要去省城上学的国旗最终回到乡村，回归他熟悉的生活。

《金鲤》可谓是对于少年形象塑造最为突出的一篇小说。这篇小说塑造了两位少年形象，一位名叫细女的女孩子，一名叫水伢的男孩子。细女和爷爷生活在一起，没有参加互助组，在太白湖放鸭为生。水伢和爷爷生活在一起，在太白湖的另一边以打鱼为业。一对少男少女天真无邪，结下了纯真的友谊。二人以太白湖为自由天地，快乐地、自由地嬉戏。一条叫金鲤的鱼出现后，一切发生了变化。被细女、水伢称为金鲤的鱼，受伤后被这对少年救治。金鲤养好伤后，细女、水伢把它放归太白湖。金鲤回归太白湖之后，时常回来找寻细女、水伢。它回来时会摩擦船板，引起细女、水伢的注意。本来就和太白湖融为一体的细女、水伢，又因为金鲤的出现而对大自然产生了更加深厚的感情。在细女、水伢二人淳朴的情感之外，以金鲤为纽带，增添了人和自然之间纯真的感情。小说这样描写人与人之间、人与自然之间至纯的情感："突然，水伢的爷爷用手指着脚下的湖水说，看，金鲤，金鲤回来了。细女的爷爷顿时停下不唱了，弯下腰去看湖中的金鲤。水伢和细女听说金鲤回来了，也从船舱里跑出来，趴在船头跟金鲤拍手招呼。月光把四人长短不齐的倒影投射到湖面上，照着金鲤窈窕的身影在他们中间穿梭游动，像是跟他们玩一场捉迷藏的游戏。"（93 页）这种自然的、不被尘世玷污的情感，自然与社会生活格格不入。不仅细女、水伢的情感受到乡村少年的玷污，太白湖的鱼类也遭受到村人的恶意捕捞。更加可恶的是，小岛上护山的石头被村人挖走，小山裸露出大大小小的坑，暴雨来临之时，崩塌是难以避免的事情。而小山之下正是金鲤等鱼类产子的地方。即使小山崩塌，产子的鱼类也只会一动不动，难免会受到伤害。为了保护金鲤和其他产子的鱼类不受伤害，水伢决定守护金鲤。金鲤产子之夜，暴雨不期而至，为了保护金鲤，水伢献出了年轻的生命。

细女、水伢两位少年形象带有中国古典齐物论的意味，他们自然天成，和大自然融为一体，超越了前两部作品人和自然之间和谐对话的审美层次。这两位少年形象，即使放到中国现当代文学人物画廊中，也是具有独特审美意识的人物形象。

《男孩胜利漂流记》则塑造了另外一种少年形象。《生人》《国旗》《金鲤》都是在人与自然的关系、人与自然（物）的同构中确立人物形象。《男孩胜利漂流记》则是在人和神之间的关系上确立人物形象的文化内涵。

男孩胜利希望怀孕的母亲给他生下一个妹妹。这是他最为真切朴素的想法。一次洪水来临，胜利在树上捡到一个木桶，木桶里装着一名小女孩。小女孩很小，尚不能言语。胜利认为这就是他的妹妹。胜利在洪水里保护着小女孩，随着木桶漂流，最终被营救上岸。整个故事充满传奇性。但是，书写传奇故事不是这篇小说的目的。这篇小说名为《男孩胜利漂流记》，按照一般的理解，胜利是小说的主人公。但是，在笔者看来，小女孩才是小说真正聚焦之所在。在小说的叙述视野里，胜利和小女孩之间的互动是小说的主要内容。胜利是小女孩的救命恩人，是他发现了盛装小女孩的木桶，救下了小女孩。胜利一路用蒿芭汁、鸟蛋、米泡喂养小女孩，给她换尿片，给她搭建凉棚。但是，值得注意的是，胜利作为小孩子，做这些事情的经验来自父亲和母亲。正是来自父亲和母亲的经验"教会"了胜利去喂养、照料小女孩。但是，在小说叙事视野里，父亲、母亲所构成的成人世界并不懂得儿童的心理和情感需求。例如，胜利发自本能地想要母亲生一个妹妹给他。但是，父亲和母亲并没有给予胜利情感需求上的满足，最终给胜利生下了名叫"抗洪"的弟弟。源于成人世界的生活经验和孩子出自本性的情感需求之间形成了巨大的缝隙，所以胜利"复制"父亲、母亲照料孩子的经验并不是小说要叙述的中心。小说要叙述的中心其实是小女孩。这个懵懂无知，还不能开口说话的小孩子才是小说聚焦的核心。当凉棚上站满了鸟的扁桶漂流到岳家湾时，一幅神话图景出现了："村里有个每天驾船在水上捞浮财的，昨天一大早就跑回村里对太爷爷说，他看见水上漂着一个扁桶，扁桶上还搭着凉棚，凉棚顶上有很多鸟儿护着，正向村里漂来。他怕是神物，不敢靠近，也不敢乱动，特来向太爷爷禀报。岳家是个大姓，传说是岳飞的后人，什么事都是太爷爷说了算。太爷爷说，有神鸟护着在水上漂流，那必定是岳王爷转世，岳王爷当初就是坐在一口花缸里，从河南省汤阴县漂到河北省大名府的，花缸上就有许多鸟儿搭着翅膀，像凉棚一样护着岳王爷。太爷爷对那人说，这是他老人家投胎转世，来看我们来啦，你这是遇到贵人了，贵人啦。千载难逢的贵人哪。太爷爷就要村里准备船只吃食，备好香案台子迎接。"（119页）

在这神话里才会出现的图景里，被神化的是躺在扁桶里的小女孩，而胜利被看作护送有功的"恩公"。小说叙述到这里才显示出要塑造的核心人物是懵懂的小女孩。胜利虽然表现出难得的聪明、勇敢，但是，他毕竟受到成人世界的"玷污"，还不足以被礼赞。

二

爱情书写在中国现当代文学史上占据着极为重要的位置，它和社会文化发展紧密地黏合在一起，成为表达社会文化发展最有效的方式之一。五四时期爱情书写和人的解放联系在一起。此后，在革命战争和社会主义现代化建设时期，爱情书写又和具体的社会政治有着高度的同构关系。改革开放以来，爱情书写也进入了精神解放、爱欲解放书写的重要阶段。总而言之，爱情书写并不是简单地叙述男女双方的精神追求，而是包含着更多更复杂的社会文化含义。《乡野传奇集》也有一些篇章叙写爱情。不过，从这些作品来看，爱情书写所指向的恐怕不是社会文化意义，而是突破规范的野性力量。《乡野传奇集》的爱情书写并不指向社会政治、文化意义，也不指向精神解放和爱欲的解放，它指向的是来自乡野的野性力量。这样解读《乡野传奇集》的爱情书写，就会发现《乡野传奇集》构建爱情的压抑与释放的二元对立机制。但是，构筑二元对立的两极，爱情的对立面不是政治力量，不是社会制度，不是文化约束，而是野性的释放与压抑。这样的叙事机制使得《乡野传奇集》的爱情书写具有很特别的意义。

《白先生列传》主要写白先生和刘先生之间的爱情。白先生来自白族，是镇上中心小学的老师。刘先生是同校教师。两人在相处之中产生了爱情。刘先生常常在晚上与白先生对唱白族著名歌曲《蝴蝶泉边》，以表达相互爱慕之情与因爱而产生的悲伤与痛苦。对歌是白族青年男女谈恋爱时表达情感的方式。白先生和刘先生的对歌歌声充满了悲伤与痛苦，因为他们的爱情不合时宜。白先生的父亲是干部，刘先生的父亲是反动军官，白先生的父亲反对白先生与刘先生的爱情。因为白先生未婚先孕，刘先生犯下了流氓罪，被捕。白先生生下孩子后，在水港自尽身亡。因为阶级出身问题而带来的爱情悲剧，已经有很多作品探讨过，形成了比较成熟的叙述套路。这些作品要表达的无非不合理的政治环境对于人性的压抑和摧残。因此，爱情叙事成为政治控诉的工具。这已经是习见的叙述套路。但是，《白先生列传》显然不是要重蹈叙述陈规。其爱情叙述目的不是政治控诉，虽然它有一个貌似政治视域下爱情叙事的框架。但是，细读文本就可以发现，《白先生列传》关于爱情的叙述有其特别之处。首先，我们要注意的是，白先生和刘先生的爱情是按照白族的男女传统爱情表达方式来进行的自由恋爱。他们的爱情更多是建立在白族的民间传统文化基础上的，虽然他们的爱情也以乡下人所惊讶的"现代"恋爱的方式进行。其次，我们注意到，小说在叙述的时候并没有把白先生之死上升到政治批判的高度，而是以乡村的民间传说来解读。小说以佛祖出世的奇异方式，来升华白先生之死。传说佛祖的母亲未婚先孕，生下肉球。肉球被抛弃到港中喂鱼。佛祖母亲去找肉球时失足落水而亡。肉球逆水而上被一得道高僧所获，肉球剖开，佛祖就此诞生。小说以这样的故事，来为白先生在港中落水而亡做注脚。《白先生列传》通过这样的方式把白先生因为爱情而亡从政治叙述之中解放出来，置于民间文化的叙述框架之中，白先生和刘先生的爱情也只是乡间的爱情悲剧而已。通过这样的叙事方式，《白先生列传》为我们塑造了一位忠于爱情的神性女性形象。

《白先生列传》以民间文化与文化信仰突破了爱情叙述的政治框架，突破政治框架也因此成为《乡野传奇集》叙写爱情野性力量的一种尝试。《阴婆二奶传》也是一篇叙写乡野爱情的作品。二奶出落得貌美如花，具有过阴本领。她和外水佬（外乡人）铁汉相恋。但是，由于乡村习俗，其父母不同意二奶和铁汉成家。为了和铁汉在一起，二奶决定和铁汉私奔。私奔半途，二奶被追回来，铁汉却不知所踪。回到家的二奶发挥出能过阴的特异功能，在家一人扮两角色，和铁汉拜堂成亲。此后，在二奶"扮演"的世界里，她与铁汉相厮守，过上了正常人的生活，甚至还生下孩子。现实乡村"规矩"让二奶和铁汉难以实现爱情梦想。二奶只有通过过阴的方式，实现在现实世界里难以实现的爱情。乡村习俗极力破坏二奶和铁汉之间的爱情。而二奶则以乡村过阴这一不具备科学性但是符合乡野文化的特异功能，在虚拟世界里实现了爱情。有意思的是，最终铁汉回归，与二奶有情人终成眷属。在"阴间"世界演绎的爱情在现实世界里一一实现。与《阴婆二奶传》相类似，《博士外公传》也叙写突破乡村文化桎梏寻求爱情的故事，塑造了乡村敢爱敢恨的乡野人物。《博士外公传》演绎的是民间私奔的爱情故事。外公在二外婆家做宁波雕花床。这宁波床是二外婆的婚床，二外婆家准备招赘女婿养老。没想到在外婆家制作婚床的外公，竟然和二外婆相恋。由于外公已经娶妻生子，不能入赘二外婆家。于是，二外婆决定和外公私奔，背着宁波床的花板，逃至外公家里。这段传奇故事被演绎为戏曲作品《背花板》，四乡演唱，轰动一时。

《乡野传奇集》的爱情叙写中，最为动人的是《歌子三嫂传》。《歌子三嫂传》塑造了为爱情而疯癫而献身的女性形象。三嫂和三哥最初萌发爱情和最终喜结良缘，原本就是一段传奇。三嫂貌美，刚考上中央美院的何树林对三嫂一见钟情。何树林每隔两三天就写信给三嫂。由于三嫂文化水平有限，就让三哥给她读信。读信过程中，三哥和三嫂逐渐萌发了爱情。终止读信后，三哥和三嫂竟欲罢不能，最终走到一起，成为幸福的夫妻。在一次回家途中，三哥三嫂的船沉没。为了搭救三嫂，三哥献出了生命。小说叙述到这里，我们以为高潮已经到了，小说叙述该结束了。事实上，这只是《歌子三嫂传》高潮的前奏。三嫂因为怀念三哥，最终陷入了疯癫状态："三嫂唱的，还是打湖草时跟着那些年轻媳妇唱的山歌小调，有时候吟的也还是新婚之夜跟三哥吟的那四句。每天都有一大群孩子跟在她后面，听她唱。她不打人，也不吓唬这些孩子，孩子们都很喜欢她，跟着她这条弄里出那条弄里进，像大年初一挨门串户赶着拜年一样。三嫂有时候也哭，哭得惊天动地，痛彻心扉。哭过了也会清醒一阵子，口里叫着三哥的名字，把对三哥说的私房话，也说出来了，比电影里的洋学生说的还肉麻。村里的嫂子媳妇就忍不住嗤嗤暗笑，笑过之后，又鼻子一酸，禁不住一把鼻涕一把泪地哭起来了。"（250 页）三嫂对于三哥的痴情还表现在，她认为三哥的船只之所以出事，就是因为缺乏灯塔来指引行船的航向。于是，三嫂就站在湖边的巨石上，手持白布或者马灯、灯笼，为来往的船只指引航向。小说到这里只是写出了三哥和三嫂之间的坚贞爱情。值得注意的是，因为思念三嫂而疯癫的何树林病情恢复，完成学业后，听说了三嫂的故事，在三嫂常站的巨石墩上建造了一尊雕像，像极了三嫂。雕像手举火把（电子），为来往船只导航。《歌子三嫂传》通篇皆是爱情的颂歌与悲歌。三哥与三嫂之间的爱情悲歌，缺乏政治的、社会的、文化的因素，依从爱情自身的逻辑展开。他们相爱缺乏社会性意义，三嫂为三哥的死而疯癫而自愿充当"航灯"，自然也无法以道德去定义。因为，她源于三嫂对于三哥的怀念与深切的自责。而何树林斥资修建雕像，也不是出于道德责任，因为他和三嫂之间并没有建立起恋爱关系，他所做的一如当初给三嫂写信一样，纯粹是爱情的表达。《歌子三嫂传》是一篇始于爱情、终于爱情的乡村爱情赞歌。

值得注意的是，《乡野传奇集》书写爱情的时候往往聚焦到极端表达爱情的方式。《白先生列传》中白先生落水而亡，以死明志。《阴婆二奶传》则突破了现实经验世界，以阴间的方式展示对于爱情的追求。《歌子三嫂传》则以疯癫来表达爱情。这种极端处理爱情的方式，无非是为了突破爱情所遭受的束缚与压制。上文多有分析，在此不再赘述。

三

《乡野传奇集》刻画的人物形象，还有活跃在乡野的民办教师和各种手艺人。这些人物也是乡村社会的重要角色。他们不同于农民，有一定文化、社会阅历与见识。但是，他们身上仍然有着乡村的野性力量，所遵循的仍然是乡村伦理与信仰。

首先，我们来看乡村民办教师形象系列。民办教师是中国乡村的独特存在，他们维护着文明和乡野之间的关系。何为民办教师？《吴先生列传》从社会功能上做了界定："乡村教育者，不独教孺子识文断字，且兼有移风易俗、教化乡民、服务乡村政治经济之务，所以彼时之乡村教师，身份虽微，其作用却大。吴先生以其微末之躯，补此乡村教育之空白，泽被乡里，非一代也。"（148 页）然而，《乡野传奇集》并非一部乡村教师社会面貌的展览，而是刻画了一系列乡村教师形象。综观这些乡村教师形象，其核心仍然是一个"野"。这里的"野"从社会身份来说，乡村民办教师是国家公办教师之外的一种身份存在，带有不入国家体制的性质。而从文化属性来说，这里的"野"带有浓厚的民间属性，和广袤的中国乡村大地紧密联系在一起的，具有生机勃勃的原始力量。我们谈乡村民办教师文化属性上的"野"，是指乡村民办教师的"根"在中国乡村，和乡村社会紧密联系在一起，即使在政治变革的时代也是如此。《吴先生列传》刻画了一个乡村民办教师的典型形象。吴先生受过良好的教育，因为机缘巧合，她成为乡村民办教师。作为乡村民办教师，吴先生的人生轨迹和乡村社会变革紧密结合在一起。除了教学和通过教学工作移风易俗之外，吴先生还宣传婚姻法，教育农民打算盘……吴先生虽为文化人，但是她的"根"在乡村，她的行为、思想和乡村始终紧密相连。这是乡村民办教师的底色。因此，《乡野传奇集》刻画民办教师形象时，并非按照民办教师应该有的社会形象来刻画，更多是强调"野"。这个"野"字突出表现在乡村民办教师的教育大都有因地制宜的特点，充分利用乡村资源而不是对文明社会的简单的移植。《张先生列传》就描绘了这样一幅场景。张先生当过兵，来校担任民办教师后，把部队的作风、号令带到了学校。更重要的是，他还因地制宜，把河滩当作运动场，开展各种体育活动。他还把河滩当作上音乐课、图画课的课堂。张先生的教学让孩子们在大自然的野趣中自由地伸展野性。

如果说"野"指的是乡野的某种本性的话，"野"的内涵里少不了不被外在力量所扭曲的"真"。而这"真"也是乡村民办教师身上表现出来的难得的精神品质。《熊先生列传》和《梅先生列传》对此有比较深入的叙述。《熊先生列传》中的熊先生是一位"书腐"，较真。这较真的品质还不是迂腐的意思，而是尊重科学、尊重知识的一种表现，也是一种不流于世俗的难能可贵的品质。比如，"大跃进"时期学校给六年级的学生制定了初中学生的劳卫制标准，为了让学生达标，熊老师一丝不苟地制订训练计划，帮助学生提升素质，而不是容忍作弊与作假。大炼钢铁年代，他反对弄虚作假、冒功领赏。熊老师反对毫无科学依据的深耕密植，坚持科学，反对将麻雀列入"四害"予以驱赶。熊先生的"书腐"与较真，体现了不被某种主流的价值观和世俗所扭曲的品质。熊先生也因此被人称作《皇帝的新衣》中的那个小男孩。其"书腐"、较真，本质上是一种淳朴的、未被玷污的宝贵品质。

《梅先生列传》中的梅先生其实也和熊先生一样，具有淳朴的宝贵品质。只不过，与熊先生的"书腐"不同的是，梅先生表现的是"真人"。作者对于梅先生的"真人"品质有如下判断："二十世纪三年困难时期，人称共和国之艰难时世。余正值年少，不谙世事，唯知饥饿难当。梅先生当斯世，染饿瘠之疾，言之不得，治之难愈，诚可恤也。然先生安然独处，不改自性，不畏人讥，欲其欲，私其私，皆不悖于情理，是真人也。"梅先生的"真"表现为作为一名深染饿瘠之人，在面对食物时的自然而又真诚的表现，毫不做作。为了多喝一口糠糊糊，他答应给每一位学生画肖像画。和学生值守包菜之时，"监守自盗"。为了多吃一口萝卜圆子，他主动和学生去守夜。毫无疑问，梅先生对食物表现出极大的兴趣。而为了得到哪怕可怜的一点食物，他可以放下尊严，甚至是作为一名老师的尊严，表现出"不悖于情理"的"真人"形象。

如果我们只是从民办教师和现实社会之联系，从民办教师的个人品质上来理解乡村民办教师，可能还是有些狭隘化了。民办教师身上所体现的

"野"的品性，更多基于与乡村社会、乡村自然之间的联系。而这种联系又是和民办教育本身的特性联系在一起的。《乡野传奇集》书写了乡村教育的"野路子"对于高素质人才的培养，提升了民办教师的"野"所具备的不平凡的价值。这一点在《小徐先生列传》中得到鲜明的表现。

小徐高中毕业后来到大伯所在的乡村。这里是穷乡僻壤，村民几乎都没有受过教育。小徐在走访过程中发现乡村少年陈细伢是个读书的好苗子，于是决定给陈细伢上课。徐老师给陈细伢上课，并非在教室里，而是在野外就地取材。于是，我们看到了一幅有魅力的乡村野地教学图景："每天早晨，只要队上不用牛，这老少三人就把牛赶到山上放牧。常常是陈细伢和小徐先生赶着牛走在前面，小徐先生的大伯肩上像挂褡裢一样，前面一个书包，后面一个小凳，跟在后面。到了山上，小徐先生的大伯取下肩上的小凳，找个地方坐下来，一边看书，一边看牛。小徐先生就找一个背风的崖壁，教陈细伢读书。崖壁上有一块光滑的石板，就做了小徐先生的黑板。陈细伢画画用的红砂石，就做了小徐先生的粉笔。荒郊野外，没人打扰，也不怕吵了人，可以安静地演算，也可以大声地朗读。学习间隙，小徐先生就教陈细伢唱外面的流行的革命歌曲，做小学学过的几套广播体操，或让陈细伢自己打个八叉，翻翻筋斗什么的。"（205页）虽然小徐先生对陈细伢的教育比不上在学校教室里进行的正规教育，而是在野外按照小徐先生的知识背景和体系进行教学，但是，陈细伢最终考上了中国科学技术大学少年班，成为通讯过程领域的著名专家。

乡野之人除了野性之外，还有一个重要的文化属性，那就是"义"字当头。这一点主要体现在《乡野传奇集》所刻画的民间艺人形象上。《乡野传奇集》刻画了大量民间艺人，例如，木匠、看相人、武术教师等等。《乡野传奇集》刻画这些人物形象的时候，突出这些人物的"义"。作为中国古代重要价值观，"义"一直是中国文化所维护、提倡的价值观。不过，历代文化典籍所记录的，更多是居庙堂之高者的"春秋大义"。民间之"义"的叙述更多属于侠义公案小说之内容，其含义也因此受到了一定的限制。《乡野传奇集》对于"义"的阐发具有新的内涵，也具有新方式。

《看相细爹传》是一部典型的民间艺人志。细爹十多岁被乡人带到了九江，因为为人讲义气，被"义扒"金先生收为徒弟，从此开始了职业扒手的生涯。成为一代著名扒手之后，细爹也很讲义气。细爹后来还从事过牙医。不过，他为了不骗人，不再从事骗人的除牙虫的勾当，只是帮人拔牙而已。细爹还从事过看相的营生，也是因为不想骗人钱财，主动拆除了看相的摊子，回乡养老。细爹的一生虽然从事过多种职业，但是，讲义气贯穿了他的一生。《饭铺冯奶传》书写了开饭铺的冯奶和干儿子黑皮之间的故事。冯奶在大沙河外边的路边开了一家饭铺，为过往行人提供饮食茶水。冯奶原本有一儿子。有一年发大水，冯奶的儿子为了堵住鱼庐的洞口，被吸进鱼庐而亡。黑皮七岁那年山洪暴发，全家除了他一人，都被淹死。民间传说是有人代替黑皮而死，他才保住性命。多年后黑皮认为是冯奶的儿子代替他而死，于是认下冯奶为干妈。冯奶和黑皮认亲，显然是民间的"义"使然。此后，冯奶和黑皮之间建立起了深厚的感情。多年后，黑皮发迹，帮助冯奶把被洪水冲垮的饭店重新建了起来。

《汉流齐大爷传》是一篇非常典型的书写"义"的作品。齐大爷放牛时贪玩，牛吃了别人家的庄稼，为了避免被父亲责罚，他逃到了九江，加入了汉流。齐大爷儿时的好朋友三胖从事革命工作，为了保障队伍的医药和武器装备的供应，他来找齐大爷出手相助。齐大爷出于对儿时朋友的友情，答应了在山堂为三胖输送军用物资。随着革命队伍的发展和时世的变化，齐大爷所掌握的汉流山堂成为革命队伍的秘密的红色运输通道。日军占领九江后，齐大爷继续为革命队伍提供军事物资。齐大爷为革命队伍提供运输上的帮助，倒不是出于革命觉悟，也不是主动帮助革命队伍。他所做得一切纯粹出于朋友之间的义气，为了帮助三胖而已。一次为三胖运输了大量军火后，齐大爷的船队尽毁，招募的川军队伍也牺牲殆尽。出于义气，齐大爷变卖了堂内所有财产，只身入川，挨家挨户地去寻找他们的亲人，护送他们的灵位回家。为此，齐大爷辗转数年，直至解放才回到九江。此后，齐大爷把对待川军的情义转移到四川逃荒过来的盲流身上。这些盲流流落到大街上，露宿街头。齐大爷把这些人都接到家里来住。齐大爷之所以这么做，就是因为他把这些从四川过来的盲流看作那帮川军英烈之后。齐大爷的情义的确是感人肺腑，虽然外人并不理解他。

《乡野传奇集》以传统小说和西方小说文体融合的形式，书写了乡村社会的文化人格。这种书写是为了向乡村致敬，也是为了向童年敬礼，更是对一种自由自在充满野性的生命的礼赞。《乡野传奇集》的后记有这样一段话："我小时候放过牛，顺带也放过猪。早晨起来，跟小伙伴们一起，骑在牛背上，驱赶着脚下的猪娘和它们率领的一群小猪，迤逦向前，远远望去，像一条黑色长龙。到了湖滩上。猪牛都是野放，我们也把自己野放了。傍晚时分，等我们在湖滩上疯够了，才收拾它们回家。我在草原上见过牧马，在高原上见过放羊，都不及我小时候在太白湖的湖滩上放猪放羊，没有套马杆的阴影，没有头羊的约束，那份随意自在我至今觉得是人生的至高境界。"这段话可以看作《乡野传奇集》的点睛之笔。为野性的生命而赞，这就是《乡野传奇集》的精华之所在。

深沉而博大的民族志书写

——读闻冰轮的散文

20世纪90年代，散文界曾掀起过文化散文的创作热潮。这股热潮贡献颇多，其中有两点值得珍视。一是文化散文让中国散文突破现实的题材桎梏。散文不再仅在现实生活层面寻找情感与思想的寄托，而开始在文化层面掘进，中国当代散文呈现出深度书写模式。第二点就是文化散文让我们去思考、提炼民族的历史文化，创新赓续中国文化传统。这一点既是对"寻根文化"的回应，也适应了20世纪90年代中国文化思潮的转型。然而，文化散文在21世纪进入了发展的瓶颈。猎奇式的知识展览，浅薄、肤浅、庸俗的情感书写，都让文化散文失去了昔日的光辉。文化散文的没落，刺激了作家、学者，开始在讲述"中国故事"的宏大构思中去寻觅散文创作的新路。一些散发着现实气息和历史魅力的散文渐渐浮现出来。这些散文虽然承接了文化散文的一些创作传统，但是具有更加深沉的思考和更加真实的情感，它们对于"中国故事"的讲述更加鲜活，思考也更加深入。闻冰轮的散文应该可以归入这股散文创作流脉之中。闻冰轮的创作路数开阔，她所钟情的文学体裁既有中短篇小说、散文，也有电影和电视剧本。如此看来，她是一名多面手。说来惭愧，闻冰轮虽然是老家浠水名门闻氏一脉，我委实对她的创作关注不多。迄今为止，我仅仅读到了刘醒龙先生转交过来的《一粒红米的光芒》和《奔逸的自由》。虽然仅仅是两篇散文，但是我对闻冰轮的创作也有了大概的印象。同时，也引起了我对散文创作的一些思考。在我看来，闻冰轮的散文不是那种掉书袋子的散文，也不是那种无病呻吟的散文，而是那么富有思想冲击力和感染力。

一

　　首先，让人感受最深的是，闻冰轮的《一粒红米的光芒》《奔逸的自由》这两篇散文是哈尼族的民族志。对于绝大多数人而言，哈尼族是一个陌生的民族。这个民族居于哀牢山深处，和外界交往并不多。作为需要感染人的散文而言，书写民族志是让读者走近陌生民族的一个重要环节，也是揭开陌生民族神秘面纱的必然步骤。闻冰轮的这两篇散文，是对于哈尼族这个民族的历史、物产、劳动、节庆、艺术、信仰等的深入书写。

　　《一粒红米的光芒》在讲述红米稻谷发现的机缘时，讲到了哈尼族的历史。哈尼族远祖本是羌族，因为避乱而迁徙到红河一带。闻冰轮两篇散文最有特点的是对哈尼族劳动场景的讲述。我们知道元阳梯田是哈尼族最为著名的景观，闻冰轮对于梯田的形成、耕种特点等都做了非常详细的描写。梯田之所以重要，是因为"在这种地域环境中，在梯田的层层包裹中，这个民族获得了表达的多种多样。这片大地，这个伟大的民族，其内核之中尚未开掘过的自我层面，在浅吟低唱的歌调表达之中，在不同的时空里，构成了某种重塑"。在闻冰轮笔下，梯田首先和哈尼族所生活的地理环境分不开。生活在大山里的哈尼族，只能在山上开垦田地。这就决定了哈尼族主要耕作的农田是梯田。梯田不仅仅是哈尼族和大自然之间对话的结果，也决定了哈尼族人与人之间关系的处理。比如，为了处理复杂的用水问题，哈尼族人发明了严密有效的用水制度——"分水木刻"。"分水木刻"既充分合理利用了水资源，又避免村民之间因梯田用水发生纠纷。在现代人看来，梯田更多是景观，或者是可供观看的文化遗产。但是，它却是决定了哈尼族人生活与生产方式的主要因素。从某种意义来说，它是哈尼族人确立民族身份的某种标志。闻冰轮还对哈尼族的艺术、历法、信仰等都有精妙的描写。比如，闻冰轮写到哈尼族发明的独特"物候历法"："燕子为我们报节令，布谷鸟是指挥劳动的时令鸟，宾谷鸟叫不耙田，布谷鸟唱不犁田，到了秋季知了鸣，去哪里割新谷。"在闻冰轮的描写之中，我们看到了哈尼族作为一个民族的特性。

　　这种独特的民族特性也体现在民族艺术上。闻冰轮注意到哈尼族艺术哈尼哈吧的独特性。哈尼哈吧这种大歌，包含的内容非常丰富，堪称哈尼人教化风俗、规范人生的百科全书。而哈尼哈吧音乐调式低沉，既可以独唱也可以合唱，演唱方式十分灵活。闻冰轮还注意到哈尼族的信仰："哈尼人是不惧怕死亡的民族，他们对待死亡的态度十分坦然。人死之后有三个灵魂，一个魂灵将随棺木入土，一个魂灵在三天后回到他的生活之处，被供上牌位神龛。第三个魂灵要回到祖先来的地方，去同祖先们生活在一起。这个灵魂上路的时候，要带上亲人们为他准备的鸡鸭牛羊诸物，这样去了才能光宗耀祖。"总之，两篇散文的文字虽然不长，但是对于哈尼族这个民族的方方面面都做了详尽的介绍。正是基于此，《一粒红米的光芒》《奔逸的自由》完全可以看作哈尼族的民族志。

二

　　我想，闻冰轮如此倾心哈尼族，愿意如此详尽地去书写这个民族，不是仅仅为了给我们介绍哈尼族的概况吧。在我看来，她走近哈尼族是因为和哈尼族之间的精神相遇。如她所言："我深深知道，如此宏大浩瀚的碰撞，需要不菲的精神供养，方能随物赋形地深度融入。"和梯田之间的精神相遇也罢，和哈尼族之间的精神相遇也好，都是闻冰轮在梯田、在哈尼族人那里找到了这个时代稀缺的精神给养。《一粒红米的光芒》和《奔逸的自由》两文都聚焦了闻冰轮和哈尼族之间的对话。他们之间的对话主题是"天人合一"。这个主题在两篇散文里都有非常清晰的表达。

　　红米是哈尼人独有的物产。一粒小小的红米，凝聚着哈尼人的生命智慧。这种生命智慧简而言之就是哈尼人的"天人合一"。梯田不仅仅是哈尼人耕作的田地，还是哈尼人和自然对话的智慧结晶，是哈尼人与哀牢山的相融相谐与互促互补的结果。而耕种本身就是哈尼人建造"天人合一"的农业系统行为。闻冰轮在《一粒红米的光芒》中写道："哈尼人开垦出平台后，按次序种上其他的作物，先种三年旱地，待土壤肥力达到一定程度后，才开始灌水，根据不同海拔高度和气候，种上不同品种的稻米。他们解决了稻作农耕的命脉问题，与森林河流共同演绎良性循环天人合一的农业生态系统。"这种"天人合一"的生态系统不仅仅是物与物之间的系统，还是生命和生命之间的对话。闻冰轮描绘了哈尼梯田的"鱼跳田"奇观："哈尼人养殖的谷花鱼不仅吞食田水中的微生物，还在稻谷扬花抽穗时啜食稻谷花粉。为争食花粉，鱼群常常腾跃升空，成百上千的鱼儿在层层梯田间凌空翻腾，在阳光下如万道银光闪烁，上一层田中的鱼儿不时落入下一层田中，这是江南和其他地区稻田中绝难看到的景象。"

哈尼人建立起来的"天人合一"的生命系统，造就了红米。而红米作为哈尼人精神升华的精灵，向闻冰轮传递着精神力量，如她所言："一场深度行走，一场对红米前世今生的造访，我重新变成了一名理想主义者，真切感受到这片疆域，是我梦中的家园。"

哈尼族自称"自然之子"，发明了物候历法。昂玛突节是哈尼人以宗教般的情感亲近自然、顺应自然、与自然相融的隆重节日。哈尼人的精神创造和精神生活都是以"自然"作为基本核心和对象而展开。顺应自然是哈尼思想的核心，践行"天人合一"的思想是哈尼人的全部。《一粒红米的光芒》是以哈尼族的红米这一物质载体为依托，表现了哈尼人的精神世界。而《奔逸的自由》则以哈尼哈吧这一民族艺术为载体，表达了哈尼人"师法自然的生活，始终与自然和谐共生"的生命理想。哈尼人"从不为自己的灵魂担忧，他们将忙碌的农耕稻作与丰饶的生活情致处置得水乳交融，始终以淡泊的心态，调试着自己与天地、万物、人、内心的关系，堪称是这个时代的自然生活家"。在此基础上，哈尼人创作了艺术瑰宝哈尼哈吧。作为哈尼人艺术的主要形式，哈尼哈吧"有十二调，上篇内容着重叙述哈尼社会各种风俗礼仪、典章制度的源起，讲述神的古今，包括神的诞生，造天造地，杀牛补天地，人、庄稼、牲畜的来源，雷神降火，采集狩猎，开田种谷，安寨定居，洪水泛滥，塔婆编牛，遮天树王，年轮树等。下篇讲的是人的古今，由头人、贝玛、工匠、祭寨神、十二月风俗歌、嫁姑娘讨媳妇、丧葬的起源、说唱歌舞的起源、翻年歌、祝福歌组成十二篇。十二篇内容可分可合，可通篇演唱，也可独立演唱，根据当时的仪典场合选择相宜的内容章节而定"。作为哈尼人历史记忆，作为哈尼人生活生产的百科全书，哈尼哈吧"神游物外，神归其中"，体现了"天人合一"的最高精神境界。

闻冰轮的《一粒红米的光芒》和《奔逸的自由》通过对哈尼人"天

人合一"精神世界的描绘，发掘出了在今天物质主义盛行的世界难得的精神财富。这种经历了历史和现实考验的精神价值，是人类社会发展道路上的珍宝。我想这是闻冰轮内心深处最想表达的心声。

三

如果仅仅停留在对于哈尼族民族志的书写和精神价值的探讨上，《一粒红米的光芒》和《奔逸的自由》自然也是难得的篇章。然而，更可贵的是，这两篇文章并没有停留在这两个层面上，探讨了更为深层次的内涵。在我看来，闻冰轮通过两篇散文的书写，其实要表达的是对中华民族命运的思考。

哈尼族作为中华民族大家庭中的一员，所表现出来的精神和思想追求其实也是对于中华民族精神的思考。从哈尼族的历史来看，哈尼族本为羌族后裔，因为历史原因，被迫放弃了祖先生存的地域，来到完全陌生的生存环境，由游牧为生变为农耕为生。在艰难的生存环境之中，哈尼族依靠自己的勤劳，最终在红河两岸繁衍发展。这种筚路蓝缕的开创历史的精神，又何尝不是中华民族的精神特质呢？而"天人合一"是哈尼人的精神，又何尝不是中华民族文化的精髓呢？

其实，这两篇散文最能打动我的是，闻冰轮倾注了对于中华民族精神与命运的深沉思考。中国本为水稻原产国，但是，水稻的命名权却被日本抢占，而且水稻的类型均被冠以其他国家国名。错失水稻命名权、水稻冠名，严重伤害了中国水稻专家的民族自尊心。然而，中国科学家并没有放弃在水稻研究上的主导地位，最终率先绘制水稻（籼稻）基因组框架图。善于创造的中华民族并没有止步于此，还打造了以科技为内核、用文化做亮点的世界水稻公园和水稻农耕文化博物馆。闻冰轮对于中华民族在水稻研究和水稻文化研究上的民族自尊与自强的新路的描述，自然是她对于民族精神的表达。而中华民族的自尊自强的民族精神又何尝不是和哈尼族在哀牢山开凿梯田的自强精神一致的呢？闻冰轮由哈尼族的精神发掘到对中华民族精神的提炼，显示了闻冰轮散文的深沉情思，也彰显了她大开大合的散文笔法。

周新民

　　闻冰轮散文的这种特性在《奔逸的自由》一文中也得到了体现。《奔逸的自由》书写了哈尼族民族歌曲哈尼哈吧，展示了这首民族大歌所包含的民族记忆、民族情感、民族信仰等各种内容。哈尼族虽然经历了非常艰难的生存和发展压力，最终却在自然环境非常恶劣的地域生存下来，并创造了绚烂多彩的文化。哈尼哈吧虽然是大歌，却也是哈尼族的"百科全书"。这首大歌体现了"哈尼人的世界没有因为艰难困苦而分崩离析，他们最终以顽强的生命力寻找到了自己的出路。昂扬的生命斗志，全民族的组织能力，紧密的社会关系网，有效排列的亲疏关系，最终形成独具一格的民族格局"。这种坚韧的民族性格既是哈尼族的，也是中华民族的。闻冰轮通过对于哈尼族哈尼哈吧的多维演绎，展现了中华民族的生命力。

第四辑

别样的散文，不一样的"文化中国"

——2023 年散文创作前瞻

相比较小说和诗歌而言，散文是一种比较"寂寞"的文体。小说像一个青壮的小伙子，以其锐气、活跃而获得许多关注的目光。诗歌则像妙龄少女，总是引起一些人的指指点点。而散文则像一位沉稳的中年大叔，已经看尽人事的沧桑，兀自闲坐在街角，泡一壶淡茶，把人生的沉浮、热闹与寂寞都化作一缕缕茶香，细细品味。散文之所以有这样的定力，和它的文体属性紧密相关。相比较小说和诗歌而言，我们今天所说的散文恐怕和中国传统散文之间的血缘关系更加紧密。从类型上看，散文无非述史、记人、叙事这几种样式。散文题材宽泛，笔法灵活，体式多样。这些特点为散文带来了宽广的发展道路，但是也为散文发展带来泡沫。今天散文写什么其实已经不那么重要了。因为，散文对于题材的强大吸纳能力，已经得到充分的证明。同样，散文采取何种体式或者何种笔法，也了无新鲜之处。在我看来，散文能取胜的地方还是在于"神思"，即在平凡的题材和习见的笔力之中，表现出作者不一般的思考。把日常生活、普通人生、悲欢离合引向凝神静气的"神思"，才是散文最有价值之处。因为，"神思"依附于文学的情感性，体现了一个时代的思考深度与高度。今天对于一个时代思考的深度和广度，很大程度上取决于散文创作如何面对"中国"这样一个文化命题。叙述什么样的"文化中国"，怎样叙述"文化中国"，决定了散文创作的气象，也决定了散文创作的趋势。手头刚好有 2023 年第1 期《散文（海外版）》，借助这一期《散文（海外版）》所刊载的散文，也许能为我们窥见 2023 年甚至今后的散文创作趋势提供观察角度。

一

叙述中国故事是中国文学的重要母题。然而更重要的是，我们要如何讲述中国故事。这里所提到的"如何讲述"中国故事，并不是讲述方法层面上来考虑中国故事讲述的方法问题，而是要如何构建一个不一样的叙述格局来讲述中国故事。之所以这么说，是因为当谈到讲述中国故事的时候，其背后有一个讲述西方故事的参照系。不仅仅如此，人们惯于在中西故事的等级关系之中去选择中国故事、叙述中国故事。因此，如何讲述中国故事，从根本上看，不是方法论层面的话题，是如何处理中西"故事"关系的问题。本期《散文（海外版）》的几篇散文为解答这一问题提供了有益的借鉴。

胡学文的《拴在年上的记忆》所叙写的是中国老百姓耳熟能详的春节生活。写春节的文章自然汗牛充栋，如何把这样一个中国人都有着深刻生命体验的节庆写出新意呢？这其实是摆在作家面前一个很艰难的课题。春节是中国文化的体现，也是中国故事的重要载体。叙写春节要出新意，难就难在"观察"春节的视角上的创新。《拴在年上的记忆》与很多写春节的文学作品不一样，它所写的不是图腾式的春节，也不是仪式化的春节，而是深入中国人骨髓的日常化的春节。这是胡学文不同于很多作家之处。胡学文表面上在不厌其烦地详细叙写春节的程式、美食等等，而在作品内在写的是春节深入中国人血肉之中的日常伦理与情怀，勾画出了亲情至上的文化根脉。这就是胡学文这篇散文讲述春节特有的"味道"。与《拴在年上的记忆》相类似，周缶工的《老屋衣马》所写也是寻常百姓家的历史与日常。老屋是老旧中国的缩影，老屋的芸芸众生乃是老旧中国的儿女。不过，在这篇文章中，老旧中国是有烟火气的日常中国。《老屋衣马》所写的虽是老屋，所聚焦的虽然是旧中国儿女，但是并没有酸腐气，而是令人感到可爱，充盈着"当然"的、舒心的纲常与伦理。

值得注意的是，《拴在年上的记忆》与《老屋衣马》所写的生活与人物本身并没有什么新奇之处，这两篇散文的"新奇"在于，它们还原客观的"老中国"的方式不是夸张的，也不是居高临下的，而是贴近历史的、烟火气的，力求写出一个"客观的中国"。这里的"客观的中国"并不符合某种先验的观点，却深入中国人的血脉之中，展现其历史的自洽性。所以，两位作者在叙写春节、老屋这样的常规题材时，才能如此心平气和、娓娓道来。

其实，两篇散文能如此平静地"叙述中国"，自然是参照中国故事的角度和标准发生了变化。原来那种图腾式、仪式化地叙述中国的方式，是由所参照的西方所预设的文化等级所决定的。以西方现代性为视角来叙述中国故事，中国故事则充满了猎奇，甚至夸张与扭曲，行文之时难免剑拔弩张之气，自然就难以心平气和地叙述。叙事思维的调整，不仅能让散文在叙述中国故事时呈现出豁达、自然的气象，更重要的是，散文所观照的人和事的价值观也发生了变化。穆欣欣的《把日子往前过才是幸福——红楼人物刘姥姥》体现了这种转化的趋势，因而也就具有不一样的思想锐气。《红楼梦》中的刘姥姥是中国人都很熟悉的人物形象，在很多读者眼里，她笨拙的言行与不合时宜的思想都充满喜剧感。之所以会出现这种现象，无非是人们习惯性地从高处来审视刘姥姥。这"高处"无非是启蒙文化的立场与观点。然而，如果贴近中国老百姓的生活，尤其贴近老百姓"过日子"的人生伦常来看待刘姥姥，我们就会发现刘姥姥身上所迸发出来的坚韧、宽厚，散发出耀眼的人性光辉。穆欣欣超越了简单的二元对立叙述模式，展现了根植于中国文化的刘姥姥身上的光辉，表现了扎根于中国大地的刘姥姥身上的美德。

段爱松的《斑斓捕梦人——我与外国文学之缘》的思路与《把日子往前过才是幸福——红楼人物刘姥姥》有异曲同工之妙。表面上看，这篇散文像是读书笔记，其实更像是思想笔记。它所讨论的主要话题是中外文学关系。说起中国作家与外国文学之间的关系，习见的叙述是讲述中国作家如何受到外国作家、作品的影响。然而，这篇散文的叙述思路却与众不同，它以中外文学经典之间的"互通"与"互鉴"作为叙述的思路，仔细地叙述了《红楼梦》与《浮士德》之间的"互鉴"之处。同时，它也在陈子昂的《登幽州台歌》、柳永的词《雨霖铃·秋别》、温庭筠的《菩萨蛮·雨晴夜合玲珑日》、马致远的《天净沙·秋思》和普鲁斯特的《追忆似水年华》之间找到"互通性"。

上述四篇散文之所以在叙述中国故事时能呈现出崭新的气象，归根结底是因为它们深入中国自身历史脉络和老百姓的日常生活之中去找寻"文化中国"，而不是先验的、处于文化等级观念中的"文化中国"。我想，这应该是散文家叙述"文化中国"时应该坚持的基本立场和出发点。

二

描写山水田园是中国散文固有之重要领域，也为后世留下了大量令人称道的优秀篇章。此类散文借景抒情，以景、物甚至山水田园寄寓作者的思想情感和道德理想。这样的写物抒情方式之所以长盛不衰，是因为它们和中国传统审美观相联系。中国早期的比德、畅神审美意识，都深刻地影响了中国散文创作的发展。当下散文创作仍注重表现比德审美意识和畅神的审美理想，这也是表现"文化中国"的主要方式。

马晓燕的《在花朵中念与痛》是一篇非常典型的具有传统审美意识的散文。它分别以槐花、玉兰、牵牛花来托物言志。马晓燕以槐花来表现人要活成了自己想要的样子，以玉兰来体现不流于世俗的价值追求，而以牵牛花来表现对于淳朴心灵的向往。《在花朵中念与痛》以比德的审美意识来表现当代人应该坚守的价值观。黄丹丹《我的植物故交》与《在花朵中念与痛》有类似之处。不过，《我的植物故交》在更为深邃的哲思层面建立"物"同"人"的关系。文章通过对蓼、雪见草、马泡秧子、狗尾草、三棱草、野苋菜、美人蕉、凤仙花、矢车菊、六道木等等植物的细心观察，不仅发现了它们独有的自然特性与物理性状，还写出了这些植物与人之间本来就有的天然关系。当然，这篇作品自然不是简单地书写植物的物性。作者不厌其烦地对林林总总植物的物性进行书写，无非要恢复人类认知植物的各种能力，重新找回人和自然之间的关系。作为自然的一部分，人和植物本来就是共同享受自然界的阳光与雨露，只不过人类社会的发展让人类和自然相远离，人与自然相阻隔。黄丹丹从植物与人的关系入手，期望重建人和自然之间的平等、和谐的关系。

以物观人是中国传统审美方式，这种审美方式的确立和中国古典美学的"天人合一"的审美观念紧密联系在一起的。物我相连、物我一体是中国优秀传统文化非常宝贵的价值观念，尤其在物质高度发展的时代，为了避免功利主义给人带来伤害，回归"天人合一"价值观自然有其重要价值和意义。"天人合一"最有价值之处在于从"物"与"人"的系统性关系出发来处理"物"与"人"的关系，而不是简单地以"物"为中心，或者简单地以"人"为中心。葛小明的《大树独立街头》以几棵树的命运为参照对象，深入思考了这一问题。小区栾树出油，业主要求物业一砍了事，却没有想到夏天无荫可息的烦恼。人们只想到大树患病，粗暴治理，没想到生态平衡破坏，最后殃及人们的正常生活。葛小明以物及人，言明人同树木，是一棵行走的大树。大树离开自己的生态系统难以存活，人类又何尝不是生存在生态系统之中呢？作者认识到，人类所处生态系统的稳定也是人类社会和谐发展的必要因素。

虽然皈依于传统审美意识和传统的观物之审美方式，能写出令人沉醉的散文作品，但是，毕竟时代在发展，如何在当下语境中去扩展传统审美意识，给传统审美意识注入当下性，也值得散文家去深思。谢宗玉的《江南江北，尽是潇湘意象》可谓是其中具有典范性的作品。"潇湘八景"经过历代文人墨客的渲染，已经成为中国传统文化重要的美学旨趣。借助现代科学技术复原，"潇湘八景"令人流连忘返。然而，作者的笔触不是去歌颂"潇湘八景"的审美旨趣，而是格外冷静地剖析了"潇湘八景"形成与流变的历史原因，指出"潇湘八景"实际上包含了"偏安一隅"的消极甚至病态的审美心理。于是，作者发出呼吁，要开文化新路，要避免文化陷阱，不要盲目"鼓吹那些旧意象"，更不要把小儿辈教成一个个"寻寻觅觅、冷冷清清"的"旧人"。如何经过时代淘洗，洗涤出具有清新气息的传统文化，这是作者的思考。同样，叶青的《一座山何以成名》也是以理性的眼光来审视中国历史与文化。对名川大山的书写自然是中国散文的传统题材之一。《一座山何以成名》也是书写名山大川的散文，它对麻姑山何以成名展开了理性的思考。很多散文在书写名山大川的时候，往往不加思考地膜拜在名山大川的文化传说与掌故之中，长久以来在读者心目之中形成名山大川拜物教的文化心理。叶青的可贵在于，他是科学、理智地看待麻姑山成名的原因——自然造化与历史赋予。《一座山何以成名》告诉我们，名山大川文化的沉淀当然是我们应该珍视的文化传统，但是，尊重、弘扬传统文化，一定要有科学分析的过程。

三

人们常说中国以家庭为本位。在这种文化的熏陶下，中国人格外重视家庭伦理，也形成了尊亲爱幼的传统美德。因此，叙写父辈与子辈之关系是散文创作亘古未变的主题。这一类主题既包括书写晚辈对于父爱母爱的赞扬，也有舐犊情深的流露。然而，要写出新意，难度自然很大。本期《散文（海外版）》在亲情书写上也有探索：书写亲情但是又不止步于亲情。探索的路径概而言之有两种。一是像沈念的《长路和短句》、江子的《燃爆记》、田鑫的《河流的几种形式》，着重从"纵向"的历史中叙述"父"与"子"关系与情感；二是像任芙康的《父亲》、冯帆的《多年父子成朋友》、王韵的《夜苍茫》，着重从"横向"的角度书写人与人之间的温情。

沈念的《长路和短句》刻画了一位乡村干部致力于改造乡村的简史。父亲年轻时致力于"移山"，为乡村增加耕地面积，他以不可思议的方式，用愚公移山的精神来"移山"。后来父亲出任村支书，以"诡计"引来县委书记走山寨的烂泥路，为山寨争取到了修路资金，最终改变了山寨的交通状况。如果是仅如此记述一位乡村干部的历史，显然没有多大价值。作者巧妙地插入儿子"他"的视角，从父与子的关系中来叙述这一段历史。把父亲对于儿子的影响与儿子承接父亲的事业，作为《长路与短句》的内在叙述线索，增加了作品的思想性和艺术性。《燃爆记》似乎只是写个人的家庭小事，刻画了一位吝啬、脾气暴躁、不讲感情的母亲形象。表面看来，《燃爆记》只不过是叙述母与子关系的一般性叙事文学，然而《燃爆记》的价值在于，它把母子关系置于历史流变中去思考。《燃爆记》认为，时代巨变之中的不合时宜，虽然不具备历史价值，但是具备宝贵的伦理价值。作者认为，母亲就是一枚爆竹。在城市禁止燃放爆竹的时代，母亲为了给儿子一家出行祈求平安，执意燃放鞭炮，是多么不合时宜。然而，这是她难得的释放对于子女、家庭的情感的机会。田鑫的《河流的几种形式》表面上写祖父与姑姑、叔叔，父亲与"我"之间的亲情与羁绊，实质上所写的是祖孙三代在时光流变之中的亲情。然而，作者的叙述不是简单的纵向展开，而是以回溯的叙述方式来表现对于"根"的回望。这种回望在祖父那里表现为晾晒族谱。通过晾晒族谱的方式，祖父于无声之中表现了无法回归历史、回归故土的遗憾。对于"我"来说，体现为对于父亲离乡深切愧疚的叙述。

上述几篇散文侧重在历史纵向关系之中书写亲情，避免了平面叙述的诟病。除了在纵向上开掘之外，《散文（海外版）》还有一些散文注重在横向的社会关系上去扩展亲情的书写内涵。这一类散文也有独到的写法，"父"与"子"不再是书写父辈形象的载体，而是超越了"父"与"子"情感书写本身，成为观察社会、洞悉人心的一种角度。例如，以"父"与"子"的关系为横向纽带去表现父亲与其他社会关系之间的关系。任芙康的《父亲》表面上是围绕父亲和"我"之间的关系来书写父子情。但父子情固然是文章要表现的内容，以"我"之眼、以"我"之情书写一位品行高洁、"雍容"的父亲的人生过往，才是《父亲》的本意。冯帆的《多年父子成朋友》也是这种写法。文章不是简单地歌颂父亲，而是从父与子之间的"朋友"关系出发，既书写了父与子之间的深情，也刻画了一位家庭中孝顺、工作上敬业的父亲形象。《父亲》《多年父子成朋友》更偏向"父"的社会形象的刻画，而王韵的《夜苍茫》则侧重私人情感的书写，这种书写也很让人动容。二姨让独子学平参军。儿子参军后，她非常思念儿子，儿子学平也非常思念母亲。除夕之夜，学平冒着风雪步行二十多公里去县城给母亲打电话报平安。由于思亲心切，他渐渐神志不清。回到家里后，全靠二姨照料。这种亲情的书写，我们从许多文章里都能读到，这篇文章还有机地融合了"我"的情感。"我"和学平相约，隐瞒除夕雪夜步行打电话一事，以免增加二姨的内疚之情。文章在这里把单向度的私人情感书写，横向迁移至社会关系之上，使二姨与学平之间的感情溢出了家庭内部，构成了由爱环绕的社会生活图景。这是《夜苍茫》的感人之处，也是它的价值之所在。

四

思想的探险自然是中国散文无法回避的内容，现代散文也因此出现了思想随笔和哲思小品文。这也是广为读者喜爱的文学体式。但是，廉价的口水文和鸡汤文也大都源于此类作品。高质量的哲思小品文和廉价的鸡汤文、口水文之间有何差别呢？我以为主要看作者表现的哲思是充盈的还是苍白的，是建立在生活基础上的还是虚构出来的。值得欣喜的是，这本《散文（海外版）》所选载的作品，从一定程度上昭示了哲思、哲理散文应该如何书写的问题。

池莉的散文《流氓》，标题就非常抓人眼球！一看标题脑海里就会想，莫非作者要写一篇侦破题材的散文？仔细读下来才发现，完全不是那么回事儿。作者要写的是普通人脑海观念里的"流氓"的生成路径。根据文章叙述，作者经历了三次关于"流氓"的体验。第一次是母亲在上厕所时听说的，是单位小领导的漂亮女儿被坏人强奸。这里关于流氓的说辞，是听说的。所有的情节、细节都是源于他人之口。不过，作者相信是"真的"。只不过这件事情的发生和作者没有直接关系。第二次"遭遇"流氓也是听说的。是作者所居住的集体宿舍里的女孩儿碰到的，说是在床上发现了精斑。这也是作者居住的宿舍，这次"流氓"的出现，和作者的距离更近了。第三次是真真切切见到了夜闯女生宿舍的流氓。这篇散文表面上叙述了几件关于流氓的传闻、事件，其实要表现的是更为深层次的内涵。关于流氓的见闻是构成故事的表层张力的一个方面。而散文要表现的更为真实的内涵，是不合规矩的语言和行为在日常生活中对于人的影响，也许比偶尔传言，或者真实出现的流氓的影响还要大。比如，单位一些小领导利用职权无端刁难同事和谋求私利，又比如因为个人恩怨，有人无端嫁祸其他并无实际关系的同事，等等。池莉通过对显而易见的种种流氓行径的书写，把流氓引起的情绪反应作为叙述的中心内容。同时又把生活中不合规矩、不合制度的言行作为内容编织在其中，使《流氓》具有不一般的思想力量。

还有一篇散文值得注意，那就是李存刚的《雨后》。《雨后》叙述十六岁的"我"中考后得知了成绩，急切地想知道录取结果。于是，"我"

先到学校去查录取状况。当"我"找到平日对我颇好的老师时，"我"得不到预想中应该有的热情和帮助，"我"觉得遭受到冷遇。当"我"去乡政府寻求帮助，得知需要找县招生办公室。从"我"的认知视野来看，这是个只需要乡政府领导打一个电话去招办询问就可以轻松解决问题。于是，"我"觉得乡干部愚弄了"我"。接连在就读的学校、乡政府碰壁后，"我"只好步行到县招生办公室去询问录取事宜。这篇散文叙述到这里，我们脑海里会形成一个明确的印象：这是一篇叙写世态炎凉的作品。作品所笼罩的气氛似乎也很契合标题"雨后"的情绪指向。但是，《雨后》最终让读者的阅读期待落空了。"我"主观上认为，这帮"大人物"在明目张胆地进行着他们的"阳谋"，联手坑害"我"。然而事实是，那天即使乡政府领导帮"我"打通县招办的电话，"我"也必须赶去县城。事实就是事实，和个人的情感感知之间存在着巨大的差异。这是作者在这篇散文里要表达的思想。

由于有丰富的生活作为基础，这两篇散文对于生活的思考、感悟就显得非常厚实，也具有思想穿透力。

作为一种比较成熟的文体，散文创作要突破、要创新实属不易。从《散文（海外版）》2023年第1期的作品来看，散文家们能顺应时代之变进行创作，在寻求变化和创新上还是很有成绩的。

优雅与忧思的合奏

——2015 年湖北散文创作一览

　　湖北省是散文大省，有着悠久的散文创作传统，涌现了碧野、徐迟、田野、王维洲、周翼南、徐鲁等众多散文名家。21 世纪以来，湖北散文持续发力，创作成就虽然不能和小说相比，但也气象万千，格外壮观。随着刘醒龙、陈应松等著名小说家的强势加盟，21 世纪湖北散文创作出现了不一样的气象。2015 年湖北省的散文创作续写辉煌，专业作家、业余作家齐发力，为湖北散文的发展注入了新的活力。

一

　　对于很多读者和研究者来说，刘醒龙是小说家。然而，小说创作成就掩盖了刘醒龙散文创作的锋芒。其实，刘醒龙也是散文大家。他先后出版了《女儿是父亲前世栽下的玫瑰》《寂寞如同重金属》《人是一种易碎品》等散文集和长篇散文《一滴水有多深》。长篇散文《一滴水有多深》对于中国土地、中国土地体制都提出了自己的独特思考，有些观点已经被写进了相关法律法规。刘醒龙的散文集《女儿是父亲前世栽下的玫瑰》《寂寞如同重金属》《人是一种易碎品》，都表现了对于爱的多层次的思考，蕴含着绵厚、细腻的情感。这位著名小说家在 2015 年出版了《抱着父亲回故乡》《重来》两部散文集。如同他的小说和先前出版的散文集一样，他的散文仍然表达了"爱"的主题。刘醒龙的散文对于父爱、母爱、亲子之爱有着全方位的表现。散文《抱着父亲回故乡》可以看作这本同名散文集的代表作。散文以送父亲骨灰回故乡安葬为情绪主线，回顾了父亲为家乡为亲人做出的奉献，也抒发了儿子对父亲的爱戴与愧疚之情。文章情感真挚、细腻、委婉动人。《母亲》则以过年这一日常生活场景为背景，以过年期间和母亲相处的细节为内容，书写了一位为家人奉献了大半辈子的母亲形象。整篇散文以捕捉日常生活细节见长，又辅以儿子的视角，把一位平凡的母亲的精神风貌勾勒得细腻动人。《老爸头》则以抒情笔调、轻松的口吻，叙写了一位幽默、风趣、有年轻人之心的岳父形象。中国散文史不乏写父亲的脍炙人口的佳作，写岳父的散文恐怕不多见吧。因此，这篇散文在题材上的重要开拓价值值得铭记。《抱着父亲回故乡》这本散文集不全是书写亲情，还有诸多篇章抒写了人和城市、人和自然之间和谐共处的美好情愫。寄情于山水是中国传统散文的常见主题。中国古代那些山水田园之作，不管是表现人和自然间的"比德"审美意识，还是体现"畅神"的情韵，无不寄寓了作者对于美好品格和美好人生境遇的追求。刘醒龙的散文继承了中国古代散文的审美范式，在山水与城市地理的书写中，寄托了对于人性美的礼赞。例如《赤壁风骨》《真理三峡》《人性山水》《沉郁岳阳楼》等散文，都在对山水风物的书写中表达了人文理想情怀。刘醒龙的散文集《重来》相比较《抱着父亲回故乡》来说，主题更为集中。像《重来》《心灵处方》《我的翻译傅玉霜》《小说的难度》《芳草是一种风格》《文学季节与荣耀》《文学的高度》《文学的气节与边疆》等篇章，更直接地表达了一名人文知识分子对于文学、对于时代、对于人性的深度思考，表达了一名写作者的道德底线与人性立场。《文学的气节与边疆》有这样一句话："人类如果对自己的灵魂不管不顾，所谓日新月异的科学技术就会变成无视科学的名利赌博，变成披着科学外衣，没有人伦天理的技术暴徒。"这句话是刘醒龙《重来》这本散文集的点睛之笔，像一声呐喊，宣告了现代社会中"灵魂"的重要价值与意义。

　　谢伦的《读画手记》记载了欣赏西方绘画作品的感悟。不过，与专业画家和艺术评论家所写的画评不一样，谢伦不刻意在"艺术"鉴赏上做文章，而是品谈绘画作者的人生际遇，阐发绘画作品所引起的思考。甚至在他的笔下，画作本身仅是载体而已，他只不过由画作出发谈自己的人生感悟而已。不过，总体看来，谢伦在《读画手记》里要表达的是对于爱情、亲情的歌颂，对于人性美的赞颂。

谢伦读画，梅子读"人"。梅子的散文《屈原与植物的爱恋》《在端午，写给故乡》《看望沈先生》分别以屈原、沈从文为书写对象，发掘他们身上的人性光辉。发现人性光辉的散文还有朱朝敏的《虚构舅舅在高丽的若干切片》。这是一篇记人散文。舅舅年轻时在西南联大上学，被自己的父亲母亲骗回家结婚。舅舅之所以能上学，全靠养父的资助，养父给出的条件是和自己的干女儿结婚。然而，舅舅在新婚的当晚从洞房逃走。舅舅一路逃到了中朝边境，并成为一名志愿军战士，屡立战功。然而，身为团长的舅舅为了给警卫员报仇，竟违规杀死了俘虏，遭受处分。又因为不愿意和养父划清阶级界限，接二连三地丧失了提拔的机会。从舅舅的这些经历中，我们看到了一位坚守良知的普通人形象。在六十岁时，舅舅终于和没有婚姻之实的妻子离婚了。垂暮之年的舅舅在回忆之中走完了自己的一生。朱朝敏记叙了一名普通人的爱恨情仇，发掘出了普通人令人动容的人格力量。这份坚持、这份倔强，难道不是人性中的优雅吗？

尔容在 2015 年发表了多篇散文。她的散文采取托物言志的写作手法，通过对"物"的情状、遭遇等多方位的描述，来表达个人对于人生的思考，颇具才情。马竹、周莹等的散文也在表现亲情、人生感悟等方面上有诸多可取之处。

二

在传统社会，人们更看重精神。"重义轻利"构成了传统社会的基本价值尺度。而现代社会以追求物质利益、崇拜金钱、膜拜技术为基本价值追求。现代社会物质财富急剧增加的同时，道德沦丧、精神萎靡等现代文明病也乘势而入。于是，抵抗物质欲望、抵抗技术崇拜成为现代社会追寻精神家园的重要方式。2015 年湖北散文在这一主题上有突出的表现。

2015 年陈应松出版了《写作是一种搏斗——陈应松文学演讲集》。与余华、格非等作家的文学随笔不同，陈应松的这本文学随笔更加关注写作的伦理问题而不是写作的技术问题。在这本文学随笔之中，陈应松围绕"文学是什么、文学何为、文学如何为"展开了伦理思考。在陈应松看来，文学写作是"中世纪的遗产",和现代社会格格不入:"生活可以时尚,但是我们的文学是不能时尚的,它必须与时尚保持一定的距离,因为文学是一种古老的传统和坚守,它必须有一种高贵的、古雅的、不俗的品质在里面。文学是要渗透到民间和我们生活的角落中去的,它与政治宣传和商业亢奋制造的假象都要保持相当的距离。"(207页)作为"遗产"的文学,在当下社会又有何价值呢?陈应松认为,文学是对现代社会的抗争,是对美的和正义的声援。作家如何在当下坚守?除了要耐得住寂寞抵得住诱惑以外,陈应松认为,作家还应该去底层,去真实的生活现场。

陈应松的《写作是一种搏斗——陈应松文学演讲集》以抵抗当下物质社会作为根本出发点,展开了在当下社会作家何为的伦理思考。席星荃的散文《东湖之忆》和《归来的梦》也对当下的物质社会发出了抵抗之声。《东湖之忆》有点像小说《今夜有暴风雪》《这是一片神奇的土地》。《东湖之忆》把游东湖置放在"文化大革命"的时代背景中,刻画了喧嚣的社会环境中东湖的恬静之美。然而作者并不是仅仅叙写特殊年代游览东湖的情状,笔锋一转,叙写面对当下东湖时的心情:"近些年我虽然经常到武昌去,经常从东湖之滨经过。但是我不停留,也不进里面去。我觉得它已经不再是我记忆中的东湖了,我不想破坏记忆中的美。我怀念东湖,当然有怀念青春的成分;但记忆中的东湖之美并不是因为青春曾为它增色,也不是因为忆旧的行为替它敷上了虚饰的情感;它的确变了。当年的东湖,远离口号,远离标语,远离城市,也远离利益。远离这些事物,东湖才是东湖。"《东湖之忆》字里行间表达了对充满喧嚣的当下社会生活的不满,对于当年远离尘世的东湖的怀念。《归来的梦》所写不过是常见的春节期间游子返乡这一习俗。作者极力渲染古代社会游子如何克服路途之艰辛,表现了游子们克服艰难险阻急切还乡之情。然而,作者的本意并非仅仅书写古代社会游子返乡的社会情状。随后,作者叙写了现代社会交通之便利,人们仍然急切回乡之情。于是,《归来的梦》遂得出自己的观点,虽然和古代社会相比,现代游子返乡的条件更加现代化,但是,返乡之心仍是一样急迫。如此看来,《归来的梦》表达出"归来的梦"仍是现代社会人的精神家园,也是抵抗现代物质化社会的有效方式。

三

湖北省有历史悠久的农业文明，相对沿海开放省份来说，湖北的农业文明的成分更重。有着广袤的湖区、山区、丘陵地带的湖北，在中国现代化历史进程中处于"后发"态势，尽管张之洞督鄂的现代化之光曾领先全国，但毕竟是昙花一现。随着中国现代化进程的加快，湖北的现代化步伐也呈现出前所未有的快步跃进的态势。湖北广袤的农村地区卷入现代化历史漩涡的程度也日益加深，乡村也因此遭遇了现代化的侵蚀。因此，回望乡村，书写乡愁就不可避免地成为湖北散文的基本主题。

徐鲁2015年发表的散文充分体现了湖北散文书写乡愁的基本主题。《山村七夕夜》叙写了鄂南山村"七夕夜"的淳朴风俗，表现了山村人的纯正情感。在作者的笔下，乡村是那样纯净、美好。《写了一辈子春联的人》刻画了一位扎根乡村的书法家的人生际遇。这位憨厚、朴实的书法家用自己的书法给乡村增添了许多祥和与快乐，也赢得了乡亲们的爱戴。然而来自城市里的种种功利、算计却伤透了这位乡村书法家的心，连加入省级书法家协会的合理愿望也无法实现。《写了一辈子春联的人》在乡村与城市的二元对比结构中尽情展开乡村与城市价值观的比较，表现了作者对于"城市病"的痛恨。《山里的细妹子》是一篇记人散文。山里的细妹子多年前因为家里贫穷，面临失学，向"我"求救。在"我"的帮助下，得以度过危机。靠着山里人的坚韧，她最终得以完成学业，并在上海打拼，有了自己的一份事业。这篇散文在娓娓道来的故事叙述之中，不经意间提出了一个发人深省的问题：即使是现代化高速发展的今天，乡村人的淳朴、坚韧、勤奋等传统美德仍是难得的可贵品格。《故乡的山泉》围绕故乡消失的山泉发问："那道山泉，养育过咱们村里多少代人啊！那么清凉、那么甜的泉水，永远地消失了，再也看不到、喝不到了，你们就不心疼？就不觉得可惜吗？你们都忘记了小时候一起去碾子沟里干活儿，累了渴了就往山泉边跑的情景吗？"《茶山空闻鹧鸪声》叙写了曾经给鄂南山区带来生机快乐的"采茶戏"随着乡村日渐"空心化"，面临着濒临灭亡的危机，乡村也日渐丧失生机与活力。《故乡的山泉》《茶山空闻鹧鸪声》分别以消失的乡村自然物和文化为书写对象，表达了对于现代化掏空乡村物质命脉和精神命脉的深沉思考。

沈虹光的散文《二棚子记往：贾老头儿》《"不'昂'没得精神"——民歌之乡竹溪向坝乡采风记》和徐鲁的几篇散文有异曲同工之处。这两篇散文主要是书写民间文化人的逸闻。《二棚子记往：贾老头儿》记叙了"郧阳花鼓戏"艺人贾老头儿的故事。散文以捕捉贾老头的生活细节为着眼点，再现了贾老头的仗义、随性和热爱民间艺术的情怀。《"不'昂'没得精神"——民歌之乡竹溪向坝乡采风记》以在竹溪乡间采风为主线，表现了民间歌者热爱生活、热爱艺术的精神。这两篇散文表面上是写乡野民间的人和事，但是都有着针砭都市文明的意蕴在内。"礼失求诸野"是中国的传统。正是因都市功利主义嚣张，作者才到民间寻求盎然的野性与生命力。我以为，这是作者近年频繁去民间采风的重要原因吧。

乡村叙事自然是湖北散文的重要母题。众多作家不约而同地把追寻心中的桃花源作为散文创造的动力，但是，像徐鲁、沈虹光这样有力度的散文不多。舒飞廉在散文《重建枫杨树老家》中说："城市固然是在拆迁与圈占农民的土地，更麻烦的，还是它夺走了乡村的青年，将它的血缘的链条弄断掉了——没有了青年的血汗与梦想的乡村，失去了成长与死亡的仪礼的乡村，会由神话'重新返回自然'，格式化为公司经营的'绿色车间'与'生态农场'。"城市对乡村的侵蚀已经成为乡村叙事新的叙事增长点，但是，如何"重建桃花源"，仍需散文家们多多努力。

四

中国古代有修志的传统，留下了大量的地方志。地方志是记录一地的自然风物、地貌、社会状况、历史的著作，属于历史学范畴。按照行政区划来讲，常见的方志主要有府志、县志两种类型。地方志虽然属于历史著作范畴，但是进入20世纪90年代以来，有不少作家借鉴了地方志的体例，创作出了优秀小说，像韩少功的《马桥词典》、孙惠芬的《上塘书》、阎连科的《受活》等即是化用地方志体例的优秀作品。本省哨兵的诗歌《江湖志》是化用地方志的内涵创作优秀诗歌的代表作。而记叙一地的风物、人物、风情、语言等的散文大概也算是方志性散文了。在中国散文史上，方志性散文佳作数不胜数，即使是当下，优秀方志性散文也在频频问世。叶广芩的长篇散文《老县城》、彭见明的长篇散文《平江》、朱鸿的《长安是中国的心》，本省裴高才的《无陂不成镇》、孔帆升的《老通山》等等，都可以归入方志性的长篇散文或散文集。凡夫 2015 年出版的《襄阳名片》可以看作方志性长篇散文。

顾名思义，《襄阳名片》是以襄阳作为书写对象。襄阳是一座历史文化名城，历史悠久，风光旖旎。历代文人墨客为襄阳留下了不少佳作。仅有唐一代，著名诗人李白、杜甫、白居易、王维、孟浩然等都为这座城市留下了诗篇，字字珠玑。古代优秀诗人留下的诗篇成为凡夫笔下的素材。凡夫依据襄阳的风景名胜、名人、名曲，分成"名景篇""名胜篇""名人篇""名曲篇"几个篇章，介绍襄阳这座城市。每介绍一地风景、一处名胜、一位名人、一首名曲时，凡夫都选取和此景此物此人此曲相关的诗句，用自由灵活的叙述方式，用随笔的写法，将诗歌与襄阳的关系娓娓道来，并借此比较全面地介绍了襄阳这座历史文化名城的地貌、风物、人文、历史。

凡夫以与襄阳名胜、名景、名人、名曲相关联的诗歌作为书写对象，为现代都市注入诗意。现代都市以钢筋水泥为建筑材料，千城一面；现代都市以经济发展作为城市发展的基本目标，充满了欲望。而凡夫着眼于襄阳这座诗歌城市，为现代城市找到一种诗意栖息的生活方式。2015 年，陈应松先后发表了《天山之南》《香巴拉的稻城亚丁》《河西走廊行》《大九湖之恋》等散文。这些散文基本上以介绍一地风物、历史、地貌、人情风俗为主。不过，陈应松在处理这些素材时，最为关注的是发掘和一地相关的历史掌故。《河西走廊行》重点写到了在河西走廊途中的武威、山丹军马场、张掖、嘉峪关等几个地方。虽然每写到一地，陈应松都会对当地的历史、地理、人文做比较详细的介绍。但是，陈应松更看重此地的历史掌故。就像这篇《河西走廊行》，陈应松最为关注的是与武威、山丹军马场、张掖、嘉峪关等几个地方有关的历史掌故。"武威"一节，陈应松把笔触对准鸠摩罗什和驻扎在武威的边关战士，他们在这荒凉之地，或创造精神文明，或稳定边疆，作者的字里行间充满了赞美之情。"山丹军马场"

一节，陈应松主要赞扬了这个历史悠久的世界第一大军马场的所创造的历史奇迹。"张掖"一节主要介绍了大佛寺和尚、尼姑为保护《大明三藏圣教北藏》做出的努力，赞扬了为保护历史文化遗产而牺牲的众生。历史掌故成为陈应松书写的重点。从这些历史掌故的书写中，我们能鲜明感知中国古代文化的辉煌，也为那些付出艰辛与努力创造、保护中国璀璨文明的中国人而感动。

谢伦的《鄂西人物五记》主要记叙的是鄂西五位人物的性格与生活习惯，类似方志中的"人物志"。"人物志"是中国古代地方志的重要内容。它充分发挥了中国古代纪传体的特点，写人状人，以神似为要点。谢伦吸收了中国古代纪传体的叙事传统，以白描的手法，抓住笔下人物的一点特征敷衍开来，充分表现了人物的个性。"雷子和青竹"主要围绕二人对爱情的忠贞，书写了一代人的爱情传奇；"仇有志"主要围绕人物的姓氏，叙写了一个普通人的悲苦人生；"黄四儿"聚焦黄四儿善于钓黄鳝的特长，展开了人物命运的起伏；其他两节亦是抓住人物的某一点特征，展开了人物一生的命运。这种传记体的写法，以传神为旨归，以人物命运为焦点，颇有审美情趣。

2015年湖北散文虽然创作数量庞大，精品却不多。这与很多作者的散文观有关吧。表面上看，散文创作门槛相对比较低。但是，它需要作者具备比较丰厚的情感底蕴和思想底蕴。真诚希望湖北散文作家能在"内力"上下功夫，创作出更多优秀散文。

高远与深邃

——2017 年湖北散文鸟瞰

2017 年湖北散文比较繁荣。这个判断基于三个方面的缘由。一是湖北散文创作比较活跃。湖北综合性文学期刊《长江文艺》《芳草》《长江丛刊》《三峡文学》，每期都有优秀散文刊发，有些还引起过比较大的反响。除此之外，《湖北日报》"东湖副刊"、《长江日报》"江花"副刊也是刊发湖北散文的重要阵地。各地市州的报纸也经常刊发散文。其次，湖北散文创作队伍比较庞大。一方面有徐鲁等散文作家坚持散文创作；另一方面，刘醒龙、陈应松、李修文等小说家常有精品散文问世；此外，於可训、夏元明、蔡家园等学者推出了散文佳作，这也是 2017 年湖北散文创作的一个重要现象。而分布在各行各业，以及湖北各市（州）、县（市、区）的大量散文作家，为湖北散文创作贡献了不少精品。值得注意的是，湖北散文创作群体还是一个几代作家同堂的庞大队伍。刘富道、刘益善算是散文作家队伍的长者，50 后、60 后成为散文创作的中坚力量，而 70 后、80 后也是湖北散文创作的重要力量。

最能代表 2017 年散文成就的是散文集与长篇散文，主要有刘醒龙的长篇散文《上上长江》、徐鲁的《冬夜说书人》《夜航船上》、陈应松的《雪夜》《穿行在文字的缝隙》《村庄是一蓬草》、李修文《山河袈裟》、蔡家园《书之书》、朱朝敏《山野虚构》等等。刘醒龙、徐鲁、李修文等还在国内重要文学期刊发表散文佳作。上述种种都是湖北散文繁荣的重要表现。

说到 2017 年湖北散文创作的重要特征，大概可以概括为以下几点：

　　贴近大地，真诚表现家国情怀。2016年至2017年，刘醒龙从崇明岛出发，溯长江而上，直抵长江源头，考察长江沿途大量人文水文景观。刘醒龙边走边写，完成了长篇散文《上上长江》。但是，《上上长江》不是游记，不是行走散文，也不是简单的文化散文。刘醒龙在这部长篇散文中，寄寓了他对中国历史、文化、社会的深度思考。长江是中国的母亲河，刘醒龙对长江的书写自然不是一般意义上的对自然、人文、水文的思考，而是以长江这一空间之物，切入中国历史、当下、将来的时间之维，拷问中华文化之根。这种熔社会、自然、历史、人文、水文于一炉，具有深切家国情怀的散文，尚不多见。《上上长江》和刘醒龙的小说创作有着内在的一致性，都是对中华民族的优秀文化基因的探讨。不过，《上上长江》更具有时代气息，从当下社会发展的角度"重铸"中国民族文化。长江被称为"母亲河"，这一称呼不仅仅是指长江孕育了中华民族的生命，也意味着长江孕育了中华民族文化。文化是一个民族的根脉。但是，随着时间的推移，一些优秀文化也在历史长河中被遮蔽。尤其是当下，现代化成为历史无可回避的趋势，如何理清现代文明与传统文化的关系，成为当下中国无法回避的时代命题。刘醒龙沿着长江溯江而上，重新解读了传统文化，也重新解读了现代化与传统之间的关系。我注意到，刘醒龙始终从现代、从当下切入对历史、对文化的追问，去度量传统文化。刘醒龙围绕长江边一处处古迹、一座座城，生发出了对于传统与现代关系的追问。从刘醒龙的文字中，我看到他对传统文化的理解，对于中华民族文化血脉的解读。在长江源头，他从黄羊、黑颈鹤、藏野驴、小型鸟类身上、目光中看到了狼的身影。我以为这个"狼的身影"就是中国文化源头：顽强、坚韧、勇敢、富有生命力。这些宝贵的精神品格已经融进了中华民族的文化血脉之中。刘醒龙由长江下游上溯长江源头，其实是探寻中华民族优秀文化"根性"的行程。李修文的《山河袈裟》也是阅读祖国山河的文字。如果说刘醒龙从历史纵深的角度来落笔的话，那么李修文更多是从祖国大地的横向维度来书写。在这本散文集里，我们看到了万千民众身上所蕴含的精神、道德与力量。李修文笔下的这些普通人，在不同的历史遭遇中表现出了令人追慕的情操、道德与信仰。《山河袈裟》不仅仅是湖北散文创作的重要收获，也是近些年来中国散文创作的重要成果。其实还有很多作家的散文创作都表现了湖北人的家国情怀，表现了湖北人在历史与社会进程中对于人民、对于社会的深切关怀和真挚情感。不过，这种关怀与情感熔铸了强大的主体性情感和审美情思，达到了思、情、美的高度统一。

如果刘醒龙比较多的是从庙堂、正统文化的角度来寻找当下中国现代化的文化动力，李修文则更多是从江湖、民间文化的角度，寻找现代化的精神信仰。两位作家殊途同归，共同为当下现代化进程寻找文化动力，展现了深沉的家国情怀。

书写时代与历史变迁之中的个体心灵感受与精神追问，是2017年湖北散文又一重要的特征。陈应松《天境贡山》、李修文《三过榆林》都是关乎人文精神标杆重建之作，也是2017年湖北散文的代表作。《天境贡山》所写的是云南贡山山民的生活。贡山地处偏远，地势险要。然而生活在这里的人民在这种环境里找到了独特的生活方式。《天境贡山》铺陈贡山环境的险恶，描写了贡山人生活之静谧、安宁，也表现了外来者对这里生活的不解。环境、贡山人、外来者的三方张力给予我们以沉思：贡山人以自己的生活、自己的追求，告诉人们，回到内心、回到精神维度才是人之为人的重要诉求。虽然个人选择可能是独特的、不被人所理解的，所处自然环境可能是恶劣的，但是精神选择是成为独特的"这一个"个体的重要尺度。《三过榆林》是李修文最新散文力作。这篇散文以一对瞎子师徒相互守望为主要内容。师父收留了徒弟，徒弟因此获得了谋生本领。徒弟承诺要在师父身边相守，几年后，他真的从千里之外来到师父的家乡榆林，践行"以性命相守师父"的诺言，寻找师父，并为此失足落水。师父偶遇父母双亡的小女孩，陪伴了八年，因此错失和徒弟相逢。得知徒弟为自己丧生后，他悲痛异常，并开始以精神相守望，无论卖唱还是日常生活之中，都当徒弟一直在身边一样。《三过榆林》选取了特定的人物——瞎子——作为书写对象，树立起了在滚滚红尘之外的精神标杆。无论现实如何风雨兼程，无论生活如何备尝艰难，无论生与死，最重要的是信守承诺，超越物质、环境甚至生与死，始终把理想、信念、承诺作为人生的支柱。《三过榆林》延续了李修文《十送红军》《山河袈裟》的内在精神脉络，以更加生活化的方式，谱写了一曲信仰之歌、一首诺言之诗。席星荃《羞耻备忘录》则以普通人在历史长河之中的人生成长体验为主线，思考了历史与时代变迁之中的人生体验。《羞耻备忘录》以"人"之身体体验、情感体验、精神体验为线索，建立起了个体生命维度。"羞耻"备忘录之中，呈现了个体确立自我精神价值的演进路线。沿着这条路线，我们是否该思考，何以为人？换言之，人之为人最重要的尺度是什么？《羞耻备忘录》给出了答案：是精神追求，而不是社会功利价值和浅层次的精神体验抑或是身体感官体验。在当下社会环境下，《羞耻备忘录》给予我们的思考是丰富的、深刻的。温新阶《时光的消逝悄无声息》则以已经消失了的行业为书写对象，再现了在历史长河之中渐渐消失的体温、荣光。这一组散文启发我们思考，何为永久？时光定会带走曾经的荣耀，到底什么是重要的？

浓墨重彩描绘荆楚大地风物与人文是湖北散文的特色。刘富道《从紫云山归来》、於可训《黄梅有个太白湖》、罗胸怀《石城旧事》、杨洁《故乡的萝卜》、刘益善《重回我忆念的山村》等都是这方面的佳作。黄梅是禅宗重地，黄梅因禅宗而闻名。因而我们可以说，禅宗是黄梅的一张名片。《从紫云山归来》叙写在老祖寺的人生感悟：在生活中修行，在修行中生活。这句话其实是对现代人理想生活的一种概括。如何在纷繁生活保持一颗淡定、单纯的心？作者写黄梅的禅宗，其实也是写人生感悟。《从紫云山归来》侧重于黄梅的文化特征。《黄梅有个太白湖》比较多的是写黄梅的自然风光、生活方式等，呈现了田园牧歌式的乡村生活图景。这幅生活图景中既有美丽的自然山水，也有淳朴善良的乡村人，更有幸福快乐的劳动生活。虽然是以自然山水、劳动场景甚至逃荒为写作对象，但是字里行间还是可以看到知命乐天的生存精神书写，也是禅宗精神另外一种表现方式。而《石城旧事》《故乡的萝卜》《重回我意念的山村》都是以荆楚的风物为书写对象，但是在风物的叙写之中，有机地融入了对历史的深刻思考。《石城旧事》以蒲圻石城为对象，在"人"与"物"、"破"与"立"的辩证关系中，思考了在历史长河之中"人"的内涵。《故乡的萝卜》以湖北最为常见的萝卜为观照对象，再现了湖北人民纯朴的品格。《重回我意念的山村》则是对特殊历史的记载，同样表现了湖北人民的淳朴与善良。谢伦《八月桂花》以红安胜利街为书写对象，重点写了红安特定风物：红安大布、红安刺绣等。然而更重要的内容是思考传统——不论是传统手工艺，还是革命传统——如何在当下延续的问题。其深层次内容是传统如何在当下现代化进程中保留与再造。尔容散文集《景秀华年》最为出彩的部分是对武汉山水、建筑、历史的书写。在她细腻的笔触下，武汉这座城市以饱满的形象、厚重的历史、秀丽的风光呈现在读者面前。上述有关荆楚大地书写的散文里，荆楚大地也不是自然形态的大地，而是和历史、时代、人民有着血肉的联系。这些散文让我们看到了一个在历史与时代中蜕变的荆楚大地。

散文体式繁多，上述几种书写大概可以归入文艺散文这一类型。而除此之外，2017年湖北还有随笔性质的散文。在我看来，文艺散文以描写、抒情为主，而随笔则更倾向于表现创作主体的哲理思考。从外在标志来看，议论成分要多于描写与抒情。徐鲁的《谈艺是最美的事业》《为幼小者的一生——〈陈伯吹的故事〉写作缘起》都是谈论儿童文学创作的。前者叙写了和金波之间的交往，再现了一位有追求的儿童作家的形象。后者刻画了一位在儿童文学创作和教育上做出了巨大贡献的儿童文学作家形象。两篇创作谈虽然讨论了儿童文学创作，但是又不局限于此，表达了作者对于我国儿童文学创作传统的梳理与归纳之意。李传锋《〈白虎寨〉获奖感言》也是创作谈。《白虎寨》是一部获得了第十一届全国少数民族文学创作"骏马奖"的优秀之作。李传锋在创作谈中交代了自己写这篇作品的一些思考。有些观点显然具有文学创作上的普适性。徐鲁和李传锋的创作谈不同于一般的创作谈，他们不是仅从技术层面来谈创作，而是从历史、生活、思想的角度来切入创作的一些重要问题。蔡家园的《书之书》是一部非常典型的关于书的随笔。它谈论的范围非常广，关于书的形态、装帧设计、内容、人与书的关系等等都有涉猎。整部《书之书》洋溢着蔡家园对书的喜爱，对有关书籍内容、书的美、书在个人生命之中的位置、书与历史等等都有独到的思考，对历史、社会、风尚、审美甚至生命，也有自己独到的见解。

散文题材广泛，体式多样。然而，表现手段上常常局限于托物言志和借景抒情。如何丰富散文的表现手段，在一定程度上成为散文创作发展的关键。有意思的是，从近几年包括2017年的湖北散文创作实际情况来看，给散文创作带来新变化的不一定是散文家。湖北小说家刘醒龙、陈应松、李修文屡屡有散文佳作问世，他们的散文充分吸收了小说创作的叙事手段和叙事、抒情相结合的表现手段，丰富了散文创作手法，也为散文表现深邃与精微的思想提供了范例。刘醒龙的散文已经超出了传统散文表现手段的束缚。深刻的思想性是他散文最为重要的特征。以空间之"物"为对象，在历史的长河里自由切换，达到深入表现思想的效果。陈应松的散文善于铺陈，情感奔放，借鉴了抒情文学的多种表现手段。李修文的散文则充分借鉴小说叙事艺术，叙述婉转，摇曳多姿，充分释放了散文叙事艺术的活力与冲击力。几位小说家的散文创作较大地开拓了散文艺术的边界，激发了散文叙事与抒情的活力。徐鲁、蔡家园的随笔让散文有了更厚实的知识性和思想性。谢伦、朱朝敏等散文作家在 2017 年也有重要开拓。这些散文家的努力，让湖北散文走上了成熟与丰收。如何适应时代变化，写出无愧于时代的优秀之作，需要湖北众多散文作家一起发力。

真实性　全景式　生命共同体

——略谈《生命之证》的三个关键词

2020 年，新冠疫情猝不及防地在武汉发生。现在，中国的疫情基本控制住了，而海外疫情依然肆虐。武汉疫情产生后，就有一些作家开始创作反映疫情的文学作品。这些作品或纪实或虚构，从不同角度来记叙这场疫情以及疫情给人们的生活、精神造成的种种影响。在众多反映疫情的文学作品中，由刘诗伟、蔡家园共同创作的《生命之证》是一部让人无法忽略的作品。这部作品不仅客观记录了 2020 年寒春之际中国人民抗击疫情的过程，也表现了作者对于人和自然、人和社会种种关系的深入思考。笔者尝试从"真实性""全景式""生命共同体"三个关键词入手，探究这部作品在抗疫书写上的特色与价值。

首先，真实性是这部报告文学最为突出的特征。真实是文学的生命力。然而，从不同的角度来看，真实的含义又是各有千秋。正因为如此，文学史上才会留下那么多的争议。无疑，《生命之证》是一部具有真实性的作品。作为一部纪实性的报告文学，《生命之证》的素材由作者刘诗伟、蔡家园亲临一线采写而来。从信源的角度来讲，《生命之证》不是一部道听途说的作品，而是两位作者亲身经历，是采访对象亲身经历的产物，其真实性自然是不容置疑的。但是，我之所以说《生命之证》是一部具有真实性的作品，还不完全是从两位作者获取消息的来源角度来讲的，还因为《生命之证》从科学的角度来观察和分析 2020 年春天突如其来的新冠疫情。

其实，在 20 世纪新文化运动浪潮之中，真实也是一个被赋予多种含义的词语。不过，真实性之所以成为中国文学的一个重要关键词，是因为它和科学紧密联系在一起。也正是这样，真实性才在呼唤科学的五四新文化浪潮中得以确立起重要价值。此后，真实性的含义也在不同文化语境发生演变，其科学性也渐渐被众多语义所掩盖。当阅读《生命之证》这部作品时，我们再次看到，作者重新唤醒了真实性和科学之间的关系。作为一部反映 2020 年新冠疫情的报告文学作品，它客观地分析与观察了疫情来临之后的社会心理。《生命之证》基于科学判断来观察社会现状。"由于普遍缺乏病毒性疾病知识"，社会大众出现了恐慌心理。同时，作者分析到，这种恐慌的心理情绪，是"由于恐慌的缘起不是这些消息而是疫情——是陌生疫病发展的必然结果"。这种基于科学观察与分析的视角，构成了《生命之证》对于疫情分析的基石。对于疫情期间出现的种种社会心理状态，两位作者深切地认识到，这是由于"缺乏医学、流行病学、人类学、经济学、相关历史知识与社会管理学等方面的思想资源，无法与疫情现实对话"。随着对病毒认识的进一步加深，两位作者对整个抗疫行动做出了清晰的描述。从社会个体自我抗疫，讲究个人卫生，到社会整体上的抗疫行为，包括就医方式、救治行为，两位作者都做了细致的描述。

秉承科学观察与科学分析的理念，《生命之证》一方面表现了全社会对于病毒的认识逐步加深的历史过程，另一方面也表现了抗击疫情的措施、方式日渐步入合理和科学的历史过程。对病毒的认知和对疫情的防控，受到认知能力、检测能力、上报路径、研判方式等因素的影响。它其实体现了人类社会面对自然时的正常反应。从这一点来看，抗疫文学不再是简单的灾难文学，其实是生态文学的一个重要分支，它体现了人和自然之间关系的思考。有些描写疫情的作品一味地强调一些不愿意看到的社会现象，却忽视了这些现象产生的原因是科学认知限制。在认识出现偏差的情况下，一些抗疫文学就会把目光聚焦在"灾难"的宣泄和叙述上。这样来处理疫情叙事，显然是有失偏颇的。《生命之证》的可贵之处就在于，它回归科学理性，对疫情做出科学评判和叙述。这是《生命之证》真实性价值之所在。

全景式也是《生命之证》的一个重要关键词。《生命之证》详细描述了从新冠病毒在武汉发现至疫情被完全控制住的过程。2019 年 12 月 26

日，张继先接诊了四位呼吸道症状奇怪的患者，这是新冠病毒首次亮相。而从新冠病毒在武汉蔓延到被彻底控制住的历史过程，《生命之证》都展开了详尽的叙述。通过对这一过程的描述，《生命之证》对于新冠疫情的发展过程有了全方位的认识。

当然，人与病毒搏斗的过程也充分体现了整个人类社会与病毒做斗争的波澜壮阔的历史情境。家庭、社区、医院、政府机构等社会组织单元，都被充分调动起来。2020年春天的疫情之战，也是一场人民保卫战。《生命之证》对于这场保卫战的社会各个角落都展开了详尽而充分的叙述。党和国家最高领导人、患者、群众、医护人员、志愿者、社区工作者和各级干部，都投身到这场战"疫"。为了浓墨重彩地描述抗击疫情的社会画卷，《生命之证》将笔触对准抗击疫情的各类人物群像：有在一线奋战的张继先、张定宇、钟鸣、彭志勇等，有医疗队赵松、曹玉景、许可慰、赵丹丹、李圣青、杨辉等，还有社区的书记陶久娣等众多的政府工作人员，以及志愿者小束、水暖工刘立生、患者昌金星、王先生、胡婆婆等人物。《生命之证》对各类抗击疫情的人物进行了采访，对抗疫战的复杂性、艰巨性展开了细致的描写，描绘了武汉战"疫"的全景图像。

全景式反映社会生活本是中国当代文学重要传统，尤其在反映社会生活真实面貌和社会本质上，有着特别的价值。但是，自从当代文学"向内转"和追求"纯文学"之后，全景式反映社会生活的传统被放逐到边缘。而叙事形式、个体精神、内心世界、欲望、身体等成为文学叙事关注的重点。全景式叙事被放逐被遮蔽之后，当代文学也丧失了反映社会真相和社会发展规律的功能。所幸的是，21世纪以来，一些小说家在表现中国农村社会变革尤其是精准扶贫上，开始恢复了全景式叙事的基本功能。《生命之证》采取了全景式反映社会生活的方式，为展现中国人民抗击疫情的历史过程和历史画卷，做出了有益的探索。

生命共同体的建构是《生命之证》的最终旨归。习近平总书记在党的十九大报告中正式提出"人与自然是生命共同体"的论述。这一论述吸收了马克思主义生态理论和中国传统文化关于"天人合一"的思想。《生命之证》是一部反映生态危机的报告文学。正是人和自然之间关系的失衡，使得原本生存于自然界的冠状病毒得以以人为宿主，并具备强大的传播能力。《生命之证》描写了新冠病毒的传播能力，对新冠病毒造成的生命危机，包括因此而造成的医疗挤兑状况，有着比较充分的叙述与描写。当然，《生命之证》描写种种危机的目的不是渲染恐怖气氛，也不是为了指责抗疫政策，而是蕴含着深刻的反思：要给自然以必要的道德关怀，否则，人类就要为此付出惨重代价。

生命共同体理论也是人民中心论的重要体现。书写"人民至上""生命至上"的抗疫措施，也是《生命之证》的重要内容。疫情发生后，党和国家领导人及时做出了以人民的生命为中心的指导思想。经认真研判确认新冠病毒出现"人传人"现象，习总书记及时做出重要指示："把人民群众生命安全和身体健康放在第一位。"《生命之证》从多个角度描写了在"人民至上""生命至上"理念指导下，全国"一盘棋"星夜驰援武汉的情景：军队火速支援武汉，全国各地迅速组织医疗队奔赴武汉，一线医生护士舍生忘死，社区和志愿者废寝忘食。在"人民至上""生命至上"的理念指引下，中国人民最终打赢了这场抗疫战争。

《生命之证》还书写了超越制度、超越文化的共同抗疫之途径。新冠疫情最初在湖北武汉暴发，海外华人和国际友人第一时间为武汉人民捐献口罩和防护物资。而在武汉疫情被控制住后，武汉人也帮助疫情依然严重的国家和地区正确抗击疫情，体现了国际主义精神。新冠病毒不分国界，不分种族，不分制度，广泛传播。而对于疫情和防护措施的理解上，有文化的差异性。但是，生命至上的理念已经超越了国家、种族、制度和文化的区隔，把世界人民联系在一起。《生命之证》对于国际友人的访谈，充分表明在当今全球化时代，各国人民在抗击疫情的斗争之中建立起了生命共同体。

疫情发生后，基于疫情的叙述，作家对于人和自然的关系、对于生命都有了全新的认识。《生命之证》对于抗疫的叙述给我们带来了诸多思考。中国当代文学如何回归有力阐释中国当下社会发展的道路上来，是一个值得深思的课题。

《小上帝》：非虚构写作新探索

　　文学中真实与虚构的辩证问题一直是理论家与写作者探索的焦点之一。在文学的术语命名及叙述内容上，这种探索表现得尤为突出。为了对抗虚构写作的中心地位，赋予不同时代背景下"真实"的文学以新的意义，文学评论家创造了形形色色为"真实"代言的文学名称，诸如"史传文学""报告文学""纪实文学""报道性长篇小说""新新闻小说""新体验小说"等。面对瞬息万变的社会生活，写作者也试图从虚构写作的桎梏中走出来，借口述实录、历史档案、自叙传、回忆录等方式来真实地记录真实生活，包括对历史记忆的探寻以及对现实生活的记录等。这些术语命名的产生以及现实内容的呈现隐含着两方面的新变化：一方面，随着社会生活的变化，崇尚"真实"的文学创作在不同程度上突破了传统虚构写作的规范；另一方面，书写"真实"的内容以及形式都得到了一定程度的重视。不过，理论家与写作者并未因此而得到满足，纷繁复杂的文体概念让他们焦虑丛生，"在这种情形下，无论是编辑还是作家，都希望用一种相对宽泛的概念，来表述一种具有现场感和真切感的纪实性写作，这便有了'非虚构写作'的出笼"①。的确，作为一种"宽泛的概念"，"非虚构写作"从诞生开始，就并非一个固定不变的、本质的概念。

　　早在20世纪中期，"非虚构"就已经作为一种小说探索的类型出现了。1965年，美国小说家杜鲁门·卡波特的小说《冷血》使得"非虚构小说"在美国一时风行。1980年，董鼎山撰文向国内介绍"非虚构小说"，在他看来，"所谓'非虚构小说''新新闻写作'，不过是美国写作界的'聪

---

　　① 洪治纲：《论非虚构写作》，《文学评论》2016年第3期。

明人士'卖卖噱头，目的是在引起公众注意，多销几本书"①。这一论调在当时并未引起多大影响，然而近五年来却受到了众多批评家的围攻，有论者指出董鼎山对"非虚构小说"理解的含混性②，亦有论者谈及董鼎山对"非虚构小说"概念的简单化处理③。究其根本，立足于当下文学实践的批评家看到了"非虚构写作"在中国曾有的歧义，"与西方相比，中国的这类所谓'非虚构文学'一开始就表现出了明显的营养不均衡倾向"，"它们不像西方的'非虚构小说'那样，在客观现实的基础上用文学性技巧叙述和架构小说"。④新时期以来，个体意识的觉醒使得日常生活走向前台，基于一定文学性技巧真实地书写个体日常生活逐渐成为众多作家书写的重点之一。

　　到2010年，《人民文学》开设"非虚构"新栏目，基于一定"文学性技巧"描摹客观现实的"非虚构写作"如雨后春笋般涌现。谈及"非虚构"新栏目的设立，《人民文学》时任主编李敬泽认为初衷有二：一是"中药柜子抽屉不够用了"，"临时做个抽屉"又怕有新的变化而导致"做个抽屉"用一次就闲着；二是"非虚构""看上去是个乾坤袋，什么都可以装"。⑤李敬泽觉得"中药柜子抽屉不够用了"，是因为非虚构写作的内容与形式在不断地探索，超越了报告文学与纪实文学的、书写真实的作品无从归属；而"乾坤袋"则意在表明非虚构写作仍然拥有广阔的创造空间。正如《人民文学》的编辑们所言："何为'非虚构'，一定要我们说，还真说不清。但是，我们认为，它肯定不等于一般所说的'报告文学'或纪实文学。""我们其实不能肯定地为'非虚构'划出界线，我们只是强烈地认为，今天的文学不能局限于那个传统的文类秩序，文学性正在向四面八方蔓延，而文

---

　　① 董鼎山：《所谓"非虚构小说"》，《读书》1980年第4期。

　　② 孙桂荣：《非虚构写作的文体边界与价值隐忧——从阿列克谢耶维奇获"诺奖"谈起》，《文艺研究》2016年第6期。

　　③ 洪治纲：《论非虚构写作》，《文学评论》2016年第3期。

　　④ 张柠、许姗姗：《当代"非虚构"叙事作品的文学意义》，《中国现代文学研究丛刊》2011年第2期。

　　⑤ 陈竞、李敬泽：《文学的求真与行动》，《文学报》2010年12月9日。

学本身也应容纳多姿多彩的书写活动。"① 事实也正是如此，非虚构写作的探索硕果累累，作家阿来的历史纪实《瞻对：两百年康巴传奇》、教授梁鸿的田野调查《中国在梁庄》与《出梁庄记》、曾经的工人萧相风的《词典：南方工业生活》、周芳的体验式书写《重症监护室》等赢得了批评家不同程度的赞赏。

然而，当非虚构写作的内容逐渐趋同、形式逐渐单一甚至意义上的"社会性"压倒"文学性"之后，非虚构写作新的探索便会来临，它内部的解构性倾向决定了写作者对非虚构写作内容、形式以及意义的探索不会停止。诗人、小说家陈仓的长篇非虚构作品《小上帝》便在此时显示出了它独特、具有一定跨越性的意义。它与众不同地书写了自我真实的日常生活体验，以散文化小说及诗化小说的形式进一步扩大了非虚构写作的边界，更在此基础上巧妙地处理好了"个体经验"与"社会经验"的关系。以上三个方面的变化，一定程度上预示着《小上帝》给非虚构写作带来了新的内涵。

一

20世纪80年代以来，中国经历了从社会体制、经济格局到人的价值观念、生活方式、行为规范的转型期。此时的报告文学，诸如徐迟的《地质之光》《哥德巴赫猜想》，黄宗英的《美丽的眼睛》《小木屋》，理由的《扬眉剑出鞘》等，都热情洋溢地讴歌知识分子、歌颂时代新人，凸显了这一时期在新的历史条件下的时代精神。70年代末80年代初的批评家们面对这些报告文学有着相似的评价，有人认为徐迟的《哥德巴赫猜想》"展开的社会图画是宽阔的"，"我们不仅仅看到陈景润在六平方米的小房中日夜奋战。我们还看到他从旧社会到新社会的成长过程，看到他怎样得到师长的帮助，怎样在'文化大革命'中受到试炼和考验，又怎样在党组织和革命同志的支持下，在毛主席、周总理的巨大关怀下，攀登上光辉

---

① 《人民文学》杂志社：《留言》，《人民文学》2010年第2期。

的顶点"①；也有人认为黄宗英的报告文学"把人物放在广阔的社会背景上进行描写"，它们"截取青年们生活、学习、工作的几个场面、几组镜头，或综合叙述，或分别描绘，叙述中夹以议论，写实中不忘渲染、铺垫，结构上迂回曲折"②；还有人评价理由的《扬眉剑出鞘》把"人物放在时代风云的广阔背景中去反映"，它"花了一定的笔墨描写了粉碎'四人帮'后体育战线出现的大好形势，目的是为了揭示栾菊杰争得亚军的社会原因，歌颂粉碎'四人帮'给祖国带来的深刻变化"③。

"这一时期的'非虚构文学'依旧表现出宏大叙事的明显特点：一种是国家战略的文学报告，对重大题材紧紧追随；一种是昂扬、高亢的赞歌，反思和批判只是赞歌声中低回的弱声部"，然而"在某种程度上说，《人民文学》所倡导的'非虚构小说'与我们八九十年代看到的报告文学是两种截然不同的文体，'非虚构小说'最大的特征就是自觉地与时髦的政治口号保持一段距离，摒弃一种被涂抹和改写了的'现实'，力图呈现被各种'话语'或'概念'所包裹的底层生存经验的真实状态，颇有人类学的'田野调查'的风格"。由此，张柠认为"所谓'非虚构'写作，是一种不再迷恋各种直观的乃至化装了的'宏大叙事'，而是将目光指向真实的生活现场，重新捕捉瞬息万变的底层生活细节的写作"。④

张柠这一定论的得出，在一定程度上来看确实有据可循。《人民文学》在所发起的"'人民大地·行动者'非虚构写作计划"中写道，"'行动者'非虚构写作计划的宗旨是：以'吾土吾民'的情怀，以各种非虚构的体裁和方式，深度表现社会生活的各个领域和层面，表现中国人在此时代丰富多样的经验"，它要求"作者对真实的忠诚"，注重"作者的'行动'

---

① 张炯：《报告文学的新开拓——读〈哥德巴赫猜想〉》，《文学评论》1978年第4期。

② 哈若蕙：《勇敢的登攀者——谈黄宗英对报告文学创作的探索》，《社会科学》1983年第4期。

③ 张德明：《近年来报告文学的新发展》，《江苏师院学报》1980年第2期。

④ 张柠、许姗姗：《当代"非虚构"叙事作品的文学意义》，《中国现代文学研究丛刊》2011年第2期。

与'在场'，鼓励对特定现象、事件的深入考察和体验"。① "非虚构写作计划"在提出之初其实已经做了规定：它要求写作者"行动起来"，有目的地以"在场"的视角书写"特定现象"，"考察"与"体验"，它忠诚于真实，反对虚构。李敬泽曾直言不讳这一规定的目的所在，"非虚构"的"非" "就有了一点叫板的意思。'非虚构'这个词包含着一种争夺的姿态，争夺什么？争夺真实"。② 在《人民文学》的倡导下，写作者们在新的时代背景下开始有意识地进行新的探索，一批"非虚构写作"应运而生。

梁鸿的《中国在梁庄》与《出梁庄记》书写了众多底层人民的生活，她以一种知识分子返乡者的姿态，分别叙述了留守在梁庄内的农民以及离开梁庄奔波在城市中的农民工们的日常生活，这其中有奸杀八十岁老太太、寡言绩优的十八岁少年，有利用儿女性命换取房子的老夫妻，有拿刀乱砍人的狂躁精神病人，还有离乡在外闯荡多年的老一代中国农民"大哥""二哥"。身为大学教授的梁鸿通过口述实录与田野调查的方式，裹带着较为大气的学术思考，刻画了众多梁庄农民并记录了他们的琐碎生活。梁鸿试图以一种日常生活叙事的方式来描摹出不同底层个体的真实生活，她也希望能够"一针见血地指出城市现代化的'宏大叙事'背后的非人道和非理性的逻辑"。③ 有人认为梁鸿的这两部作品是"打开一座村庄呈现中国"④，也有人认为它们展现了"新世纪乡土中国现代性蜕变的痛苦灵魂"⑤。梁鸿本人也在《中国在梁庄》的开头透露了自己的野心，她

---

① 《人民文学》杂志社：《"人民大地·行动者"写作计划启事》，《人民文学》2010 年第 11 期。

② 陈竞、李敬泽：《文学的求真与行动》，《文学报》2010 年 12 月 9 日。

③ 房伟：《梁庄与中国：无法终结的记忆——评梁鸿的长篇非虚构文学〈出梁庄记〉》，《文艺争鸣》2013 年第 7 期。

④ 师力斌：《打开一座村庄呈现中国——读梁鸿〈中国在梁庄〉〈出梁庄记〉》，《当代作家评论》2015 年第 6 期。

⑤ 张丽军：《新世纪乡土中国现代性蜕变的痛苦灵魂——论梁鸿的〈中国在梁庄〉和〈出梁庄记〉》，《文学评论》2016 年第 3 期。

希望能够"从梁庄出发，可以看到中国的形象"。萧相风的《词典：南方工业生活》通过自身的体验叙述了打工者们的南方工业生活；慕容雪村的《中国，少了一味药》也通过个体体验的方式记录了传销人员的生活；乔叶的《盖楼记》则叙述了城市化背景下农民们抢着盖楼以期获得补偿的生活故事。这些文本试图通过对底层人物生活故事的叙述，展现"宏大叙事"背后的另一个"中国"。

面对这些"非虚构写作"，不同学者都尝试对他们进行分类。徐成淼根据写作者的叙述特点将"非虚构"的文学作品分为三类：亲历性非虚构叙事、口述实录体非虚构叙事、带有鲜明"文献"色彩的"历史文体"叙事。洪治纲根据"非虚构写作"的叙事内容，将其分为两个维度："一是沉入历史记忆的深处，通过史料的重新发掘、梳理和辨析，揭示各种史海往事的内在真相，或反思某些重要的人物与事件。""二是置身复杂的现实生活内部，对人们关注的一些重要社会现象进行现场式的呈现与思考。"然而，无论作何分类，追求真实、对抗"宏大叙事"的"非虚构写作"在很大程度上其实仅仅是利用日常生活叙事的方式，通过有意识的"在场"的形式围绕作为边缘的"底层"进行叙述。而陈仓的《小上帝》在这个层面着实有着自己的思考。同样是日常生活叙事，陈仓的《小上帝》真正地将日常生活作为本质意义上的审美对象。

"日常生活叙事"有"两种形态"："一种是题材意义上的，即通过日常生活故事的讲述来展示现实人生的内容和生活发展的趋势"，这种"日常生活故事为作者的某个意图服务，日常生活本身不是独立的审美表现对象，而只是作者手中的一个工具"；"另一种是本质意义上的日常生活叙事，它也以讲述个体的日常生活经历和经验为主，但此时作为审美表达对象的日常生活已从题材意义上的工具中解脱出来"。[①] 在一定意义上，《人民文学》所倡导的"非虚构写作"的确与八九十年代的报告文学截然不同，因为相对而言，此时的"非虚构写作"仅仅试图以"日常生活叙事"作为"工具"来实现战胜"宏大叙事"、战胜虚构的目的。这些作品在新的时代背景下所做出的新的文学思考是值得肯定的，但可以商榷的是这些作品的日

---

① 董文桃：《论日常生活叙事》，《江汉论坛》2007 年第 11 期。

常生活叙事是否一直停留在第一种形态中打转。陈仓的《小上帝》在一定程度上突破了本土"非虚构写作"所隐含着的某些规定性，消解了非虚构写作的目的性、对抗性。

带着追求真实的态度，陈仓的《小上帝》没有随波逐流地以"底层"或"自传"为叙述对象，没有带着明显的功利性去书写自己的生活，它只是真实地记录他与妻子两人孕育养子以及与此相关的日常生活，以期达到对精神世界的探寻、对灵魂的追问。

首先，陈仓对自身知识分子身份进行了弱化处理。他是一位诗人，然而在《小上帝》中，他诗人的身份有所淡化，是丈夫、奶爸、女婿以及儿子。作为丈夫，他与妻子为生孩子而不断努力，和妻子一起为孩子确定姓名，在月子房中悉心地照料妻子；作为奶爸，他为了孩子将心爱的小狗寄放在朋友家，找网友为孩子寻找国外奶粉；作为女婿，他试图去调节丈母娘与小姐姐的小矛盾；作为儿子，他回忆了小时候凑钱买鞋子的故事，深深地理解父亲对孩子的爱。知识分子身份的退场，日常生活身份的凸显使得《小上帝》真正地将日常生活作为叙述的中心。

其次，陈仓的日常生活传递的是可感的诗意。在《中国在梁庄》《中国，少了一味药》《词典：南方工业生活》等非虚构作品中，真实的、底层的残酷是它们给人的印象。而在《小上帝》中，我们几乎感受不到这种"残酷"的存在，陈仓真实地书写所生成的是一种可感的诗意。如果非要找到《小上帝》中的"残酷"，那莫过于小说的开头"我"与妻子为了怀孕一次次的"同房"，在"我"看来，"当男欢女爱一旦变成了任务，交配变成了一种生产方式，男人与女人变成了一台机器，那种痛苦真的比加工一万个螺丝要无聊和辛苦得多。所以每次在预定的时间同房之后，我与小青的心情由失望转为绝望，再由绝望慢慢转为平淡"。不过这种"残酷"极为短暂，当小青怀孕后，"我"的生活处处充满诗意，与野猫的斗智斗勇显得乐趣丛生，对丈母娘与小姐姐小矛盾的书写也十分细腻。

不过，"对感性的日常生活的肯定并不意味着对追求或沉醉于纯粹的个人享受的肯定"①，"人被宣称为应当是不断探究他自身的存在物——

---

① 董文桃：《论日常生活叙事》，《江汉论坛》2007年第11期。

一个在他生存的每时每刻都必须质问和审视他的生存状况的存在物。人类生活的真正价值，恰恰就存在于这种审视中，存在于这种对人类生活的批判之中"①。陈仓在对日常生活的真实叙述中，也经常会发出对客观世界的思考。小狗范二被送走后，适应了寄养家庭，这让"我"思考："要回来的这条狗还是当初我们养着的那条狗吗？"在"未知的遗产"中，"我"谈到了自己曾经拥有过的房产，然后在此之后"我"却感到"面对时间，一切都是一个未知数"，发出疑问："随着斗转星移，房子会破旧之外，最终又是谁的呢？还会是我陈氏的遗产吗？"在儿子不旧受到鞭炮惊吓后，我又思考："这恐惧，对一个孩子来说，会不会成为一种经历？会不会演化为一种强大的力量？"这些思考来源于真实的"我"的生活，凸显的是陈仓在日常生活中对精神世界的探寻、对灵魂的追问。

通过对日常生活本体的宣扬，《小上帝》真正地把日常生活作为具有独立意义的审美表达对象，他强调在自我的日常生活中发现不同的意义和价值，真实地记录、感受并思考生活。

二

"非虚构写作"呈现出的是一种极具开放性的文化意蕴，它动摇了文体分类的科学性与严谨性，因此"非虚构写作"的变化应当显得异彩纷呈。在真实原则的基础之上，写作者们也利用了较为丰富的文学形式书写着较为丰富的内容。萧相风的《词典：南方工业生活》以解释"关键词"的方式对南下打工者的生存景观进行具体揭示；李娟的《羊道》则以散文的方式对新疆边地民族实地"蹲点"式书写。"非虚构写作"的这些变化甚至引起了不少批评家对文体边界的警惕，房伟认为"中国非虚构写作的问题在于文体界定不明以及文体意识、细节内容等的缺乏"②，孙桂荣则认为非虚构作家阿列克谢耶维奇获得诺贝尔文学奖"恰恰凸显了非虚构的文体

---

① 恩斯特·卡西尔：《人论》，甘阳译，上海译文出版社 2004 年版，第 8 页。
② 房伟：《"现实消失"的焦虑及可能性》，《文艺报》2015 年 4 月 22 日。

边界与价值隐忧"①。然而在笔者看来，"非虚构写作"本身带有强烈的反本质主义的建构主义倾向，利用传统文体分类思想去论证它的文体边界未免有"先入为主"之嫌，反而会让这一富有创造性的热潮丧失魅力，况且在现有的文学实践中"非虚构写作"的文体边界也并未模糊到让人无所适从。回首 80 年代的报告文学，为了塑造典型人物"去鼓舞教育读者，推动生活前进"②，宣扬追求真实的写作者甚至能够详细记录事件的点点滴滴，细致地描绘人物的每个心理活动。纵观当下的"非虚构写作"，为了更加靠近残酷的"真实"，它们很多情况下与诗意的生活等保持一定的距离；为了更加集中地表现"底层"，它们的内核大多数聚焦于某一类社会问题与热点。

梁鸿的《中国在梁庄》给读者的阅读感受总是出奇地一致，书中充斥着散发臭味的河流、黑色淤泥的洼坑、生锈的铁锁与颓废的房屋，更叙述了一个又一个非正常的死亡事件，读者们在文本中总能感受到"一种可怕的、黑色的、绝望的、窒息般的死亡气息"③。在萧相风的《词典：南方工业生活》、慕容雪村的《中国，少了一味药》、乔叶的《盖楼记》等作品中，这种压抑感也同样不言而喻。虽然读者能够从中读出作者的感伤抒情，然而感受更多的是对残酷的底层生活的严谨描述；虽然这些作品中或多或少采用了一定的散文化手法和修辞手法，然而更多的是对真实底层生活的精准描绘。

当《小上帝》把书写的重心真正地集中在"日常生活"的时候，它的文体规范也就发生了较大的变化，它突破了现有"非虚构写作"与诗意的生活的界线，追求一种更富有创造性和交叉性的文体特质。《小上帝》构筑这一特质最主要的一个方面是：在保持真实叙述的基础之上，以"散文化"以及"诗化"的形式实现理性与感性的交融。

---

① 孙桂荣：《非虚构写作的文体边界与价值隐忧——从阿列克谢耶维奇获"诺奖"谈起》，《文艺研究》2016 年第 6 期。

② 张德明：《近年来报告文学的新发展》，《江苏师院学报》1980 年第 2 期。

③ 张丽军：《新世纪乡土中国现代性蜕变的痛苦灵魂——论梁鸿的〈中国在梁庄〉和〈出梁庄记〉》，《文学评论》2016 年第 3 期。

弗吉尼亚·伍尔芙曾对未来的小说做过预测："它将用散文写成，但那是一种具有许多诗歌特征的散文。它将具有诗歌的某种凝练，但更多地接近于散文的平凡。它将带有戏剧性，然而它又不是戏剧。它将被人阅读，而不是被人演出。"① 伍尔芙的这一猜测实际上已经在"散文化小说"或"诗化小说"上成为现实。在中国现代文学中，"散文化小说"曾经有过多种称谓，周作人曾提出过"抒情诗的小说""随笔小说"②，瞿世英、郁达夫曾提出过"散文小说"③，郑伯奇曾提出过"随笔式的小说"④，施蛰存曾提出过"随笔体的小说"⑤，师陀曾提出过"散文体的小说"⑥。20 世纪 80 年代，汪曾祺在《小说的散文化》与《作为抒情诗的散文化小说》等文章中将这类小说命名为"散文化小说"。20 世纪 90 年代末，吴晓东则将这类小说与法国象征主义运动相联系，称之为"诗化小说"。"散文化小说"强调这一特殊文体的结构特征，而"诗化小说"则更关注这一特殊文体的形式特征。然而，无论"散文化小说"还是"诗化小说"，其内在指向一直是明确的：它是"带有反叛性与创新性的小说样式，是小说与散文、诗歌等文体融合的产物，也是一种独特的跨文体现象"，它把小说的"情节化淡，人物化虚，结构化散"⑦，在语言、意境等方面的斟酌上也别出心裁。

《小上帝》摆脱了现有非虚构写作的"画地为牢"，突破了非虚构写作对语言精准的要求、对感伤情感的过度宣扬以及对叙事的相对集中，在

---

① 弗吉尼亚·伍尔芙：《论小说与小说家》，瞿世镜译，上海译文出版社 2000 年版，第 363—364 页。

② 周作人：《民治文学之追忆》，见《立春以前》，太平书局 1945 年版，第 73 页。

③ 瞿世英：《小说的研究（上篇）》，《小说月报》1922 年第 13 期。

④ 郑伯奇：《〈中国新文学大系·小说三集〉导言》，见《二十世纪中国小说理论资料 1928—1937》（第三卷），北京大学出版社 1997 年版，第 366 页。

⑤ 施蛰存：《小说中的对话》，《宇宙风》1937 年第 39 期。

⑥ 师陀：《〈江湖集〉编后记》，见《师陀研究资料》，北京出版社 1984 年版，第 47 页。

⑦ 曾利君：《中国现代散文化小说：在褒贬中成长》，《文学评论》2011 年第 1 期。

真实地书写个体日常生活的基础上，它"追求诗意的语言、意境的营造与散淡的叙事"①，从而确立"散文化"或"诗化"非虚构写作的美学风范。

首先，诗人陈仓将自身的诗学素养灵活地运用在《小上帝》，使得这一非虚构文本与众不同地富含诗意，构筑出一种诗化的真实生活。从表面上来看，《小上帝》多次直接运用诗句，全书共二十个章节，而直接出现诗句的章节就有八个之多，章节的命名也凸显出诗化的特征。当"我"和小青因为无法生子而忧虑时，"我""默默地念起了陆放翁的《钗头凤》"；当确定小青怀孕后，在给孩子起名时，"我"和小青甚至把《葫芦娃之歌》改编得像一首打油诗一般，之后"我"更是几近搜集了所有含有"陈"字的诗句以求给孩子起个好名字；开车行走在产科医院所在的长乐路上，"看着窗外川流不息的人群，我突然有了写诗的欲望，我不能停下来写诗，不过我把这首诗静静地记在心中"，于是一首新诗跃然纸上；在葫芦娃生病之后，"我"想起了多年以前必须引产的女同事，因而回家便写了一首诗；如此等等。《小上帝》试图向人描绘出诗意的生活，它的努力远不止于此，语句也显得字斟句酌，多次运用比喻、排比、白描、夸张、双关、顶真等修辞手法。当无数次的同房依然没有怀孕迹象时，"我"把这种作为"功课"的恩爱看作"人世间最为糟糕的一次恩爱，像是两株被霜打的即将凋零的菊花，硬是被寒风逼着纠缠在一起，然后又轻而易举地被拉开了"，生活的无奈在这一比喻的运用下显得异常残酷；当小青检测怀孕的测试笔略有颜色时，"我""摘掉眼镜，不停地转换角度，一会儿逆光，一会儿顺光，一会儿举到头顶，一会儿放在胸前"，"我"对于小青怀孕的渴望在排比的运用下得以加强；"我"与小青陪朋友去乌镇旅游时，"我们在镇上的居民家用餐，推开临街的木门，古色古香的厢房里，摆着江南的旧式家具，桌子椅子都是那般古朴，桌子上沏着西湖龙井。推开窗子，便是乌镇河，河边杨柳青青，河水轻轻荡漾，河上有游人泛舟而过"，简单几笔便使得乌镇之景跃然纸上。

除此之外，《小上帝》在诗意的语言基础上，营造出了多重意味深长的意境。《小上帝》的"第一个故事"名为"末日并未到来"，开篇便是"玛

---

① 吴晓东：《现代"诗化小说"探索》，《文学评论》1997 年第 1 期。

雅人预言的世界末日并未到来，人类仍将继续存在于地球之上"，这一天"大概六点吧，小麻雀就在窗外叽叽喳喳地叫着我们了"，"我们"要去医院检查卵泡"以此来确定一个最佳的同房日期"，"我们"会去华山求子，会做尽一切善事，会"选择一个适当的时候，净身沐浴上床睡觉"。这种"男欢女爱""不再是由欲望推动的，更像被架上刑场的英雄一样，仅剩下了英勇就义的悲壮与神圣"。在这种过程的循环中，街道是"冷冷清清"的，麻雀一直是"叽叽喳喳"的。怀孕生子的失败在《小上帝》中被描述为像"玛雅人预言的世界末日"一般，从而营造出一种惨淡的、冷清的而又残酷的意境。小青怀孕整整一个月之后，"我们"需要到医院去例行检查，此时"二月五号是个阴天"，"我"看到 B 超上一串串数据和图形感觉像"发了芽的蚕豆"。"三月三日，是个周日，照样是一个阴天，偶尔还下一点毛毛雨"，小青流了血，"我感到十分不妙"，在去医院的一路上，"我看到的天空，一片阴沉而低矮，像拆迁的工地，到处是残垣断壁"。天气与环境的描写营造出的则是一种紧张的、压抑的意境。离预产期还有两周时间的时候，"天气出奇地好，高温已经远去，早晚二十多度，天蓝得让人发疯，阳光稠稠的，风凉爽得有些醉了"，老人们的晨练舞曲是《好日子》，这音乐"平时觉得有些吵闹，如今却成了很好的背景音乐"，"我"更是"随着伴奏轻手轻脚地爬起床，把阳台与房间的窗户全部打开，把外边的阳光与风请进来"。此时对天气与音乐的描写则试图营造出一种欢愉的、幸福的意境和心情。

另外，《小上帝》也试图通过意象的塑造提升文本的诗学特质与情感意境。在求子阶段，"我"和小青整日盯着测试笔上的那条红线，小青先是用早孕试纸一遍遍地测试，后又改用三十元一支的测试笔不断测试。小青每天早上起来的第一件事儿就是用早孕试纸测试孕情，其实在"我"和小青的眼中，测试笔上的红线就代表着"我这个四十岁老男人的血脉"。在盼子阶段，"我"和小青为了给孩子准备出生的礼物，选择为孩子挑选玉佩，挑了一个玉弥勒和玉观音，回家之后发现这玉观音链子打不开而且还让"我"过敏了，"我"思考着"我要不要把这枚多灾多难的玉佩还给他"。然而实际上这玉佩同时也象征着父母对孩子无私的爱。在育子阶段，小青为了让葫芦娃摆脱当今电视的不积极因素，引导葫芦娃看《黑猫警长》，因而葫芦娃看了无数次的《黑猫警长》，对其中的情节了如指掌，《黑猫警长》则蕴含着父母对于孩子的期盼。其实，《小上帝》中对意象处理最为明显的当数对"佛"意象的运用，"老来得子"后"我要把这个消息告诉无所不能的菩萨"；小青流血时，"我"路过静安寺，"看到那金色的寺院与金色的佛塔"，"默念着'大愿悉成满，百福自庄严'的警句"；在同觉寺禅修时，方丈曙提法师为我写了一个"佛"字；"佛"字也是葫芦娃认识的第一个字。如此种种，蕴含着"我"对于生活的思考与期盼。

最后，在叙事策略的选择上，《小上帝》试图通过叙事的散淡、人物的普遍化方式实现对日常生活的诗意书写。小说理论和小说模式总会随着新时代的研究而不断变迁，当中国传统小说的旧观念、章回体和笔记体等小说体式不再适应时代发展要求时，受西洋小说观和小说范型的影响，"情节""人物""环境"的"三要素"曾一度成为小说信奉的"正格"，不过"三要素"规范的形成从某种意义上也形成了一种新的束缚，因而"中国现代小说在谨严、整饬的总体模式下出现了散文化的革命性因素"①。郁达夫的《沉沦》、郭沫若的《漂流三部曲》、废名的《桥》、师陀的《谷》等小说都在一定程度上模糊了小说与散文的文体边界，体现出一定的散文化特征。小说散文化的处理打破了小说讲故事、重典型的小说规范，注重散淡的叙事与人物形象的磨平。当下的部分非虚构写作一定程度上仍然忠诚于"三要素"原则，试图通过真实的曲折的情节、典型的能够反映社会问题的底层人物以及残酷的社会现实环境来征服读者，这一隐而未决的自律性正在"画地为牢"。散文化的处理为这一问题提供了可供思考的解决方案。

《小上帝》共包含十九个故事以及一篇语录。作者有意识地对这些故事进行拆分，称之为"第一个故事""第二个故事""第三个故事"……"第十九个故事"，同时每个故事都以写作者富有哲理意味的思考为结尾。不过纵观《小上帝》的故事情节，我们能够明确地将故事线性地分为"求子""盼子""孕子""生子""养子"五个阶段，这五个阶段也紧紧围绕着"我""小青"与"我们的孩子"之间的故事展开叙述。宏观来看，

①曾利君：《中国现代散文化小说：在褒贬中成长》，《文学评论》2011年第1期。

似乎故事十分集中，"我""小青"等人的形象也十分突出。其实从微观来看，每个故事所叙述的故事情节相当简单，简单到甚至可以用一句话概括，《小上帝》在故事推进过程中更多是营造氛围、书写回忆、抒发感情。"第一个故事"讲述"我"与"小青"为了生子求神拜佛，一再失败后"小青"终于成功怀孕，这一故事通过富有诗意的语言以及耐人寻味的意境营造出前期悲伤、后期喜悦的氛围；"第五个故事"讲述全家为"葫芦娃"准备衣物的故事，除了这个主线故事之外，《小上帝》穿插叙述了"我"人生第一双皮鞋的童年故事；"第六个故事"讲述"我"和"小青"为"葫芦娃"准备玉佩的故事，表达的是"我们"对葫芦娃的殷切期望，其间穿插着叙述了"我"与野猫大战四回合的故事；在"第十七个故事"中，《小上帝》讲述了"葫芦娃"看《黑猫警长》、骑车撞人、午睡踢被子、喜欢玩水等几个小故事。

因此，《小上帝》突破了非虚构写作在"真实至上"原则指导下文学性不足、社会性较强的局限[1]，通过诗意语言的书写、意象意境的营造以及叙事的淡化处理实现了"非虚构写作"向"散文化"或"诗化"方向的有益探索。

三

非虚构写作所强调的"亲历"与"在场"，一方面强调写作者在充当"观察者"或"参与者"时能够形成带有作者鲜明视角的个体经验；另一方面，非虚构写作强调要面向现实进行写作，因而也要求写作者能够在个体经验的基础上关注、理解并且探讨当下社会的某些公共议题，以此实现个体经验与公共经验的有机结合。[2] 文学寻求个体经验的公共性有多种多样的方式，80 年代的报告文学通过塑造一大批典型人物以服务于实现新时期的

---

① 卢永和：《"非虚构"与文学观的转向》，《湖北大学学报（哲学社会科学版）》，2011 年第 6 期。

② 林秀琴：《"非虚构"写作：个体经验与公共经验的困窘》，《江西社会科学》2013 年第 11 期。

总任务，高瞻远瞩的李四光、刻苦顽强的陈景润、沉着坚定的周培沅等人物形象在这一时期的作品中塑造得较为成功，徐迟等写作者"善于从人物的独特经历和个性描写中去展现无产阶级科学英雄的阶级共性"[1]；近些年的非虚构写作则试图将底层的个体经验上升至公共经验，在笔者看来，这是非虚构写作走向成功的最为便捷的一种方式，因而很多非虚构作品借对底层的关注来实现对公共性的承载。

其实，从个体经验中抽离出社会经验的普遍性并非只有塑造典型人物、关注底层生活、聚焦社会热点等方式才能实现，《小上帝》便探索性地提出以"我"的个体日常生活经验来抽离出社会日常生活经验中的情感特质。

从时间叙述策略上看，《小上帝》借用近似"日记体"的时间记叙方式和提及关键性历史事件、社会热点的方式来实现对故事的线性书写，前者凸显出的是个体经验，后者凸显出的则是社会经验，两种时间记叙方式的不同使得个体经验与社会经验有机融合。

《小上帝》在记叙日常生活时，使用的是近似"日记体"的时间记叙方式，时间精确到天的同时常常带有天气的书写。如"二〇一三年一月七日，上海，据天气预报称，受重度雾霾等多种因素的影响，能见度不足一百米"，"二月五日是个阴天"，"三月三日，是个周日，照样是一个阴天，偶尔还下一点毛毛雨"，"九月十三日，天气出奇地好，高温已经远去，早晚二十多度，天蓝得让人发疯，阳光稠稠的，风凉爽得有些醉了"，"九月二十四日""那一天，似乎下了一点小雨，是时有时无的太阳雨"，"九月二十五日，我已经不清楚这一天还有没有下雨，还有没有太阳"等。精确的时间标记着事件的发生与发展，"我"的生活也因此而更加真实而又清晰地呈现在读者面前，由此个体经验得以形成。

除了近似"日记体"的时间记叙方式，《小上帝》还隐藏着一套以关键性历史事件、社会热点来提示时间的时间记叙方式。小说在叙述中，经常出现这类事件的标记。如和小青努力求子的那段时间，"玛雅人预言的世界末日并未到来"；"我"为葫芦娃起大名时有意地提起："那个叫'天

---

[1] 郁源、邹贤敏：《报告一个历史新时期的到来——评徐迟的报告文学集〈哥德巴赫猜想〉》，《武汉师范学院学报（哲学社会科学版）》1978 年。

一'的，不就闯下大祸了吗？"为葫芦娃准备奶粉时提到"三聚氰胺把三鹿都搞垮了"；还有"那一天""我的诗集《艾的门》获得了第三届中国红高粱诗歌奖"；等等。这种通过公共事件来标记时间的方式与"日记体"相互照应，不仅并不相互排斥，在文本中反而常常交融在一起。由此，社会体验在个体体验的基础之上较为成功地得到转化，这种转化所采取的策略和"企图走捷径"的非虚构写作是截然不同的。

从人物形象的塑造上来看，虽然在《小上帝》中，"我""小青""丈母娘""我的父亲"等人的人物形象似乎十分独特，然而细细想来，他们所代表的父母形象其实代表着父母之爱的普遍性，这一普遍性的建构使得个体经验向社会经验进行了转化。

《小上帝》中的"我""小青""丈母娘""我的父亲"形象较为鲜明，分别代表了两代不同父母亲对孩子无私的爱。"我"与"小青"会悉心地为孩子起名，会为了孩子而暂时舍弃心爱的小狗，会提前准备孩子吃喝拉撒的必备品，会教育孩子要成为自己"想做的人"。"丈母娘"所呈现出的则是一个会生活、爱女儿、爱管事的形象。她细心照顾小狗，"我们吃炸猪排的时候，丈母娘会挑选一些骨头多的，而且是咬得动的软骨头，就为了让它也饱餐一顿"，"每天傍晚从外边放风回来，进门都要给它擦脚与洗屁股"；当小青产子时，"丈母娘在一边直抹眼泪，她说，我这小囡呀，打针都要命，如今却要挨一刀子，她哪里受得了啊，哪里受得了啊"。在"我"看来，她"是上海丈母娘，是爱管事的上海丈母娘"。"我"的父亲则是老老实实、不善言辞、善良、爱子的形象，是一个地道的农民，童年的"我"特别想要一双皮鞋，俭省的父亲竟然给了"我"十块钱去买鞋，在我穿旧之后他又缝缝补补穿着；他"一辈子从不与人争，不与人抢"。

《小上帝》通过描写"我""小青""丈母娘""我的父亲"在个体体验视角下对于孩子的爱，意在阐释这一个体体验凸显出的社会体验：天下父母心。而这种社会体验恰恰在这个浮躁的年代被很多写作者所忽略。

"对公共性、集体性经验的强调，其本意应在于回到现实的纵深，呈现历史的复杂性，而不是将文学重新导向某种粗陋的宏大叙事；同时，它的作用还在于重新尊重社会个体的经验与感受，寻求各种差异的独立的社会思考。"①《小上帝》在时间策略的选择上以及人物形象的塑造上别出心裁，正是试图在尊重个体经验与感受的基础之上寻求社会思考，它进一步丰富了非虚构写作个体经验向社会经验转化的方式，拓展了非虚构写作的审美空间。

尽管已有论者撰文谈及他们对非虚构写作文体边界的质疑，然而我们仍然对非虚构写作的进一步探索充满信心。当非虚构写作旗帜鲜明地反对早期报告文学的某种功能性时，需要特别注意的是，千万不要因为纠结于"底层"而走向另一种功能性的旋涡。与其想方设法不断地展开对抗与博弈，不如让非虚构写作真真正正地回归到具体的文本本身，去探索文本更大的创造性空间。如果把《小上帝》放在这样的视野中去考察，它算得上是对非虚构写作的大胆实验，启示着我们去探索更为广阔的非虚构写作空间。

（本文与余存哲合作完成）

---

① 林秀琴：《"非虚构"写作：个体经验与公共经验的困窘》，《江西社会科学》2013 年第 11 期。

第五辑

赓续中国优秀文论传统，重建对话批评

一

何为文学批评？这其实是个老生常谈的话题，已有众多哲人学者从多个角度做出了界定。一般认为，文学批评是解读文学作品、分析作家创作状况、探究文学现象的科学活动。文学批评和文学理论研究、文学史研究一起，构成了文学研究的"三驾马车"。如此分类，其实暗含了一个基本问题：文学批评和文学理论研究、文学史研究有着根本性的区别。他们三者之间的差异性在哪里呢？从文学资源和研究方法来看，三者之间没有根本性的分野。其实，三者的根本性区别主要体现在研究主体和研究对象之间的关系上。文学理论研究和文学史研究的主体和对象之间，是单向度的关系。一般说来研究文学理论、文学史的主体，以一种客观、理性的态度来处理研究对象。主体的情感、兴趣难以成为研究对象的有机组成部分。而文学批评则不一样，文学批评是处理批评家和作家、批评家和文学作品、批评家和读者之间关系的一种科学活动。这种科学活动之所以具有重要价值和意义，在于它阐释了作家创作、文学作品包括读者接受活动的奥秘。换言之，文学批评从根本上是一种对话活动，是批评主体和作家、文本、读者之间的双向交互活动。当下文学批评活动非常活跃，为作家提供了诸多有益的创作借鉴，为读者提供了丰厚的精神食粮，这是不容置疑的。但是，另一方面文学批评的确面临危机。文学批评出现的问题，概而言之可以归纳为以下几个方面：对作家的创作不负责任地指责或者捧杀，对文学作品过度阐释，文学批评文章概念堆砌、文风生硬等。我以为，当下文学批评之所以出现种种乱象，文学批评的有效性和科学性之所以受到质疑，是因为本处于对话关系中的文学批评被异化为独语。

中国文学批评家为了改变文学批评陷入独语的窘境，也曾努力地寻找过出路。例如，一些学者尝试从西方现代文论那里去寻找终结文学批评独语的方法。伽达默尔、巴赫金、托多罗夫等理论家的对话文论，纷纷被译介。但是，我认为，中国理论界和批评界舍近取远，忽视了中国悠久、丰厚的对话批评理论资源。春秋战国时期，思想文化大碰撞，百家争鸣，为中国对话文学批评孕育了深厚的文化土壤。自此，对话批评的文化基因在中国文学批评机体中孕育、发展。面对当下文学批评发展大势和文学批评的乱象，我以为，重新接续中国文学优秀理论传统，重振对话批评，有助于推动当下文学批评健康发展。

二

从批评家和作者之间的关系来看，中国古典文论提出了"知人论世"的宝贵观点。"知人论世"语出《孟子·万章下》："颂其诗，读其书，不知其人，可乎？是以论其世也。是尚友也。""知人论世"是中国古代文论关于批评家和作家之间关系的理想表达。它要求批评家在阐释文本时，要充分了解作者的时代环境、生平经历、思想观念。为何"颂其诗，读其书"要"论其世"呢？孟子接着提出了文学批评根本目的在于"尚友"。借此，我们可以发现，中国古代文学批评倡导的，不是"捧"与"棒"，而是交友。当然，孟子所提出来的"尚友"，并非指批评家和作家之间的一团和气甚至庸俗的友情，而是要对作家的身世、趣味、价值观念有一定了解、理解，其目的还是在于正确地阐释文学作品。"尚友"是文学批评的出发点，孟子"知人论世"论因此包含着非常宝贵的思想：文学批评是基于批评家和作家之间的平等关系展开的对话活动，文学批评的整个过程，也是对于作家的同情之了解与了解之同情的过程。

当下文学批评之所以令人不满意，一个重要原因是，文学批评对文学作品的解读忽视了文学作品本身的丰富性和复杂性，常常把文学作品作为阐释文学史的"材料"来运用。文学批评如何阐释文本，如何科学地建立起批评家和文学作品之间的关系呢？中国古代文论提出"以意逆志""春秋笔法""微言大义"等具体方法。这些方法都强调从文本出发。中国古代文论提倡在面对文学作品的时候，要始终尊重文学作品自身。"知人论世"的观点把文学作品看作作家个人生活、生命的体现。为此，孟子提出了"以意逆志"作为解读文学作品的重要方式。无论是"知人论世"还是"以意逆志"，都把文学作品看作灌注了作者的生命情感与思想的生命体。因此，文学作品是探究作者思想情感、价值取向的基本出发点。这样来理解文学批评，不是在文学作品和作家之间建立僵化的对应关系。事实上，如何发现文本的缝隙甚至是空白之处，才是批评家充分发挥主观能动性之所在。因此，中国古代文论还提倡"春秋笔法""微言大义"这两种解读文本的方法。"春秋笔法"注重发现隐藏在字里行间的意义，去发现文字里隐藏的价值取向。"微言大义"则是希望批评家去发掘文本隐含的意义。文学批评对于文学作品的阐发，一方面不能脱离作家，不能脱离文学作品本身，另一方面又可以充分发挥批评家自身的主观能动性。这是"春秋笔法""微言大义"所包含的重要价值。因此，"春秋笔法""微言大义"着眼于从批评家和文本之间的双向关系来解读作品。这种双向关系是不是终结过度阐释的良方？

文学批评的最高境界是批评家和作家之间、和读者之间成为知音。"知音"是中国古代文论的重要范畴。刘勰《文心雕龙·知音》提出："夫缀文者情动而辞发，观文者披文以入情，沿波讨源，虽幽必显。"刘勰提出来的"情动而辞发""批文以入情"，所着眼的"情"，也就是刘勰所强调的"知音论"的核心。那么这种"情"如何建立起批评家和作家、批评家和读者之间的和谐关系呢？刘勰在《知音》篇中论述"六观"："一观位体，二观置辞，三观通变，四观奇正，五观事义，六观宫商。"刘勰认为，要从体裁、语言、创新、风格、引用、音律这些看似形式上的问题入手，从这六种不同的角度来"披文以入情"。当文学批评成为冷冰冰的观念阐释载体，当文学批评和文学史研究勾肩搭背，丧失和作家、读者之间的情感传递，文学批评还叫文学批评吗？反观刘勰的"知音论"，倒是批评家应该追求的境界。

三

受到西方文学批评的影响，进入 20 世纪后，中国文学批评以科学性为价值目标。在某种特定的理论主导下，文学批评开始追求系统性、科学性、学理性。当然，这种追求无可厚非，这是中国文学融于现代性的必然反应。进入新时期后，文学批评更加追求科学性，系统论、信息论、控制论等科学方法成为文学批评的新宠。20 世纪 90 年代初期，体现文学批评科学性的重担落到了学院批评的肩头上。文学批评的科学性当然是文学批评应该坚守的价值尺度。但是，当为了追求科学性而牺牲文学批评应该具备的温度，牺牲文学批评的"情"，文学批评也就会走入死胡同。当我们今天阅读味同嚼蜡的文学批评长篇大论，我们是否应当反思，这是否是传统文学批评体式缺失的恶果呢。中国传统文学批评是以话体批评、评点批评为基本样式。中国古代诗歌批评，大多以诗话的形式出现，像《二十四诗品》《全唐诗话》《沧浪诗话》等，即是其中的典型代表。诗话本身就可以当作诗歌来读。它们充满了飞扬的诗情，充满了对于诗歌作品的细致入微的体察。而小说批评则以评点的方式进行。这些评点大都依附于小说文本本身，成为小说文本不可分割的一部分。无论是诗话，还是词话，抑或是评点，它们本身就是文学创作。它们对于作品的价值意义、作家的心理、形式特征等的体悟，在充满感情色彩的文字中得到了淋漓尽致的表现。

近现代时期，虽然西方文学对中国文学批评的影响深远，传统文学批评亦是重要的文学批评体式之一。深受西方哲学影响的王国维写出了像《红楼梦评论》这样"西化"的文学批评，同时他也有承接中国批评传统的《人间词话》问世。在小说批评领域，也有众多批评家采用小说话的形式，对于小说作品的思想意蕴、形式特征、价值意义等做出了精辟判断。此后，京派文学批评家如沈从文、李健吾、李长之等，仍发扬了中国文学批评诗性传统。新中国成立后，黄秋耘、林斤澜等批评家也写出了洋溢着诗情的、令人击节称赞的文学批评。上述文学批评样式或多或少传承了中国文学批评的优秀传统。20 世纪 90 年代以后，虽然学院批评一家独大，一些文学杂志上仍然可以看到延续中国文学批评光辉的文学批评。不过，这些文学批评大都以"卷首语""编辑手记"等形式出现。这些文学批评在细读文本、沟通作家和读者的情感纽带上发挥了重要作用。

事实上，中国文学批评家尝试在对话批评上做出过探讨和努力，尤其是改革开放以来，对话批评成为文学批评不可忽视的力量。例如，批评家和作家之间的对话、访谈，批评家之间的探讨与交流，都是对话批评有益的尝试。然而，真正有效的对话批评，是在批评家和作家之间、批评家和文学作品之间、批评家和读者之间建立起和谐的对话关系。而要建立起和谐共生、美美与共的对话批评，还得从中国古代优秀文学传统那里寻找滋养。

浅谈国家文化安全观视域中的文艺评论

《关于加强新时代文艺评论工作的指导意见》恐怕是国家部委第一次以专门文件的形式发布关于文艺评论工作的指导意见。文艺评论一直是党的文艺工作非常重要的组成部分。党的领导人非常关注文艺评论工作，谈到文艺问题时，都会涉及文艺评论。例如，毛泽东《在延安文艺座谈会上的讲话》曾提出过文艺评论的标准问题。习近平总书记《在文艺工作座谈会上的讲话》专门谈到过文艺评论的功能、价值等问题。党和国家每次发布文艺方针政策时，都会专门谈到文艺评论的标准、性质等问题。但是，多个部委就文艺评论工作联合发文，在我们国家历史上还是第一次。为什么会以多部委联合文件的形式来专门谈论文艺评论的问题？这里面一定有国家层面的深意与考量。这个深入考量是什么呢？我认为，今天要理解党和国家对文艺评论工作的重视，不得不提到我们国家所面临的国际环境和局势。中国正处于百年未有之大变局的历史巨变时期，这样一个时代背景决定了我们考察文艺评论的背景。在这样一个背景下去考察文艺评论，我们就会发现现在的文艺评论工作有一些不尽如人意的地方。文艺评论出现的一些问题，已经不再是文艺评论本身的问题了。在我看来，当下文艺评论出现的不尽如人意的问题，已经属于文化安全的范畴。文艺评论所暴露出来的某些问题，严重之处甚至会影响到国家的文化安全。我们谈国家安全观，一般只会想到政治、社会、经济、军事等层面，其实，文化安全也是国家安全不可或缺的重要组成部分。习近平指出，"当前我国国家安全内涵和外延比历史上任何时候都要丰富，时空领域比历史上任何时候都要宽广，内外因素比历史上任何时候都要复杂，必须坚持总体国家安全观，以人民安全为宗旨，以政治安全为根本，以经济安全为基础，以军事、文化、社会安全为保障，以促进国际安全为依托，走出一条中国特色国家安全道路。"（《人民日报》2014 年 04 月 16 日）文化安全观的提出，也给文艺评论的健康发展提出了新要求。

文艺评论在党的发展与壮大的历史进程之中到了重要的作用。在建党之初，兴起的左翼文艺批评把阶级分析方法引入文艺评论之中，使党的意志首次与文艺批评工作建立起了深入的联系，也为中国的文学发展注入了崭新的力量。自此，中国文学创作超越了个人情感的单纯表达和单纯的艺术趣味，成为凝聚人心、组织社会力量的重要武器。新中国成立后，文艺评论工作的重要性由政党层面上升为国家意志，文艺评论工作在推广国家意志、树立社会主义新风尚、推动我们国家社会主义现代化建设上，立下了汗马功劳。这是在今天要承认的历史事实。改革开放相当一段时间里，文艺评论在营造改革开放文化环境、为改革开放提供智力支持、为国民提供优质精神生活等方面，取得过耀眼的成绩。在比较长的一段时间里，文艺评论甚至走在了社会改革开放的前沿，起到了引领社会精神生活和精神风尚的重要作用。回顾文艺评论的历史，我们鲜明感受到，文艺评论工作和国家的发展、和国民精神需求紧密结合在一起。

当历史进行到今天这一步，我们身处百年未有之大变局的时代，中华民族伟大复兴呈现出从未有过的历史机遇，文艺评论也必将掀开崭新的历史篇章。回顾文艺评论的现状，我们不得不说，我们的文艺评论工作还有诸多需要改进的地方。首先，我们必须清晰地认识到，今天的文艺评论工作也站在了历史的风口。文艺评论也要适应历史大潮的转变。随着中华民族伟大复兴出现方兴未艾的局面，我们国家安全也遭受了前所未有的挑战。中华民族伟大复兴也遭遇到了安全领域的挑战。同样，国家文化安全问题也随之出现。文艺评论也与国家文化安全紧密相连。如果从国家文化安全的角度来审视文艺评论，就会发现在有些方面文艺评论离我们国家文化安全的要求有一定的距离，在个别地方甚至出现了与国家安全背道而驰的现象。之所以这么说，是因为文艺评论的历史观、美学标准、批评的资源等方面，都出现了不尽如人意的一面。

首先，有一些文艺评论秉持历史虚无主义的历史观。一些表现历史题材的文艺作品架空具体的历史情境和历史条件，没有从历史唯物主义的立场来审视历史事件、评判历史事件及历史人物的价值和意义。比如，一些作品以人道主义的价值观简单、狭隘地去书写历史问题。人道主义属于伦理学范畴，我们在20世纪80年代已经讨论得很清楚了。如果把伦理学上的问题理解、置换成历史观的话，也会在文艺批评中出现历史虚无主义的问题。对于文学作品的历史虚无主义现象，一些文艺评论并没有给予清晰的批评意见，而是混淆了历史情境，或者以人道主义来置换历史问题，导致了历史虚无主义在文艺评论中找到一席之地。同时，我们的一些文学作品在弘扬中华优秀传统文化时，从本质论的思维出发，僵化、概念化地理解优秀传统文化。在宣扬优秀传统文化的价值时，不是从历史唯物主义的历史观出发，而是从文化史观出发，把文化看作历史发展的动力，片面放大文化的价值，甚至宣传文化决定论，混淆了意识与存在、生产力与生产关系之间的辩证关系。历史虚无主义让我们的文学作品陷入琐碎的欲望陷阱书写之中，也让中国优秀传统文化的推广流于表面的符号生产和传播。

第二个方面的问题是美学标准上推广"纯文学"。近四十年文艺批评所秉持的是"纯文学"的美学标准。文艺评论惯于以人性、文学形式、语言的标准来衡量作品的价值。在内容上，"纯文学"宣传人性论。人性论与普世价值观是一丘之貉。我们承认人之为人，有其脱离动物性的普遍自然属性；我们也承认人之所以为人，有其普遍的伦理学层面的爱恨情仇。但是，从价值观和审美层面来看，不存在普遍的人性。文艺表现善恶，而善与恶的问题，除了伦理层面的问题之外，还有一个历史与民族的问题。离开了这样的观察视角，我们的文艺评论就丧失了价值和意义。"纯文学"还有一个特点，就是把语言、形式悬空成为一个放之四海皆准的美学标准，好像世界上存在一个共同的美学标准。马克思主义美学早就揭穿了"纯文学"背后的资本主义意识形态问题的西洋镜，在此不再赘述。"纯文学"标准在文艺批评中大量出现，自然把一些偏离主流价值观的作品看成了文艺佳品。这样的文艺评论标准导致了文艺作品远离现实生活的病象，也导致了文艺作品在表现现实社会生活上出现了严重疲软和失语的现象。

第三个方面的问题是文艺批评资源上的问题。可以说近四十年来文艺批评的资源基本上是来自西方。人道主义、存在主义、精神分析学说、结构主义、叙事学等等理论资源构成了近四十年来文艺批评最为主要的思想资源。今天回过头来看，过去一段时间里借鉴西方资源来作为文艺评论的思想资源，也不是一无是处。首先，通过用西方资源来解读中国文学，建立了中国文学和西方文学之间的关系，呈现了中国文学汇入世界文学大潮中的趋势和特点。其次，西方资源的借用，开阔了中国人的眼界，部分思想成为中国改革开放的重要精神支撑和智力支持。最后，西方资源为中国文艺评论进入文明互鉴的崭新历史阶段打下了坚实的基础。但是，在百年未有之大变革历史阶段，我们必须跨越已有历史阶段，文艺评论要走上凝聚中国经验、提炼中国精神的重要历史阶段。我们不能单纯地把外来资源当作评价中国文艺作品的标准，更不能用中国文艺作品去印证西方理论的正确性。西方资源已经不能成为文艺评论的单一资源，而应该在文明互鉴的视域中，继承中国优秀文艺传统，凸显中国经验，张扬中国精神。

文艺评论所出现的上述三个方面的问题，和我们国家要实现中华民族伟大复兴的"中国梦"、和我们国家的文化安全是背道而驰的。说得严重点，这样的文艺评论动摇了"中国梦"的文化根基。那么，我们应该坚守什么样的文艺评论？文艺评论应该怎样引导文学家写出有影响、有分量的、和我们国家的文化安全相一致的文艺作品呢？我以为文艺评论至少要在以下两个方面下功夫：

一是文艺评论要有树立人民性的美学标准。中国共产党自从成立以来就坚持走群众路线。群众路线是中国革命胜利的保证，也是社会主义现代化建设胜利的根本保障。文艺评论树立人民性的美学标准，除了在文艺思想和形式上满足人民群众的精神需要之外，还有两大重要使命。一是要继续树立辩证唯物史观，坚定认为人民群众是历史的创造者的信念。现在的一些文艺作品脱离人民群众，所描写的社会生活脱离人民群众，要么是虚假、片面的社会生活，要么是帝王将相、后宫斗争的生活。这种脱离人民群众的文艺作品最终只是消费文化的肥皂泡，无法为人民群众所喜欢所接纳。文艺评论要对这种现象予以批评、矫正，给文艺创作指出正确的方向。

文艺批评要筛选文学经典，但是绝不是简单地筛选经典。它有一部分功能，甚至可以说有很大一部分功能是为老百姓理解生活、理解历史服务的。因此，文艺批评有着引领国民精神生活的重要价值。我们还没有意识到文艺评论在引领人民精神生活上的价值，我们只是认识到它在文艺评论理论上的价值或者文艺史上的价值和意义。这一点要格外地重视，我们要把文艺评论转化为人民精神生活的重要组成部分。因而，文艺评论要满足人民群众对于闲暇消遣的需要，同时也要满足人民对于社会和历史认知的需要。更重要的是，文艺评论要成为建构人民精神家园的重要武器。

二是文艺评论要起到"培根筑魂"的作用。我们老是讲创造性继承和创新性发展中华优秀传统文化，怎么样去继承，怎么样去创新？应该秉承什么样的方式？文艺批评就是其中的一个重要方式。文艺评论要发掘中国优秀文艺评论的财富，经过现代性思想洗礼，使之成为老百姓喜闻乐见的艺术形式。另外在资源上面，我们从事文艺评论的方法资源或者思想资源，其实都可以从古代文论中找到流脉。比如，最近我在写一篇谈对话批评的文章，我发现中国传统古典文论是丰富的宝库，比如"知人论世""以意逆志""知音"等等，都是深入讨论对话批评的重要文论范畴。

在谈到文艺评论要起到"培根筑魂"的作用时，我们要理解何为中华优秀传统文化？中共中央办公厅、国务院办公厅印发的《关于实施中华优秀传统文化传承发展工程的意见》已经给出了非常清晰的答案。为了便于清楚地理解中华优秀传统文化，在此不妨借用相关论述。中华优秀传统文化大概可以从三个层面来讲清楚。从核心理念层面来看，中华优秀传统文化主要包括讲仁爱、重民本、守诚信、崇正义、尚和合、求大同等核心思想理念。在中华传统美德体现上，主要包括天下兴亡、匹夫有责的担当意识，精忠报国、振兴中华的爱国情怀，崇德向善、见贤思齐的社会风尚，孝悌忠信、礼义廉耻的荣辱观念，体现着评判是非曲直的价值标准。从人文精神层面来讲，主要包括求同存异、和而不同的处世方法，文以载道、以文化人的教化思想，形神兼备、情景交融的美学追求，俭约自守、中和泰和的生活理念等。文艺评论要传承中华优秀传统文化，就是要传承和发扬中华优秀传统文化的核心理念、传统美德、人文精神，把文艺评论当作培根铸魂的重要抓手。这样来强调文艺评论工作，并不是消解文艺评论的美学标准，而是推动美学、美德、美文相结合。

值得注意的是，文艺评论注重弘扬中华优秀传统文化并不是要盲目排外。相反，中华优秀传统文化从核心理念的确定，到传统美德、人文精神的确立，都是在世界文明互鉴的视野中展开的。文艺评论要创造性继承和创新性发展中华优秀传统文化，仍然要走和世界文明交流互鉴、开放包容的道路，要吸收借鉴国外优秀文明成果，积极参与世界文化的对话交流。但是，必须以我为主、为我所用、取长补短、择善而从，不能简单拿来，更不能在思想资源和学术资源上忽视中华优秀传统文化。

多部委联合发出《关于加强新时代文艺评论工作的指导意见》的文件，为我们从国家文化安全的角度审视文艺评论工作提供了难得的契机。一言以蔽之，我们要从国家文化安全观的高度来认识文艺评论的重要性，我们要坚持人民性的美学立场，要充分发挥文艺评论的"培根筑魂"的功能，切实做好文艺评论工作。

多维对话与本土观照

——论 2021 年湖北文学批评

2021 年是湖北文学评论平稳发展的一年。为贯彻落实中央宣传部、中国作协等五部委联合印发的《关于加强新时代文艺评论工作的指导意见》，湖北评论家在坚持学理性的同时，更加注重批评的在场性、针对性和引导性。湖北文学评论刊物、栏目建设和文学评论的理论与实践，都有了长足的进步。从宏观上来看，2021 年湖北文学在与中国文学评论和文学创作的对话中取得了实绩，在对本土文学创作的观照中获得了发展。

文学评论阵地：生机与活力

湖北文学评论刊物主要有《长江丛刊》（评论版）、《新文学评论》，设置有固定文学评论栏目的有《长江文艺》《芳草》《长江文艺评论》《湖北日报·东湖副刊》《长江日报·江花副刊》等。文学评论刊物、评论栏目反映了湖北文学评论的基本发展情况，是湖北文学评论工作中的有机构成部分，值得关注。

2021 年是《新文学评论》办刊的第十个年头。这份刊物以文学评论为主，兼及现当代文学史研究。2021 年《新文学评论》刊发的几个评论栏目颇有特点，例如"作家语录""文学新势力""诗人档案""批评前沿""湖北文学微观察"等。"作家语录""文学新势力"栏目关注近些年颇有影响的青年作家，使刊物和文学新潮流之间形成了良性对话，迪安、孙频、马金莲、双雪涛等近些年创作风头正盛的青年作家是这两个栏目重点关注的对象。作为湖北本土的刊物,《新文学评论》关注湖北文学也是非常自然的。2021年刊物推出了"湖北文学微观察"栏目。"湖北文学微观察"集中研讨了湖北诗人阎志的诗歌和长篇新作《武汉之恋》。2021年《新文学评论》以两期专辑——"灾难书写研究""抗疫文学与文学抗疫"——的形式,观照了新冠疫情书写,这也是对时代社会生活发展状况的回应,显示出湖北文学评论的担当精神。

《长江丛刊》(评论版)几乎和《新文学评论》同时创刊,它的诞生体现了省作协党组对文学评论工作的重视。2021年《长江丛刊》在栏目设置上的特色是呼应文学新趋势和铆定湖北文学新现象。这一年对本土创作进行观察的相关栏目,有"热评"栏目:王先霈主持的"山村本色刘益善"、毕光明主持的"於可训作品:以审美的方式释放人生经验"、丁晓原主持的"《粲然》:非虚构与大科学的对话"、王泽龙主持的"剑男诗集《星空和青瓦》:乡土书写的新探索"、汪树东主持的"《森林沉默》的价值所在"、蔡家园主持的"回到儿童文学写作'常识'"、萧映主持的"李修文《诗来见我》的多重旨趣"。有"专题"栏目:石一宁主持的"呼唤少数民族文学研究与评论"。有"现场·湖北儿童文学新作述评(上)"专栏:叶立文的《圈层破解的必要与可能——读湖北儿童文学新作有感》。

上述栏目对湖北文学发展的新动向有着准确的把握和切实的分析。有些栏目还关注了被人忽略的领域。例如,"山村本色刘益善"对于《向警予之歌》与《中国,一个老兵的故事》两部抒情长诗的研究,颇具特色。"於可训作品:以审美的方式释放人生经验"对于学者的小说创作的探讨,也属于对中国文学发展新现象的思考。蔡家园主持的"舒辉波小说《逐光的孩子》'热评'"栏目和叶立文等参与的"现场·湖北儿童文学新作述评"专栏,发出了儿童文学研究的湖北声音。

除了对本土文学和文学现象的观照之外,《长江丛刊》在培养文学评论新生力量上也很有建树。栏目"新人话语"每期都固定推出几位文学评论新人。这些发声的新生力量未来可期,谁能说未来的中国文学评论领军人物不会从他们之中产生呢?

湖北省两家在全国具有重要影响的文学期刊《长江文艺》《芳草》都有各自固定的文学评论栏目。《长江文艺》有固定评论栏目"面对面""自由谈""新现场""翠柳街"。虽然同为评论栏目,四者侧重点不一样。"面对面"是作家访谈。"自由谈"是对当下文学热点话题从不同角度展开的评析。"新现场",顾名思义,是对当下文学现场的集束式观照。"翠柳街"则为杂志社编辑对本期稿件的分析与评论。2021年《长江文艺》的上述四个评论栏目中,最有特色的当推"自由谈"。2021年"自由谈"分别涉及了"新世纪新农民形象""新经验与文学叙事的模式新变""莫言《晚熟的人》""叶舟《敦煌本纪》""生态文学""'红色经典'的价值和意义""《长江文艺》'临街楼'专栏""东北文学""李修文的创作""文学破圈现象""新世纪城市文学书写"等话题。虽然"自由谈"的文章大都比较短小,但是所涉及的问题却是当下文学发展很有价值和意义的问题。例如,对于如何理解"红色经典"的当下价值,叶立文做出过高屋建瓴的论析:"在中国当代文艺的知识谱系里,'红色经典'曾因色彩政治学的某些偏见而命途多舛:且不说它在上世纪八九十年代就屡受批评,即便是在倡扬中国故事的今天,红色经典所传递的'中国经验'也未受到应有重视。其实与中国文化里的传统经验相比,'红色经典'所积淀承载的民族记忆、家国情怀和现代性诉求,又何尝不是近现代以来我们独有的'中国经验'?它对于人民性和历史总体性的宏大叙事,对于崇高美学与集体英雄主义的鼎力颂扬,无不记录了我们民族自立自强的时代精神。从这个角度看,红色经典无疑具有为当下中国提供精神资源的重要功能。"

《芳草》的评论版也有很强的与文学创作对话的特点。它的评论主要在"新才子书"栏目。"新才子书"栏目推出一位有影响的作家,同时配发两到四篇的评论、创作谈、编辑手记。2021年"新才子书"分别聚焦韩永明、黄海兮、付秀莹、黄朴、李浩。为栏目所配发的评论大都和作品之间有非常强的对话关系,所讨论的问题也是比较重要的文学问题。比如,韩永明在创作谈《信赖生活》提出:"我说信赖生活,除了对于自身才华的怀疑,也有其他原因,譬如说,我固执地认为,表现生活是文学的天职。也正是因为表现了火热的、沸腾的、千姿百态、光怪陆离的生活,文学才显得迷人,才具有存在的价值。"这样的文学观,显然是对于当下文学创作"脱实向虚"弊端的纠正。编辑手记中,张睿表达了对于底层叙事惯用"卖惨"方式的质疑。她借黄海兮作品《画眉》提出了文学应该趋向"温暖"的观点。她认为，这样的写作才更加符合人性的需要。张睿的观点也是对于底层叙事的一种严肃思考。

《湖北日报·东湖副刊》和《长江日报·江花副刊》也刊发了不少有意义的批评文章。限于篇幅，在此不赘述。

总之，2021 年湖北文学评论刊物、栏目别出心裁，对于文学创作的现象在回应上做出了独特的贡献。

批评理论：朝气与锐气

文学评论理论的开拓是湖北批评家在 2021 年的重要收获。文学评论理论是文学评论的引擎，在文学评论活动中起到重要的作用。2021 年湖北文学评论在批评理论上也有重要开拓。

为文学评论病象把脉问诊是湖北文学理论批评的一个重要贡献。2021 年中宣部等五部门《关于加强新时代文艺评论工作的指导意见》发布，湖北省作家协会及时落实相关精神。李遇春、周新民的相关成果即是其中的代表作。李遇春的《走向"新人民性"的文艺评论》认为，当下的文学评论呈现出众多病象，而最为根本的问题是"失去了人民群众"。人民性的价值是什么？人民性的内涵如何厘定？李遇春对此做出了解读。新时代文学评论应如何构建以"新人民性"为核心的文学评论呢？李遇春认为，那就应该"创造性地处理好有关人民性与人性、民族性、人类性之间的辩证关系"。中国新文学评论史就是一部不断丰富和发展人民性的历史。新中国成立后，文学的人民性成为文学的基本规范。尤其是新时代，文学的人民性成为文学的一个不可或缺的文学范畴。《走向"新人民性"的文艺评论》是在人民性的经典理论上的创新。周新民的《国家文化安全与文艺评论》认为文学评论要走出困境，则要从国家文化安全的高度来理解文学评论，指出文学评论要与国家的发展、国民精神需求紧密结合在一起。

於可训的《回到文本　面向读者——关于当下文学批评的几点看法》，总结了当下文学评论的问题之所在：义在文先、文为义证、义不及文。归根结底，文学评论的最根本的病象是，文学评论掉入意义模式的陷阱。如何克服文学评论的桎梏呢？於可训呼吁文学评论要"站在读者本位的立场上"。以读者为本位而不是以批评家为本位，是克服文学评论种种弊端的最有效方法，这是富有真知灼见的观点。於可训的《还谈"深入生活"，过时了吗》认为，由于缺乏深广的生活体验，文学创作出现了作家生活库藏的陈旧和匮乏、作品情节的模式化和概念化、人物形象的符号化和类型化等弊端。他认为，作家应该了解生活新变化，应该深入生活，身历心受，力践躬行。

对话批评是湖北 2021 年度文学评论理论建设的重要亮点。於可训、周新民、叶立文在对话批评理论建构上均提出了重要观点。於可训在《光明日报》发表的《对话批评：顾及"作品全篇"和"作者全人"》，比较系统地对对话批评的基本原则提出了自己的观点。基于对话批评的双重主体性，於可训提出对话批评要顾及"作品全篇"和"作者全人"的观点，深化了中外对话批评理论，总结了中国对话批评实践经验。周新民的《知己之间的轻松对话》《"颂其诗，读其书，不知其人，可乎？"——在对话中重新感知文学批评的温度》也聚焦对话批评。《知己之间的轻松对话》认为，"从根本上讲，文学批评出现种种病象的原因，可归结为文学批评丧失了对话性"。所以，他以为"重新建立文学批评的对话性，是拯救文学批评的良途之一"。《"颂其诗，读其书，不知其人，可乎？"——在对话中重新感知文学批评的温度》则从中国文论中的对话批评传统出发，提出了构建对话批评的基本原则和基本内容。他认为，"真正有效的对话批评，是在批评家和作家之间、批评家和文学作品之间、批评家和读者之间建立起和谐的对话关系。而要建立起和谐共生、美美与共的对话批评，还得从中国古代优秀文学传统那里寻找滋养"。叶立文的《说"闲话"的自由》从反思文学评论为了追求自足的理论体系和逻辑结构的现象出发，肯定了对话批评说"闲话"的价值。通过说"闲话"的方式，批评家的个人意志与性情趣味、批评主客体之间的言辩机锋都赋予文学理论以盎然生机。

厘清网络文学根本属性是湖北文学评论理论的第三个重要贡献。黎杨全对网络文学的诸多特性有深入的分析，拓展了文学评论理论的领域。与一般网络文学研究者从文化角度或者技术视野来探讨网络文学的性质、特征不同，黎杨全把网络文学作为和纸媒文学相区别的文学类属来看待。由此出发，他在《网络文学的经典化是个伪命题》一文中指出，网络文学所热衷的经典化研究其实是个伪命题，它本身是印刷文化的产物，而网络文学不只是一种故事文本，更是一种活生生、现场的社区行为。另外，他的《走向活文学观：中国网络文学与次生口语文化》在反思印刷文化的文学观念的基础上，提出次生口语文化构成了网络文学发展的背景、线索与动力学，并赋予其相应内容、写法与文化特质。《新媒介的"连接主义"与网络文学评价范式变革》则提出网络文学的意义与合法性在于它实现了印刷文化压抑的连接性，主要体现为人群的连接、文本的连接与媒体的连接。以反思、革新印刷文化为基础，黎杨全还对弹幕文化有深入的研究。黎杨全关于网络文学的论断颇有见地，弥补了湖北文学评论理论关于网络文学评论理论上的不足。

文学评论：赓续与开创（上）

评论名家名作是湖北批评界的传统和特色。湖北文学评论家在中国当代文学史上留下了不可或缺的足迹，他们对于名家名作的批评论，进一步彰显了湖北批评家为名家名作赋予文学史定位的努力。刘醒龙表现"封城"战"疫"的长篇散文新作《如果来日方长》得到了湖北评论界的关注。评论家主要阐释了《如果来日方长》为中国文学所提供的崭新价值。於可训认为，《如果来日方长》在通过"日常生活细节来重述非常伟大的抗疫斗争"和通过"这场抗疫斗争来议论世道人心"两点上有突出的表现。周新民认为，《如果来日方长》的重要价值在于把日常视角和宏大叙事有机交融在一起。两位批评家的文章凸显了《如果来日方长》的日常生活叙事在文学史上的价值和意义。樊星对莫言小说的系列评论显示了他对于莫言文学的独到认识，丰富了莫言的文学形象。樊星的文章既有对莫言小说的评价，也有对莫言诗歌的分析。文中分析了莫言文学创作中的神秘文化，剖析了莫言文学创作的特点，接续了莫言和中国传统文化的关联性。魏天无的《重新朝着这个世界出发——梁平诗论》一文认为梁平在四十余年的创作中，回到了诗与人合一的中国诗学伟大传统中。叶立文立足于小说文体，分析了李洱小说《应物兄》"书中之书"的文体特征。樊星、魏天无、叶立文都是从文学传统的传承和转化的角度赋予相关作品以文学史价值。对于民族性的关注也是从文化传统层面揭示文学作品价值的又一渠道。吴道毅的《新时代哈萨克牧民生活的多重变奏——读叶尔克西·胡尔曼别克长篇小说〈白水台〉》认为叶尔克西·胡尔曼别克长篇小说《白水台》是关于新中国成立以来哈萨克牧民生活的颇具厚度、深度与新意的民族志叙述。杨彬和李勋的《论当代少数民族汉语作家的多重文化素养》、杨彬的《文化交融中少数民族小说的书写策略》从文化融合的角度分析了中国少数民族作家的创作特色。朱旭的《论北美新移民华文小说中的亲缘关系叙事》等几篇评论，分析了海外华人作家在国民性剖析上的特色，从另外一个空间思考了民族性的问题。

对于本土作家的倾情关注是湖北文学评论在2021年的一个重要特色。湖北评论家对于湖北本土作家於可训、刘益善、剑男、阎志的作品都做了比较扎实的评析。对于中国当下文学与文学传统之间的关系、文学与时代之间的关系、乡土诗歌的新态势等理论思考上，湖北文学评论都有重要收获。

於可训本是一位著名学者、批评家，近十年沉迷于小说创作，迄今为止已经出版了小说集《乡野传奇集》《才女夏娃》，在《人民文学》《长江文艺》《芳草》等杂志发表小说三十多篇。2021年《长江文艺》《长江丛刊》分别刊有评论於可训小说创作的专栏文章。湖北批评家从不同的角度发掘了於可训小说和中国传统小说之间的文体、精神联系。2021年《长江文艺》有关于於可训"乡村教师列传"和"乡人传"两个小说系列的评论专栏。李遇春的《回到中国小说的"传奇"种子——读於可训近期小说系列》一文从中国小说文体演变的角度，找到了"乡村教师列传"和"乡人传"所隐藏着的中国小说"传奇"文体的种子，并阐明了这两个小说系列对于中国当代小说史的意义和价值。周新民的《打捞事实——浅谈於可训"乡村教师列传""乡人传"》一文分析了"乡村教师列传"和"乡人传"与中国传统小说之关系，发现它们继承了传统小说的"史余"传统，"重构事实和真理的关系"。吴道毅的文章《重回乡村文化的精神原乡——评於可训乡村人物列传》从精神内涵角度分析了两个系列的小说，认为於可训的小说以"重回乡村文化的精神原乡",发出了对乡村人行为准则、人生观念与伦理规范的认同的思考。湖北出身的学者毕光明在《长江丛刊》主持"於可训'乡人传'系列热评"专栏。专栏文章仍然从中国文学传统的角度来阐发於可训小说的特点、价值。朴婕的《文学研究作为创作的资源——从於可训"乡人"系列思考学者写作》从学术资源转换的角度来阐明於可训小说和文学传统之间的关系,认为於可训的小说创作是作为学者的於可训审视中国文学现代化过程中传统要素的产物。

2021年湖北批评家对阎志的《武汉之恋》倾注了较多的热情。批评家们大多从这部作品和中国改革开放的历史以及对于理想主义的精神、气质切入,从不同角度展现了湖北批评界关注现实、关注时代的文学评论品格。首先,沈嘉达从文学史的角度尝试确立《武汉之恋》的价值。他认为,《武汉之恋》可以看作向柳青《创业史》致敬的小说,表现了新时代"创业史"应该有的史诗特征。其次,从时代与个人之间关系入手阐发《武汉之恋》的特色,是一个鲜明的特点。汤天勇的《"长江""始""恋"——〈武汉之恋〉的三个解读视点》认为《武汉之恋》艺术地再现了人与时代的休戚相关。叶李和刘宇欣的《大时代的生命恋曲与中国故事——读阎志的〈武汉之恋〉》认为,《武汉之恋》是把个人的生命发展史与时代进程相呼应的奋斗者的生命史诗。李雪梅的《个人、时代与家国——评阎志的〈武汉之恋〉》一文认为,从表面上看《武汉之恋》是以改革开放以来民营经济的发展为中心来讲述中国故事,但是,小说的重点是重返历史现场,重新建构个人、时代与家国的关系,体现了作者对家国情怀和忧患意识的深入思考。最后,从时代精神层面来阐发《武汉之恋》的意义,也是湖北批评家的追求。譬如朴婕的《造成时代与人生之"势"——读阎志〈武汉之恋〉》便是从时代和精神层面来揭示《武汉之恋》的基本内涵。文章认为《武汉之恋》捕捉了时代大势,张扬一代人的气势,二者熔铸成四十年的改革开放之精神史。方越的《在现实的激情碰撞中奏响改革的理想之歌——评阎志的〈武汉之恋〉》认为《武汉之恋》是关于青春的激情和理想主义情怀的书写,亦是阎志向那个激情燃烧的时代致敬的心灵独白。

文学评论：赓续与开创（下）

相对于小说批评，湖北的诗歌批评、散文批评、儿童文学评论较为薄弱。同样，湖北批评家对于湖北诗歌、散文、儿童文学的关注度也不是太高。

诗歌批评对湖北诗歌的关注主要集中在评价刘益善、剑男的诗歌上。2021年《长江丛刊》刊发"刘益善长诗创作'热评'"的专栏，集中评述刘益善的长篇抒情诗创作。这些评论刘益善诗歌的文章，基本上从诗歌和时代之间的关系来展开，发挥了湖北文学评论关注现实的优势，突出湖北批评家着眼现实的鲜明特色。王先霈在《山村本色刘益善》"主持人的话"中说，刘益善的诗作里一直浸润着对故乡和土地的深深的眷恋，揭示了刘益善诗歌的创作底色。刘川鄂、冉译元《抒英雄豪情　祭烈士忠魂——读传记体抒情长诗〈向警予之歌〉》认为刘益善的长诗《向警予之歌》以叙事和抒情相结合的方式，精选细节，凸显了向警予作为才女、侠女的壮丽一生。蔡家园的《一曲真挚热烈的英雄颂歌——读刘益善长诗〈中国，一个老兵的故事〉》评析了刘益善长诗《中国，一个老兵的故事》。蔡家园认为，《中国，一个老兵的故事》给当下讲好"中国故事"提供了有益的借鉴。他认为，创作感情要真挚，思想要精深，技巧要高明，主旋律书写也能出精品力作。刘波的《乡土审视、文化行走与家国情怀——论刘益善的短诗与组诗创作》则聚焦了刘益善20世纪80年代的诗歌创作。

诗人剑男是90年代以来中国新乡土诗歌书写的代表性诗人之一，继《激愤人生》《散页与断章》《剑男诗选》之后，2021年出版了诗集《星空和青瓦》。《长江丛刊》2021年第16期刊发了"剑男诗集《星空和青瓦》'热评'"专栏。本辑评论集中体现了湖北批评界深化乡土诗学的批评理想，阐发了时代大潮之中乡土诗歌发展的新特质。王泽龙的《剑男诗集〈星空和青瓦〉：乡土书写的新探索》认为，剑男的诗歌以悲悯情怀与诚实质朴的底色取胜。他还指出剑男诗歌在纯净现代口语的从容叙事中，蕴含深沉的情感，构成了理性、节制的新的抒情个性。崔思晨的《于星空青瓦中"看见"——读剑男〈星空和青瓦〉》发现了剑男诗歌从"星空"到"青瓦"的过程，也是剑男的心境由旷远的自然边界下移到实在的人间情怀的体察之旅。樊嘉亮的《叙事与抒情的二重奏——剑男〈布谷鸟〉细读》分析了剑男诗集中的一首诗歌《布谷鸟》。作者从"抒情化叙事"的方式入手，分析了剑男诗歌表现手法的多样性。

湖北批评家在散文批评上一向偏弱，少有批评家专事散文批评。因此，湖北散文创作虽然很有实力，但是，散文批评一直没有为散文创作提供更多的助力。谢伦散文研讨会的召开，是推介湖北散文名家、推动湖北散文评论发展的重要举措。另外，近些年随着李修文散文创作引起的反响，湖北散文批评也有一定的起色。2021年围绕李修文的散文创作，湖北的散文批评着重界定了散文的文体特性，并提出了散文文体的开放性命题。萧映、郑琴的《李修文〈枕杜记〉文体特征论析》认为，《诗来见我》既与小说一样重视叙事方式的构建，又与诗歌一样关注抒情与节奏，凸显了散文这一文体的"边缘性"。裴亮、张琪的《诗我互证的"心象"诗学实践——评李修文〈诗来见我〉》指出，李修文以古诗词为中介来实现古今诗境的互文式书写，点明了《诗来见我》的"文本间性"特征。刘天琪的《"诗来见我"的情趣与"我见诗歌"的理趣》认为，《诗来见我》是"重常尚俗"的审美情趣与"知识分子"的理趣互相阐释、印证的"超级文本"。无论是批评家们提出来的"边缘性""文本间性"，还是"超级文本"性，都指出了新时代散文文体上的新趋向。而朴婕发现了李修文散文《诗来见我》所谓的"诗来见我"，是古今之人在"兴"的瞬间相遇，从文体角度来看，《诗来见我》是抒情传统的体现，复现了新时代散文与中国文学传统之间的关系。

湖北是儿童文学大省。比较遗憾的是，湖北文学批评为儿童文学评论发声也不多。不过，湖北儿童文学研究基地挂牌、湖北儿童文学新作研讨会的召开改变了这一状况。2021年《长江丛刊》（评论版）19期、28期、34期连续以专辑的方式推出儿童文学评论，是这两项重要活动的直接成果。这些成果从一定意义上推动了湖北儿童文学评论的发展。2021年湖北儿童文学评论主要沿着三条路径展开。其一是以成人文学为参照，讨论湖北儿童文学的"圈层破解"的问题。叶立文的《圈层破解的必要与可能——读湖北儿童文学新作有感》从舒辉波的儿童小说由诗性叙述所建构起来的、具有传统美学韵味的青年形象对当代文学的青年形象谱系的补充入手，认为儿童文学还是应当植根于正典传统，在书写存在经验、调整叙述腔调上做文章。胡德才的《苦难中升腾起理想之光——简析舒辉波的小说〈逐光的孩子〉》参照成人文学，揭示了舒辉波的《逐光的孩子》在山村儿童形象塑造上、在理想主义精神的书写上、在抒情诗意营构上的价值和意义。周聪的《支教题材小说的叙事向度——以舒辉波的〈逐光的孩子〉为例》把舒辉波的《逐光的孩子》放在成人文学视野中来发现其价值和意义。周聪认为《逐光的孩子》以支教题材为突破口介入城乡经验的书写，在新时代山村师生形象的塑造、乡村自然景观的呈现、支教教师的身份认同、城市乡村经验的碰撞冲突、乡村教育面临的现状与存在的问题等多个问题的书写上，取得了成绩。其二是探究儿童文学的本质与内涵。蔡家园的《回到儿童文学写作"常识"》厘定了儿童文学的"常识"与本位。他认为，儿童文学根本属性决定了儿童文学有责任帮助儿童建构正确价值观，帮助儿童提升审美品位。陈澜的《舒辉波作品中的爱与疗治》以舒辉波的儿童文学创作为例，解释了儿童文学的本质。其三是探讨湖北儿童文学的文体特征。蔡俊的《〈童话山海经·凤凰传说〉的文体实验与本土幻想》认为萧袤的《童话山海经》系列是一系列实验性的文本，实践了萧袤的"童话可以像任何文体"的理念。蔡俊注意到这套书的每个故事后面都附有"原文链接"和"创作附言"，实现了文本的开放性。殷璐的《敲钟人与圆梦者：一个特殊的"逐光的孩子"》分析了舒辉波的长篇小说《逐光的孩子》中一个低智孩子覃廷雍在小说世界的位置，他感知、观看并介入世界的方式，探讨了舒辉波在人物形象设置上的匠心。陈澜的《丰富儿童文学创作类型的"探险"写作——评彭绪洛〈我的探险笔记〉》对儿童文学类型创作的文体特性做出了探讨。她认为，彭绪洛在对探险旅程的记录中，穿插着历史学、地理学、植物学、生态学、民俗学等多学科的知识，极大地丰富了儿童文学的文体特征。

2021年湖北文学评论总体上成绩是比较显著的，以"东湖青年批评家沙龙"为代表的文学批评活动持续举行，彰显了湖北文学批评的生机与活力。相比较"东湖青年批评家沙龙"的品牌活动影响力而言，文学批评还是有些遗憾，缺少比较鲜明的批评个性，在对于主要作家的关注上还略显不足。希望2022年湖北文学批评取得更大的成绩。

（本文与古凤合作完成）

新时代文学批评理论与实践的探索

——论 2022 年湖北文学批评

2022 年是不平凡的一年，中国共产党二十大会议胜利召开掀开了中国历史崭新的一页。相对于其他年份来说，2022 年湖北文学批评也显示了不平凡的气象。总体来看，2022 年湖北文学批评主要在以下三个领域体现出新气象：新时代文学理论的探讨与开掘、跨学科文学批判理论与实践上的新进展、经典化探讨的新思路。本文拟从上述三个方面对 2022 年湖北文学批评展开讨论。

新时代文学理论的探讨与开掘

随着新时代的历史进程的深入，新时代文学作为一个重要的、自觉的理论概念浮出历史地表。2021 年 10 月 16 日，中国作协党组在《求是》杂志 2021 年第 20 期刊发《新时代文学要牢记"国之大者"》。这篇文章被认为是文学界第一次旗帜鲜明地提出"新时代文学"的理论命题。《新时代文学要牢记"国之大者"》对新时代文学的历史方位、内涵、立场和创新创造等一系列现实话题和理论话语进行了深入的思考与提炼，突出强调文学在新时代所蕴含的强大力量以及时代使命。2022 年《文艺论坛》邀请中国作家协会副主席吴义勤和华中科技大学人文学院教授周新民联袂主持"新时代文学研究"专栏。至此，新时代文学以其鲜明的理论新质得到了比较深入的探究。《文艺报》《天津社会科学》等重要媒介也纷纷发文探讨新时代文学内涵与特质。在新时代文学理论内涵探究和具体问题探讨上，湖北文学批评界可以说走在全国前头，无论是在专栏组织还是专文探讨上，都有亮眼的成绩。

湖北批评家李遇春在新时代文学理论的探讨上可谓用力甚勤，在多个方面都展开了思考。在《新时代文学的理论特质与创作管窥》一文中，李遇春认为新时代文学在人民性、时代性和传统性上都呈现出了新的理论特质。在人民性上，新时代文学致力于以文学的人民性话语为中心，同时将其与人性、民族性、人类性等话语融为一体，创造出"新人民性"。新时代文学又致力于重建中国当代文学的时代性，试图站在大时代、大历史的高度，站在历史唯物主义立场上观照新时代中国的社会现实生活与历史，体现出"新时代性"特质。新时代文学还致力于推进中华优秀传统文化与文学传统的创造性转化和创新性发展，旨在以更加包容的胸襟复兴中国文化和文学传统，由此体现出"新传统性"特质。《如何创造新时代的人民史诗》一文则聚焦新时代文学的人民性理论问题，认为新时代文学的人民性在人民主体性、时代主体性和民族主体性等方面有崭新的内涵，为创造新时代人民史诗提供了新的艺术路径。《"人民史诗"与百年中国红色诗歌》则以具体文学体式为例，探讨了人民史诗的思想资源问题。李遇春认为，从早期的无产阶级革命文学到左翼文学，再到"工农兵文学"和社会主义现实主义文学，中国红色文学一直与党和人民的事业荣辱与共，留下了光辉灿烂的红色文学经典篇章，是体现"大历史观"和"大时代观"的"主旋律文学"。这种绵延百余年富有生命力的文学为新时代创造"人民史诗"提供了宝贵的思想资源和艺术借鉴。虽然李遇春强调人民性在新时代文学之中的重要性，但是，在他眼里人民不是一个抽象的概念。他在《从"新人民性"到"话体批评"》一文中认为，对人民的理解必须和中华民族的民族性结合在一起，人民也是有血有肉的人，是有喜怒哀乐的，甚至有内心的痛苦和挣扎的。

湖北批评家通过组织文学活动进一步深化了新时代文学理论的讨论。湖北省作家协会于2021年10月26日在三峡大学文学与传媒学院举行第十五期东湖青年批评家沙龙。这次青年批评家沙龙聚焦新时代文学筋骨的讨论。《新时代文学的筋骨——第十五期"东湖青年批评家沙龙"宜昌研讨会实录》对这次讨论成果做了全面的记录。讨论会从习近平总书记在文艺工作座谈会上的讲话中提炼新时代文学筋骨的内涵与价值。习近平总书记在文艺工作座谈会上强调，我国作家、艺术家应该成为时代风气的先觉者、先行者、先倡者，通过更多有筋骨、有道德、有温度的文艺作品，书写和记录人民的伟大实践、时代的进步要求，彰显信仰之美、崇高之美。讨论会围绕新时代文学筋骨的内涵、形态，作家们如何创作出有筋骨的文学作品，如何塑造有筋骨、有道德、有温度的人物形象等几个方面展开讨论。讨论的问题既有宏观问题也有微观创作上的问题，丰富了新时代文学的理论内涵与外延。《新农民形象塑造的"得"与"失"——第十一期"东湖青年批评家沙龙"》将新时代农民形象的塑造引入一个比较宏阔的历史与现实的纵深视野，在讨论中出现了一些很有理论见解的观点。例如，李汉桥认为，塑造新农民形象仍然要注意人性的复杂性，以避免虚造的农民形象出现概念化和符号化的倾向。陈国和认为，要把与时代同构、精神引领作为农村"新人"形象的基本文化内涵，同时要把新农民的塑造和如何叙述当下鲜活的乡村经验、讲述"中国故事"结合起来。叶李认为，应该以一种农村"内视角"的方式去书写新农民形象。刘天琪认为，塑造新农民形象既要注意发掘新农民所体现的社会政治含义，也要格外注意人物形象的审美价值。李雪梅认为，要注意到本乡本土成长起来的新农民形象。朱旭认为，新农民形象是具有主体性的农民形象，本质上是对乡村主体性的发现和重视。方越认为，新农民形象是完成了自己的历史主体意识构建的人物。上述观点从不同方面丰富了新时代文学关于人物形象塑造方面的理论内涵，具有较高的理论价值。

湖北文学批评家们还对新时代文学的一些重要问题展开过比较深入的探讨。蔡家园的《走向宽广与深邃——关于主题创作的思考》把主题创作看作主旋律创作在新时代的新发展，是一种立场鲜明的人民叙事，主题创作以描写人民生活、抒发人民情怀、为时代记录、为国家存史为创作导向，具有突出的国家书写意识。该文丰富了新时代文学的理论内涵和实践。刘波的《介入写作、现实主义精神和难度意识——兼论新时代诗歌的审美话语尺度》认为，相较于新时期、新世纪诗歌的创作而言，新时代诗人们从内心的喧嚣回到创作的常态，对时代现实的介入力度更大，释放出了更为强大的悲剧精神和人文关怀，体现了新时代诗歌崭新的内涵。湖北批评界在脱贫攻坚文学的思想与价值的讨论上也很有特色。陈国和陈诗晴的《论新时代脱贫攻坚小说的艺术价值》认为，脱贫攻坚题材中短篇小说的艺术新质主要体现在以下几点：构建新时代乡村精神共同体、书写新时代农村"新人"形象、坚持以人民为中心的创作导向、彰显在地性的艺术特色等。该文认为，脱贫攻坚小说不仅表现了新时代的乡村共同体，书写了一系列脱贫过程中的"新人"形象，更重要的是能够以人民为中心来构建故事情节，表现不同地域的特色，丰富了中国当代文学史。朱旭的《拥抱大地和时代的创家立业——读田苹长篇小说〈花开如海〉》则以《花开如海》为例，认为脱贫攻坚小说应该注意刻画农民与土地之间的关系，由此出发唤醒农民和土地之间的感情，强调精神脱贫的价值和意义。叶李的《新时代的乡村振兴书写如何走向开阔的道路》认为乡村振兴文学要有文学史的包容性，包容相关文学题材与主题；同时也要写出最深刻的人性状态，镌刻大时代里更完整的人；同时，乡村振兴的文学应该向民族敞开，向世界敞开。周新民的《风景：根植于"山乡巨变"与民族文化》则从风景的艺术呈现的角度，深入细致地探讨了新时代"山乡巨变"书写与风景之间的深刻联系。

总体上看来，2022 年湖北文学批评在新时代文学理论探讨上，既有总体性的理论深度研究，又有丰富的个案探讨，为新时代文学的理论建构提供了重要的理论支撑。

跨学科文学批判理论与实践上的新进展

2022 年湖北文学批评家在跨学科文学批评理论建设和实践上也收获颇丰。概而言之，湖北文学批评在数字叙事与网络文学、生态文学、文学地理学、比较诗学等维度来开展跨学科的文学批评理论探讨和批评实践，均取得了一定的成绩。

数字技术不仅在日常生活中随处可见，而且在叙事领域占据了重要位置，对经典叙事学构成了颠覆性的挑战。因此，重新思考叙事学基本理论成为叙事学理论扩展的一个重要方向。胡亚敏的《数字时代的叙事学重构》是一篇系统论述数字时代叙事学理论新变的作品。胡亚敏认为，当下出现了超文本小说、互动影视作品和人工智能写作三种数字叙事的类型。这三种数字叙事对经典叙事学提出了严重的挑战：视角和叙述者不再处于叙事的焦点、叙述时间空间化、二元对立结构坍塌。与此同时，呼唤新的叙事规则和审美体验的新的叙事类型出现了。胡亚敏注意到，数字叙事是一种具有高度互动性的叙事，"交互"成为数字叙事与经典叙事学的最显著的区别，碎片化已成为数字叙事的常态，基于感觉经验、具有全身心的愉悦感成为数字时代叙事的新的审美体验。胡亚敏对于数字时代的叙事学理论框架和基本观点的建构，具有重要的理论价值和实践意义。

黎杨全一直坚守网络文学研究，醉心于网络文学理论建构与批评实践。与一般性的技术分析、文化分析不同，黎杨全的网络文学理论建构一直从印刷时代与网络时代叙事的差异入手，形成了独具一格的网络文学理论与批评特色。《加速、重置与日常化：网络多维时间与艺术的变革》一文从网络文学的多维时间和印刷文化的一维时间的差异性入手，分析了网络文学在时间处理上的特性。文章认为，时间重置带来了新的艺术可能性，在时间重来的故事框架中，借助虚构与现实的本体越界，实现游戏与叙事的融合，成为当代数字艺术创造力的源泉，时间的日常化造成艺术共享时间的缩减，弹幕积累了碎片化时间，形成虚拟的共时性，带来文艺接受与生产机制的变革，在文化象征形式上，呈现了由印刷时代叙事文化走向网络时代数据库文化的趋势。《从网络性到交往性——论中国网络文学的起源》一文在确认网络文学的起源上另辟蹊径。网络文学起源说一般有以下几种：平台功效起源说（1996年的"金庸客栈"等）、代表作起源说（1998年"痞子蔡"的《第一次的亲密接触》等作品形成了网络文学这一"现象"）、"网生起源说"等。黎杨全还是从印刷文学和网络文学的根本差异入手，认为交往性是中国网络文学的独有特点，它呈现了互联网这一特殊交流媒介兴起后文学活动的深刻变迁。他认为，对中国网络文学的本质属性的认识应从网络性走向交往性出发：交往人群数量的多少、交往频率的密度大小，决定了它可以有多种类型、多种发展的可能性。由此，黎杨全认为，ACT（1992年海外华人在 Usenet 上开设了 alt.chinese.text）是中国网络文学的起点。

生态文明是新时代治理建设的重要内容，具有和政治文明、制度文明处于同样重要程度的文化建设内涵。中国自 20 世纪 80 年代起就有作家和批评家关注到生态文学，至 21 世纪生态文学创作开始成为一股强劲的文学潮流。与此同时，生态文学理论建构和批评实践也成为一股重要的潮流。生态文学理论与批评借鉴生态文化介入文学研究，具有典型的跨学科属性。汪树东多年来一直从事生态文学理论和文学批评研究，对于生态文学理论建构和批评具有持久的思考。《当前生态文学热潮及其启示》比较系统地讨论了生态文学的特性。他认为，中国的生态文学体现了中国精神与中国经验。中国的生态文学一方面是对当前全球性生态危机的及时回应，另一方面，它实现了中国文学人学视野的后现代超越。此外，他还认为，生态文学是重新打通与华夏文化中"天人合一"的生态智慧的秘密通道，是重建大自然近于神圣的价值地位。汪树东对于生态文学的谈论不是简单地横移西方生态文学理论，而是结合中国自身文化传统来考察，这是他的理论探究上的特色。《诗歌与生态的融合与交响——当代生态诗歌发展综论》一文以当代诗歌史为研究对象，梳理了当代生态诗歌发展的历程和价值。汪树东认为，当代生态诗歌的价值主要体现在以下四个方面：为中国新诗重塑了生态维度、为中国新诗重振了地方维度、重新复活了古典山水田园诗歌的文学传统、促进了当代生态文明建设。汪树东的《为大自然布道——论傅菲的生态散文》一文延续了他的理论思考。他认为傅菲的生态散文倡导自然万物共生共荣的生态伦理。在表达方式上，汪树东认为傅菲的生态散文还自觉接受了华夏古典诗词的美学浸润，从而构建了人与自然、写意与写实、古典与现代交融的山地美学。

文学地理学也是重要的跨学科研究方法。文学地理学的理念自从晚清萌发以来，历经百余年的发展，在今天已经成为一种相对比较成熟的跨学科研究方法。湖北文学批评界也有学者投身于文学地理学的研究。刘川鄂、邹建军、李莉是其中比较突出的代表。刘川鄂的《新时期以来中国现当代文学研究界的文学地理学研究》是一篇总结新时期以来中国文学地理学理论建构与实践的文章。除了梳理新时期文学地理学发展历程之外，文章还对文学地理学的理论整合提出了看法。文章认为，与文学地理学相关的核心概念"地域文学""区域文学""地方路径"，缺乏明细的整合，导致在使用时出现了自说自话的理论困境。这篇文章对于文学地理学的理论建构走上自觉道路有一定的价值和意义。

邹建军的《以诗的方式建立一个"地理中国"——杨克诗歌中的"爱国主义"新形态》讨论了诗人杨克的创作呈现"地理中国"的美学追求。邹建军认为杨克最近二十年特别关注与自己的祖国相关的自然地理现象和人文地理现象,从诗人的自我身份出发,力求以一种全新的诗歌话语和艺术技巧,建立起一个地理上的中国:一是建构了以自然地理为对象的中国,二是建构了以人文地理为对象的中国,三是建构了以地理感知为起点的中国,四是建构了以地理想象为途径的中国,五是建构了以高科技空间为视点的中国。邹建军的这篇文章其实不是简单地运用文学地理学的理论视角来观照杨克的诗歌,而是把文学地理学和讲述中国经验有机结合,把中国精神与文学地理学研究有机结合,值得重视。

李莉的《文化传播视域下的少数民族文学地理创作》将文学地理学和少数民族作家的创作结合起来,认为少数民族作家一旦将"本土""本族""陌生"的地理知识和文化知识融入创作,其文本产生的"陌生化"效果往往具有震撼人心的魅力。她还引入传播学的视角,认为少数民族作家的文学地理写作对本土民族文化、地域文化的传播亦具有超越预期的效应。李莉的文章拓宽了湖北文学地理学研究的视域,对于湖北少数民族文学研究具有重要的现实价值和意义。

比较诗学是近四十年来中国文学研究的一个重要视野,也是文学批评广泛采用的方法。不过,在一个比较长的历史阶段,比较诗学的视野以比较、辨析外国文学对中国文学的影响为基本思路。新时代比较诗学的运用也发生了根本性的变化,基于文明互鉴的基础上来使用比较诗学是文学批评与文学研究的重要特色。在比较诗学理论探讨与实践中,也有湖北文学批评的声音与特色。

朴婕的《"人民"眼中的世界——1949—1965年间中国文学的世界书写》讨论中国文学呈现出来的多层次的世界。文章认为,这一世界形象不仅因时代而动态变化,也包含"冷战"二元对立、被压迫人民的反抗与团结、资本主义世界的内部冲突、古典文明的传承等多重图景。同时,文章运用比较诗学的视角来解读中国文学建构多层次世界的努力,认为中国基于自身的文化主体判断,建立了一个多维度的立体世界,中国也在世界书写中确认了自己的主体性、文化特征和未来发展方向。基于文明互鉴基础上的比较诗学的运用，发掘了新中国成立后中国文学主体性的建构历程和特点，颇有新意。这应该是文章在 2022 年度中国文联"啄木鸟"杯推优中胜出的一个重要原因。

朱旭的论著《中国文学传统与北美新华文小说》也是基于文明互鉴运用比较诗学来开展文学批评。朱旭认为，处于社会转型期的北美新移民华文作家们接续未完成的"五四"使命，以跨域、跨文化的视角，站在全人类的高度，由批判国民性转为凝视民族性。文章在此基础上探究北美新移民华文文学在西方思想、文学外发作用下，对内生的中国文学传统进行的革新与创造性转化。论著从民族性话语言说主体的精神建构、民族性话语言说话题、民族性话语言说方式的角度进行观察、探讨，以中国文学传统的承接和创造性转化为内在线索，彰显了中国文学与文化的主体性问题。虽然研究对象和朴婕的文章有所差异，但是二者的研究有异曲同工之妙。两位年轻学人体现了湖北文学批评的新气象。

经典化探讨的新思路

文学批评的重要职责之一就是筛选优秀作品，为作家、作品经典化提供重要的基础性和关键性支撑。如何发掘作家和作品的文学史价值是文学经典化的必由之路。这个工作既包括为已经经典化的作家、作品提供新的经典化内涵与路径，也包括为尚未纳入经典化的作家、作品提供经典化参照。2022 年湖北文学批评在作家、作品经典化的道路上做出了新的探讨。

刘醒龙是一位经典化的作家，这是不容置疑的文学史事实。他的小说《凤凰琴》《天行者》也是经典化的作品。对于刘醒龙的文学史定位一般是从现实主义文学史的角度来展开讨论的。但是，李遇春的《重构中国知识分子传奇的叙事传统——从〈凤凰琴〉到〈天行者〉》另辟蹊径，从中国传奇叙事传统的创造性继承和创造性发展的角度来确定《凤凰琴》《天行者》的崭新文学史价值，从另外一个角度确立了刘醒龙作品的经典性和文学史上的重要地位。李遇春认为，刘醒龙对中国古代知识分子传奇叙事传统进行创造性转化的艺术探求，继承了从吴敬梓到鲁迅的中国知识分子传奇叙事的批判精神或启蒙传统。以从吴敬梓到鲁迅的知识分子传奇叙事的文学史线索来确定刘醒龙的文学史经典地位，这种理论发现的确富有新见。

无独有偶，周新民的《不一样的〈如果来日方长〉》也注意到刘醒龙延续鲁迅传统来叙述灾难、疫情的视角，该文也是以鲁迅为文学史坐标来确立刘醒龙的文学史价值。文章认为，刘醒龙的《如果来日方长》所采用的叙述疫情的方式，是中国文化的内视角叙事。这是鲁迅之后的中国作家叙述灾难、疫情的主要视角，有别于西方文学叙述灾难和疫情的方式。由此，周新民认为刘醒龙的《如果来日方长》延续了其90年代以来小说创作强化日常生活的价值和意义的创作道路，让琐碎的日常生活有了别具一格的价值和意义，从而确立了与"新写实小说""新历史小说"所书写的欲望叙事、日常叙事完全不一样的文学史路径。周新民认为刘醒龙对于日常生活的价值和意义叙事，拯救了日常生活叙事审美的庸俗化倾向。他的研究从另外一个路径确立了刘醒龙的文学史经典地位。

对于中华优秀文化传统的创造性继承和创新性发展的高度发掘，是近些年文学经典化的重要路径。湖北批评家也注重从文学传统转化的角度来厘定作家的文学史价值，常常有新意呈现。叶立文的《道德辩难、意图痕迹与"当代性"问题——重读〈分享艰难〉》从刘醒龙的《分享艰难》对中国传统小说的"杂体"特征出发，探究了《分享艰难》在思想表达、道德沉思、反映现实等方面的独特性。这是阐释《分享艰难》这部经典小说的独特理路。汤天勇的《在闳约深美的路上——刘醒龙论》从传承中国古典文学的"史传传统"与"抒情传统"的角度来确认其重要价值。正是这两种传统确立了刘醒龙文学创作的重要特征：深沉的历史情怀、史诗风范、对于大善与大爱的张扬。

王仁宝的《二元补衬　和而多讽——於可训教授文学创作论》认为，於可训的小说创作采用中国传统文化的"阴阳"互补的"二元补衬"模式，在文化上充分发掘了鄂东自古文化混杂性特征，将道教、禅宗、儒家思想化入作品。樊星的《命运如烟，诗意如歌——读格非小说有感》也是从中国古典传统的角度分析格非的小说。樊星认为，从《锦瑟》和《凉州词》开始，格非的小说开始对古典诗意进行改写，"江南三部曲"以中国古典诗意的笔触写出了传统文人的襟怀，都接通中国"诗意"传统。叶李的《故事"新编"与文化"探真"——论吴仕民长篇小说〈佛印禅师〉的写作策略与文化意识》也偏重对中国古代思想文化的发掘。叶李认为，吴仕民的长篇小说《佛印禅师》以中国传统"文化典型"为书写的出发点，重铸中国思想文化的理想文化人格。江清和的《为一群行走乡野的民间文化人树碑立传》发现了李专散文对于咸宁的文化和文化生态的发掘的重要意义。杨彬的《回望故土　用笔留下被风吹过的人和事》发掘了谢伦散文的"文化乡愁"底色，肯定了谢伦散文在表现中国文化根性上的价值和意义。陈国和的《〈崇山之阳〉：地方志乡土散文的艺术探索》发掘了李专散文的地方志意义上的文化价值。刘波的《民俗风、返乡记忆与人文地理学——论温新阶散文写作的几个面向》肯定了温新阶散文的民俗文化的记忆，肯定了他的散文在书写文化乡愁上的独特性。

把评论对象纳入文学史视野中来考察是经典化的重要思路。文学史叙述视野能有效地凸显评论对象的特点、价值与意义。在这一方面，2022年湖北文学批评做了卓有成效的工作。於可训先生在《芳草》杂志主持的"新世纪批评家档案"专栏即是这一方面的典型代表。"新世纪批评家档案"顾名思义要着眼于21世纪有影响的批评家。专栏对这一批批评家展开集中的、多维度的研究。尤其是於可训先生撰写的"主持人说"值得注意。它不仅仅叙述当期批评家的特点，更重要的是，它具有从文学史视野中来考察批评家的价值。例如，於可训先生认同贺桂梅关于自己的学术"原点"在90年代完成的说法，进一步从批评史的视野来厘定贺桂梅的文学批评特色与价值："这个'原点'确立之后，她就开始以她自己意识到的独特的'这一个'，与此前的八十年代的学术和批评展开对话。这个对话，不但使她从八十年代的学术文化和文学批评中，发现了许多不同于九十年代的异质因素，同时也发现了这前后两个年代之间的联系与变化。进而又由此上溯到二十世纪五六十年代，乃至五四和中国古代传统，从中提出了许多当代学术文化和文学批评必须面对的'中国问题'。"贺桂梅作为90年代孕育的批评家和80年代孕育的批评家谱系和特征之间的"异质因素"，使得她的文学批评富有新质。在关于李云雷的评价之中，於可训先生把李云雷文学批评的特点置于当代文学批评史视野中来考察，发现了李云雷和胡风、周扬的文学批评之间的历史联系："在李云雷身上，我常常看到他们的影子，如他提倡'底层文学'和讲述'中国故事'，迹近胡风的敏锐，而对'新文学的终结'和'新时代文学'的论述，则有周扬的雄视。他自己也说，'从整体而言，我觉得自己的长处在于对时代与文艺思潮变化较为敏感，能够率先或较早提出新的思想命题'。"於可训先生主持的"新世纪批评家档案"之所以重要，不仅仅是他注意到了21世纪文学批评家的世纪新现象，更重要的是他从文学史的角度来"历史化"文学批评。中国当代文学史的经典化、历史化一直是文学史叙述的难题，而文学批评的经典化、历史化更是少有学者注意。从这个角度来说，於可训先生主持的"新世纪批评家档案"的价值不言而喻。

周新民的《中国当代小说理论发展史研究》是一部从文学史的视野出发来研究中国当代小说理论的著作。当代小说理论主要是小说批评理论，也是一个不容忽视的研究领域。《中国当代小说理论发展史研究》把当代小说理论作为一个独立的研究对象来研究，考察其历史的发展道路，发掘在中国古代小说理论、西方小说理论、现实的社会政治、小说学"四方会话"之中的复杂历史状貌。这一文学批评史的经典化思路，和於可训先生主持的专栏一起构成了2022年湖北文学批评经典化新的图景。

考察文学期刊与文学史之间的经典化路径也是湖北文学批评的重点。蔡家园的《日常叙事中的美学新变与精神建构——〈长江文艺〉双年奖获奖小说读札》关注到文学期刊与文学史之间的互动关系。这是2022年湖北文学批评在文学经典化上的新视野。该文从"当今中国文学发展的趋势与特点"的文学史视野出发，审视《长江文艺》刊发的小说在文学发展态势中的"样本"意义，为中国当下文学经典化与文学期刊的关系打开了文学史的视野，避免了从传播与接受的单一视角来研究文学期刊的单一路径。窦金龙、翟传秀的《何以"先锋"与"先锋"何为——以〈收获〉为中心的1980年代"先锋小说"生产语境考察》与蔡家园的思路有异曲同工之妙。通过考察80年代《收获》栏目设置、文体结构、作家构成特点，以及编辑、作家、批评家间的互动，探究20世纪80年代小说何以"先锋"的评价标准，以及编辑、作家、批评家三方对"'先锋'何为"的认识考量，挖掘与呈示"先锋"在20世纪80年代的多重意涵。

文学作品的历史化、经典化也是湖北文学批评不可忽视的内容。周新民的《有关"屋"的三重叙事——浅谈〈有底线的人〉》把荒湖的作品《有底线的人》置于中国当代文学史"造屋"叙事传统中来考察其文学史价值和意义。李雪梅、李丽霞的《日常叙事、平民英雄与红色精神的传承——评牛维佳的小说〈褐纸鸢〉和〈天下母亲〉》则把《褐纸鸢》和《天下母亲》置于红色文学历史谱系之中加以考察。吴佳燕的《"桃花湾"里笑春风——重读映泉中短篇小说》从伤痕文学、改革文学到反思文学的文学流变史的视野出发考察映泉小说的特色,充分发掘了映泉小说的思想内涵和艺术追求。朱旭的《离开的意义在于回家——读林白〈北流〉》把《北流》放到林白文学创作史中,来厘清《北流》在林白所构筑的"文学的故乡"上的价值和意义,勾勒出林白从"离开"到"回家"的创作轨迹。

2022年湖北文学批评在新时代文学理论的构建与实践、跨学科理论的探讨、文学经典化新路径等方面取得了令人称道的成绩,这是不容忽视的。2022年湖北文学批评如果说有所遗憾的话,主要有两点:一是在文学批评理论建设和实践的前沿领域尚未充分展开,文学批评界投入的精力、产出还有一定的局限性;二是湖北学术界雄厚的学术实力尚未转化为强大的文学批评理论和实践的动能。

新时代文学论集

后 记

　　这本评论集之所以命名为《新时代文学论集》，一方面是因为这本集子中的评论文章基本写于新时代（尤其是近五年的文章居多）。另一方面是因为这本集子所涉及的文学作品基本发表于新时代。

　　《新时代文学论集》以个案的形式分析和讨论新时代文学的资源、传承、内涵、特点。这些个案既有具体的文学作品，也有一地文学之状况。但是，其最终之旨归关乎新时代文学总体性的问题。

　　有几篇和学生合作的文章，在文末已一一标明。在此感谢在写作过程中学生所提供的帮助。

　　感谢中国作协给予《新时代文学论集》问世的机会。

　　《新时代文学论集》得到中宣部文化名家暨"四个一批"人才工程项目的支持。此外，也得到了"华中科技大学文科双一流建设项目（中国现代文体学研究）"的支持。特此说明。

2023 年春于太子湖畔